NEPA Verlag

Peter Lemar

ES GEHT UM NICHTS!

Das Weltenergieproblem ist gelöst

Besuchen Sie uns auch im Internet
www.nepa-verlag.de

ES GEHT UM NICHTS!

Originalausgabe 2014

Umschlagbild: ©snyfer - Fotolia.com
Umschlaggestaltung: Alexander Heiderich

ISBN: 978-3-944176-49-9

Peter Lemar

ES GEHT UM NICHTS!

NEPA Verlag

»Die Unterdrückung der Freien Energie ist der größte wissenschaftliche Skandal aller Zeiten.«

Arthur C. Clarke

Prolog

46 – 48 East Houston Street, New York, U. S. A., 1. Dezember 1898, 20 Uhr

Diesmal herrschte im Labor ein Gedränge wie lange nicht. Der halbe McAllister Club war anwesend, darunter der Verleger Edwin Underwood Johnson nebst Gattin Katherine, die beiden Williams – William Vanderbilt und William Thompson –, Thomas Commerford Martin und John Jacob Astor, Besitzer des Waldorf Astoria, die Schriftsteller Mark Twain und Rudyard Kipling, der Schauspieler Joseph Jefferson und Senator George Hearst. Kipling hatte seinen Freund, den Komponisten Anton Dvorak, mitgebracht, der gerade in New York weilte, und dessen *9. Sinfonie – Aus der neuen Welt* genau jene Begeisterung ausdrückte, die man für das aufstrebende Amerika der 1880er und 1890er Jahre empfinden musste, und welche das Symbol für den Entdeckergeist einer Generation der Freidenker und Gipfelstürmer war. Amerika galt als Land der unbegrenzten Möglichkeiten und der Abend des 1. Dezember 1898 machte diesem Anspruch alle Ehre. Hier zu sein bedeutete eine Sphäre betreten, die nicht von dieser Welt war, obwohl das, was vorgeführt wurde – im Gegensatz zum Okkultismus –, reinste Wissenschaft darstellte, jedoch mit einem Anflug von Zauberei. Diese Kombination war es, die jene Faszination ausmachte, die selbst die Alchemisten des Mittelalters nicht hätten erzeugen können. Wohl aber der Mann, der an diesem Abend, wie schon an unzähligen Abenden zuvor, als Medium fungierte, der zwischen den Welten vermittelte und die Entfesselung ihrer Urgewalten mit theatralischem Geschick und der Überzeugungskraft eines Magiers zelebrierte.

Und so waren diesmal alle versammelt, um ihm bei einer seiner berühmten Privatvorführungen beizuwohnen. Spannung lag in der Luft, zum einen, weil die Synapsenverbindungen aller Anwesenden immerzu feuerten, also Spannung abgaben, was die Luft des Labors elektrostatisch auflud, und zum anderen wegen der großen Blitzentladungen, die der Meister im Labor zu erzeugen gewohnt war, was in der Summe dazu führte, dass die ganze Atmosphäre nicht nur sprichwörtlich, sondern im wahrsten Sinne des Wortes wie elektrisiert war. Selbst die Gerüche der Anwesenden, ein Gemisch aus edlen Parfüms, Schweiß und Tabak, konnten nicht den typischen Geruch überdecken, der herrscht, wenn ein Gewitter im Anzug ist.

Dann wurde das Oberlicht gelöscht und der Mann des Abends betrat im Schein diffusen Lichts, das von mehreren gelblich, rötlich und violett leuchtenden Röhren erzeugt wurde, die Bühne, die aus dem hinteren Teil des Labors bestand, der durch zwei Stufen leicht erhöht war. In der Ecke standen Generatoren und Spulen unterschiedlicher Größe, eine so groß, dass sie fast bis zur Decke reichte. Dazwischen exotische Apparate und Vorrichtungen, die eine perfekte Kulisse bildeten für die Entfesselung überirdisch scheinender Kräfte, die zunächst verschiedene Kugeln und Röhren in den außergewöhnlichsten Farben zum Leuchten oder Glühen brachten. Für die meisten Zuschauer war das im Grunde nichts Neues. Auch nicht, dass Lampen durch bloße Berührung aufleuchteten oder ein Draht, den der Meister in den Händen hielt, zu schmelzen begann. Doch dann verwandelte sich die Bühne in ein einziges Blitzgewitter und selbst meterlange Blitze von einigen Hunderttausend Volt konnten dem Mann des Abends nichts anhaben. Er schien in die Rolle eines Zauberers zu schlüpfen und all seine Bewegungen waren von solcher Leichtigkeit, dass man hätte annehmen können, alles sei nur ein harmloses Spiel mit visuellen Effekten. Doch das große beleuchtete Volt-Meter an der Wand zeigte unmissverständlich an, welch enorme Spannungen hier anlagen. Wie ein Fels in der Brandung stand der über einen Meter achtzig große und schlanke Mann inmitten dieses Blitzgewitters und ein Raunen ging durch die Reihen. Das grelle Licht der Blitze erhellte für Bruchteile von Sekunden sein Gesicht, das durch hohe und vorstehende Backenknochen gekennzeichnet war – das Merkmal der Slawen. Hinzu kam sein dichtes, tiefschwarzes Haar, das in der Mitte gescheitelt war und seine feurigen Augen, die den Eindruck erweckten, selber Blitze auszusenden, was durchaus etwas Satanisches an sich hatte. Und dennoch erstrahlte sein Antlitz wie das eines engelsgleichen überirdischen Wesens. Dieser Eindruck wurde dadurch noch verstärkt, dass an der Oberfläche seiner Kleidung Koronaentladungen auftraten, ebenso an den Haaren, was zu bizarren Lichterscheinungen führte, die effektvoller nicht hätten sein können.

Die Vorführung gipfelte schließlich nach einer reichlichen Stunde in der Erzeugung einer Spannung von 3,8 Millionen Volt, was die meisten Anwesenden für eine Sensation ersten Ranges hielten. Ebenso der anschließende Vortrag des großen schlanken Mannes zur Lösung des weltweiten Energieproblems, der mit anhaltendem Beifall bedacht wurde und bis zum Schluss für reichlich Gesprächsstoff sorgte. Und nachdem alle noch eine ganze Weile angeregt miteinander geplaudert, sich schließlich verabschiedet und nach draußen begeben hatten, verschwanden der große Schlanke und ein weitaus kleinerer, untersetzter Mann mit Zylinder in einem Taxi, das direkt vor dem Labor auf die beiden gewartet hatte.

Zunächst ging es ein Stück den Broadway entlang, wo auch am späten Abend noch reges Treiben herrschte. An jeder Ecke konnte man etwas vom amerikanischen Traum erhaschen, Geschäfte über Geschäfte, Clubs und Nobelrestaurants und da und dort die ersten Leuchtreklametafeln. Auf den Straßen fuhren neben Droschken bereits viele Kraftwagen und die Taxis waren, wie schon in Philadelphia, fast ausschließlich Elektrotaxis.

An einer Kreuzung musste der Chauffeur halten, weil eine ununterbrochene Reihe von Automobilen nur stockend vorwärts kam. Vor einem Speditionsgeschäft wurden Kisten abgeladen. Dann ging es weiter über die Brooklyn-Bridge bis zum Hotel Waldorf Astoria in Manhattan.

Hotel Waldorf-Astoria, New York, U.S.A., 1. Dezember 1898, 23 Uhr

Die Tür des Fahrstuhls öffnete sich und die beiden Männer in Smokings betraten den Hotelgang. Im gedämpften Licht orangefarbener Wandlampen gingen sie etwa bis zur Mitte des Gangs und verschwanden dann im Zimmer Nr. 117. Mit einem leisen Klicken fiel die Tür ins Schloss.

»Darf ich rauchen«, fragte der Untersetzte und der Schlanke antwortete: »Aber selbstverständlich, Mister Astor, tun Sie, was Sie nicht lassen können. Ich kann es ja auch nicht lassen.«

»Was denn?«, meinte der Dicke verschmitzt und steckte sich eine Zigarre an. »Den Whisky oder das Erfinden?«

»Nun, wie man es nimmt«, entgegnete der Schlanke galant und holte eine Whiskyflasche und zwei Gläser aus dem Schrank.

»Also ich muss sagen«, fuhr der Dicke fort, »mein Kompliment! Ich hab' ja schon in der South Fifth Street etliche Vorführungen miterlebt, aber die heutige hat alles in den Schatten gestellt, was ich je gesehen habe. Abgesehen natürlich von dem Wirbel, den das ferngesteuerte Boot im Madison Square Garden gemacht hat. Bei McAllister sind Sie jetzt nicht nur der Herr der Blitze, sondern auch der große Zauberer!«

Der Schlanke lächelte, während er mit kühnem Schwung sein Whiskyglas füllte.

»Wie kann man bloß Hunderttausende Volt durch den eignen Körper schicken – einfach so?«

»Ach, das sind ganz einfache Taschenspielertricks«, erklärte der Schlanke. »Mir ging es vor allem um meinen Vortrag. Wie fanden Sie ihn?«

»Brillant!«, lobte der Dicke. »Sie sind nicht nur ein genialer Erfinder, sondern ebenso ein begnadeter Redner. Was Sie sagen, nimmt einen gefangen, selbst wenn man nicht alles versteht. Man fühlt gewissermaßen die Bedeutung! Und wem stünde die Lösung des Weltenergieproblems besser zu Gesicht als Ihnen?«

»Das freut mich, zu hören, Mister Astor. Zwar wird es noch einige Zeit dauern, bis wir uns die Raumenergie zunutze machen, aber schon jetzt – und ich hoffe, im kommenden Jahr – will ich damit beginnen, Energie drahtlos von A nach B zu schicken. Das Gleiche gilt für Nachrichten aller Art, sodass zum Beispiel ein Telefonteilnehmer einen anderen Teilnehmer irgendwo auf der Welt anrufen kann, mithilfe eines billigen Empfängers, nicht größer als eine Uhr.«

»Unglaublich!« staunte der Dicke. »Und Marconi brüstet sich mit der Übertragung telegrafischer Nachrichten über eine Entfernung von 20 Kilometern, dass ich nicht lache! Er glaubt, er hätte diese Erfindung gepachtet.«

»Soll er nur machen«, entgegnete der Schlanke gelassen. »Er benutzt immerhin 17 meiner Patente.«

»Na und?« echauffierte sich der Dicke. »Er schmückt sich mit fremden Federn und wird schließlich den Ruhm ernten für etwas, wofür Sie die Grundlage gelegt haben!«

»Mag sein«, aber um solche Belanglosigkeiten kümmere ich mich nicht, Mister Astor, das wissen Sie.«

»Eben weil ich das weiß, wurmt es mich. Nicht anders ist es mit Edison. Er würde Ihnen am liebsten an die Gurgel springen, nur weil er fürchtet, dass seine Gleichstromindustrie den Bach runter geht.«

»Auch ein Herr Edison wird nicht verhindern können, dass der Wechselstrom zum Industriestandard wird.«

»Verhindern nicht. Aber er wird es um Jahrzehnte hinauszögern. Und am Ende wird keiner mehr wissen, wem die Drehstromtechnik zu verdanken ist.«

»Sei's drum, Mister Astor. Die Drehstromtechnik ist längst Schnee von gestern. Das alles interessiert mich nicht mehr, ja es ist geradezu ein Witz im Vergleich zu dem, was ich vorhabe.«

»Also was genau haben Sie vor?«

»Ich habe vor, bis zur Weltausstellung in Paris Nachrichten und Energie von der Ostküste bis zu einer Empfangsstation nach Frankreich zu übertragen. Dazu brauche ich ein größeres Labor mit einem leistungsstärkeren Sender. In der Houston Street kann ich nur 4 Millionen Volt erzeugen, aber ich brauche mindestens das Dreifache, wenn nicht sogar das Vierfache.«

»16 Millionen Volt?« Der Dicke schüttelte den Kopf. »Wie wollen Sie das machen?«

Der Schlanke zögerte einen Moment, nahm Astor ins Visier und antwortete dann mit durchdringendem Blick: »Mein Patentanwalt besitzt Anteile an der El Paso Electric Company, einem Elektrizitätswerk in Colorado Springs. Er stellt mir ein großes Gelände zur Verfügung, was bestens für meine Zwecke geeignet ist. Es liegt ziemlich abseits, etwa 1800 Meter über dem Meeresspiegel und das nächstgelegene Haus ist eine Schule für Blinde und Gehörlose.«

Astor grinste.

»Aber das ist nur der Anfang«, fuhr der Schlanke fort. »Ich habe vor, Energie an jeden Punkt der Welt zu übertragen. Um nicht zu sagen: an jeden Punkt dieses Universums.«

Der Dicke horchte auf, hielt einen Moment inne und meinte dann: »Ein genialer Plan! Und ich kann mir gut vorstellen, dass Sie das Zeug dazu haben, ihn umzusetzen. Nur ...«

»Nur was?«

Der Dicke zog an seiner Zigarre und blies eine Rauchwolke an die Decke. »Nur glaube ich nicht, dass Westinghouse begeistert sein wird, wenn er davon erfährt. Er wird die Hände überm Kopf zusammenschlagen!«

Der Schlanke nahm einen großen Schluck aus seinem Whiskyglas, während der Dicke fortfuhr: »Ich kann mir nicht vorstellen, dass er bei der Stange bleibt. Spätestens, wenn es darum geht, ganz Russland mit Telegrafenmasten und Tausenden Kilometern Draht auszustatten, spätestens dann wird er abspringen.«

»Nicht, solange der Zar regiert.«

»Das ist richtig. Aber eher wird eine Revolution vom Zaun gebrochen, als dass Westinghouse auf dieses Mammutgeschäft verzichtet.«

»Er könnte dieses Geschäft auch mit der drahtlosen Technik machen.«

Der Dicke schüttelte energisch den Kopf und meinte: »Nicht, wenn andere Industriezweige mit drinhängen ..., die ganze Zulieferindustrie. Die würden alle leer ausgehen.«

»Okay«, sagte der Schlanke nach einer Weile. »Jede weite Reise beginnt mit dem ersten Schritt. Und mit etwas Geld.«

»Wie viel brauchen Sie?«

»150.000 Dollar. Westinghouse gibt 80.000, ich selber kann etwa 20.000 aufbringen, also fehlen noch 50.000.”

Der Dicke zog an seiner Zigarre, blies eine Wolke in die Luft und meinte dann: »Okay. Sie bekommen das Geld.«

Als Teslas Signalübertragung über eine Entfernung von 1000 Kilometern bekannt wurde, war das ein Meilenstein auf dem Weg zur drahtlosen Energie- und Nachrichtenübertragung. Sein Ziel war es, ein weltweites Kommunikationssystem auf der Basis von Longitudinalwellen zu errichten, womit man auch drahtlos Energie hätte übertragen können. Allerdings lieferte sein Verstärkungssender in Colorado Springs noch nicht die dazu erforderliche Spannung. Deshalb sollten die Experimente im legendären Wardenclyffe-Turm fortgesetzt werden, dessen Bau aber kurz vor der Fertigstellung wegen Kapitalmangel eingestellt wurde. Hauptgeldgeber war einer der einflussreichsten Börsenspekulanten, der Bankier J. P. Morgan, der auf Tesla durch dessen berühmten

Artikel *The Problem Of Increasing Human Energy*[1] aufmerksam geworden war.

Morgan stellte für Teslas Radiostation 150.000 Dollar zur Verfügung, weil er sich davon erhoffte, noch schneller auf Kursschwankungen an den weltweiten Börsen reagieren zu können. Doch als er erfuhr, was Tesla wirklich vorhatte, drehte er den Geldhahn zu.

Auch Jahre später, als Tesla »die Energie des Weltalls« mit einem Konverter einfing und Morgan Pläne für den Antrieb von Autos, Flugzeugen und der Versorgung von Haushalten und Industriebetrieben vorlegte, war dieser entsetzt. Ein kleiner Kasten mit einer Antenne sollte die gesamte Kraftwerksindustrie verdrängen? Er ordnete an, keines dieser Projekte jemals zu unterstützen.

---

[1] *Darin entwirft Tesla eine Vision über den Fortschritt der Menschheit durch neue Energiequellen, was 1900 eine Sensation hervorrief.*

1. Kapitel – Macbeth

Krankenhaus St. Georg, Haus 2, Delitzscher Str. 140, Leipzig, Deutschland, 7. April 2014

Nora hatte keine Ahnung, wie lange sie schon hier saß und wartete. Neben ihr die Glastür zum OP-Saal. Ihr war, als hätte die Zeit aufgehört zu existieren, so als säße sie in einem riesigen Kokon. Irgendwo im Nirgendwo.

Sie registrierte, wie Kittelträger mit lässiger Geschäftigkeit an ihr vorbeihuschten, ohne sie eines Blickes zu würdigen. Sie empfand das als Provokation. Fast hätte sie aufspringen wollen, um einer Schwester, die schon mehrmals an ihr vorübergegangen war, ins Gesicht zu schreien, es gehe um das Leben ihres Mannes, ob sie das nicht begreife. Dazu kam es aber nicht, weil im nächsten Moment die Tür neben ihr aufging und ein Arzt mit Hornbrille den Flur betrat. Er kam auf Nora zu, wischte sich mit dem Oberarm über die Stirn und schob seinen grünen Mundschutz herunter.

»Frau Stallgatter?«, fragte er beherrscht.

Nora schoss das Blut in den Kopf. In den Ohren pochte es. Das Gesicht des Arztes verriet keine Regung.

»Ja?«, sagte sie leise. Ihr Mund war wie ausgetrocknet.

Der Arzt stellte sich vor. Doch schon während er seinen Namen nannte, verfiel seine Stimme in den Tonfall eines Leichenbestatters. Was er sagte, hatte er schon viele Male von sich gegeben: »Es tut mir leid. Aber für Ihren Mann kam jede Hilfe zu spät. Die Schädelverletzungen waren zu schwer. Vielleicht ist es ein schwacher Trost, wenn ich Ihnen sage, dass ich versucht habe, ihren Mann aus dem Koma zurückzuholen und dass er, selbst wenn es funktioniert hätte, nie mehr richtig zu sich gekommen wäre. Ich muss Ihnen nicht sagen, was das für Ihr Leben für Konsequenzen gehabt hätte.«

Nora nahm noch wahr, wie der Arzt ihr die Hand gab. Dann drehte sie sich in ihrer Verzweiflung um und ging. Tot – zum ersten Mal begriff sie die Endgültigkeit dieses Wortes. Allein der Gedanke daran lähmte sie wie starkes Gift.

Im Aufzug roch es nach Methylalkohol und Küche, was Nora nicht ertragen konnte. Kaum, dass die Tür sich geöffnet hatte, flüchtete sie nach draußen. Nach Hause nahm sie ein Taxi, weil sie nicht in der Lage war, sich ans Steuer ihres Wagens zu setzen. Während der Fahrt sprach sie kein Wort. Dem Fahrer hielt sie wortlos einen Schein hin, dann stieg sie aus und verschwand im Haus. In der Wohnung ließ sie sich aufs Bett fallen und begann zu weinen.

Universitätsklinikum Leipzig, Klinik für Psychiatrie, Station 6, Liebigstr. 22, 7. April 2014

Gegen 12.30 Uhr schleppten zwei Männer einen dritten, der nur mit Unterhose und Jacke bekleidet war, in die Aufnahme der Psychiatrischen Klinik. Der Mann in Unterhose roch stark nach Alkohol und schien völlig betrunken zu sein. Nach einem Gespräch der beiden Begleiter mit einer Angestellten der Patientenaufnahme erschien wenig später ein Arzt im weißen Kittel, der sich als Dr. Becker vorstellte. Ihm erzählten die beiden Männer, sie seien Freunde des Betrunkenen und hätten ihn von der Straße aufgelesen. Er sei zuvor von einer Mauer gestürzt und wäre die ganzen letzten Tage nicht aus seinem Delirium herausgekommen. Das läge aber weniger am Alkohol, sondern viel mehr daran, dass er geistig verwirrt sei. Daraufhin fuhren der Arzt und die drei Männer mit dem Fahrstuhl in die sechste Etage. Station 6 stand an der Tür, Klinik für Psychiatrie. Dort wurde der Betrunkene abgeliefert und von zwei Krankenpflegern in Empfang genommen, während Dr. Becker die Einweisung ausfüllte.

»Wie heißt er?«

»Paul Linquist«, sagte der größere der beiden Männer, der seinen Kompagnon um einen Kopf überragte. »Hier ist sein Ausweis.«

Linquist sagte kein Wort. Er starrte vor sich hin und schien unter Schock zu stehen. Als Dr. Becker das Formular ausgefüllt hatte, versicherte er den beiden Angehörigen, er werde den Patienten Dr. Hyronimus vorstellen. Der sei Fachmann für die schweren Fälle und werde sich seiner annehmen. Darauf verabschiedeten sich die beiden Männer und Dr. Becker begleitete die Krankenpfleger, die Linquist in die Mitte genommen hatten, den Gang entlang. Vor einer weißen Tür mit eingesetzter Milchglasscheibe machten sie halt. Dr. Becker, der vorweg ging, trat mit einem kurzen Klopfen ein, die anderen folgten ihm.

»Das ist Herr Linquist«, sagte Dr. Becker leise. »Ich fürchte, er hat das Delirium tremens.«

Der Arzt sah Linquist einen Moment abwägend an.

»Trinkt er stark?«, fragte er durch die Zähne.

»Ich denke, schon. Jedenfalls hat er ...«

»Hat er weiße Mäuse gesehen, kleine Teufel oder rennende Hunde?«

»Nein.«

»Und warum ist er in Unterhosen?«

»Angehörige haben ihn gebracht. Sie sagten, er sei in diesem Aufzug auf der Straße rumgelaufen.«

»Ah ja«, sagte der Arzt sehr zufrieden, »und wo hat er die Abschürfungen und Hämatome her?«

»Die hat er sich geholt, als er über einen Zaun geklettert ist.«

»Ah ja«, sagte der Arzt, dann wandte er sich an Linquist.

»Guten Tag, Herr Linquist, ich bin Dr. Hyronimus.

Linquist antwortete nicht.

Mit gewohnt flinker Bewegung nahm Dr. Hyronimus die Brille ab und fragte sogleich: »Wie alt sind Sie, Herr Linquist?«

Linquist starrte Hyronimus einen Moment fassungslos an. Dann murmelte er: »Ich kann Ihnen nur eine Antwort geben ...«

»Und die wäre?«

»Das Ganze ist ein ... Ein Komplott«, zischte Linquist, »die haben versucht, mich umzubringen. Und ...«, er rang nach Worten. »Und ... wenn Sie sich an diesem Komplott hier beteiligen, werd' ich Sie verklagen, das versichere ich Ihnen!«

»Weswegen wollen Sie mich denn verklagen?«

»Weil Sie mich ..., einen gesunden Menschen, festgenommen und in die Klappsmühle gebracht haben«, antwortete Linquist wütend.

Erst jetzt betrachtete Dr. Hyronimus Linquist genauer. Doch er konnte in dessen Augen keine Anzeichen von Wahnsinn entdecken.

»Sie befinden sich nicht in der Klappsmühle«, sagte der Arzt ruhig und setzte sich auf einen weißen Drehsessel, »sondern in einer Klinik und kein Mensch wird Sie festhalten, wenn es nicht notwendig ist.«

»Und das soll ich Ihnen glauben?« entgegnete Linquist.

»Wir möchten Ihnen nur helfen«, versicherte der Stationsarzt mit ruhiger Stimme und öffnete einen Koffer. Doch beim Anblick des Inhalts schoss Linquist das Blut in den Kopf.

»Was soll das?«, rief er außer sich, während der Arzt mit unverschämter Ruhe eine Injektion aufzog.

»Die Spritze wird sie beruhigen«, beteuerte er mit dem Lächeln eines Sadisten.

Linquist sprang auf und wollte zur Tür hinaus.

»Wo wollen Sie denn hin?«, sagte der Arzt und blickte Linquist in die Augen. »Am helllichten Tag in Unterzeug. Sie fühlen sich nicht gut ... Bleiben Sie hier.«

»Lassen Sie mich durch!«, schrie Linquist die Sanitäter an, die vor der Tür standen. Doch die hielten ihn fest und schon im nächsten Moment hatte ihm die Schwester eine Zwangsjacke übergezogen.

»Nein! Das ist ein Irrtum«, schrie er. »Lassen Sie mich los!«

Im Handumdrehen war ein Hosenbein hochgestreift und die Injektion verpasst. Man hielt ihn noch ein paar Sekunden fest, dann sackte Linquist auf seinem Stuhl zusammen. Schweigend und mit müden Augen blickte er ins Leere. Er gähnte, verzog das Gesicht und murmelte: »Ich werde Sie verklagen, sag ich Ihnen und ...«

Dann schloss er die Augen.

»Einzelzelle 11«, ordnete der Arzt an und setzte die Brille wieder auf. Fast lautlos öffnete sich eine Seitentür und ein Bett auf Gummirädern wurde hereingerollt, worauf man Linquist hievte. Dann schob man ihn einen langen Korridor entlang bis zu einer Glastür am Ende des Gangs. Nach Eingabe eines Zahlencodes öffnete sich die Tür und Linquist wurde in einen speziellen Trakt der geschlossenen Anstalt gebracht, wo sich die Zelle mit der Nummer 11 befand. Krachend fiel die Stahltür hinter ihm ins Schloss.

»Dr. Hyronimus?«, fragte Dr. Becker gedämpft. »Glauben Sie, dass er krank ist?«

»O ja«, antwortete der Arzt.

»Was denken Sie, was er hat?«

Der Arzt sah Becker abschätzend an und antwortete matt: »Motorische Erregung, Wahninterpretationen ... Offenbar ein schwieriger Fall. Ich nehme an Schizophrenie. Alkoholismus kommt noch dazu.«

3

Eine Woche später, am 14. April, wurde Edwin Stallgatter auf dem Südfriedhof beerdigt. Am Tag danach begannen für Nora die – nennen wir es zunächst einmal – Merkwürdigkeiten.

Zunächst rief die Klinik an und teilte Nora mit, dass ein paar Habseligkeiten, die Edwin am Tag des Unfalls bei sich trug, zur Abholung bereitlägen. Nora maß dem nicht viel Bedeutung bei. Zunächst wollte sie mehr über die Umstände des Unfalls erfahren, weswegen sie am Mittwoch die zuständige Polizeidienststelle aufsuchte. Dort erfuhr sie, dass der Wagen ihres Mannes bei Kilometer 117 auf der Autobahn A9 von der Fahrbahn abgekommen sei und sich mehrmals überschlagen habe. Auf ihre Frage, wie viele Personen in dem Wagen saßen, bekam sie zur Antwort, in dem Fahrzeug hätte sich lediglich ihr Mann befunden, was Nora bezweifelte, denn sie wusste genau, dass Edwin die Fahrt zusammen mit seinem Freund und Geschäftspartner Paul Linquist angetreten hatte.

Des Weiteren sagte man ihr, dass das Autowrack zur Klärung der Unfallursache noch untersucht werde. Das könne dauern. Nora fragte, ob es möglich wäre, das Auto zu sehen. Selbstverständlich, hieß es, wenn sie das unbedingt wolle. Allerdings sei das erst ab Montag 12 Uhr möglich. Ein Beamter müsse mit dabei sein. Nora willigte ein und bat gleich um den Termin am Montagmittag. Daraufhin gab man ihr die Adresse der Autoverwertung und die Zusage, der zuständige Beamte werde dort vor Ort sein.

Montagfrüh rief Nora zuerst beim MDR an und erkundigte sich nach Paul Linquist, dessen zweites oder eher erstes Standbein ein freiberuflicher Moderatorenjob beim MDR war. Ihr wurde gesagt, er hätte sich seit einer Woche nicht gemeldet, keiner wisse, wo er sei. Worauf Nora erzählte, was passiert war. Erst jetzt wurde ihr bewusst, dass sie die ganze Zeit angenommen hatte, Paul sei bei dem Unfall mit ums Leben gekommen, was offenbar nicht stimmte. Aber sie war sich sicher, dass beide in Edwins BMW gesessen hatten, sie hatte gesehen, wie sie losgefahren waren. Außerdem hatte Edwin die Tage zuvor immer wieder davon gesprochen, dass sie zusammen nach Frankfurt wollten. Warum also sollte er auf einmal nicht mitgefahren sein. Und selbst wenn es aus irgendeinem

Grund doch so gewesen sein sollte, dann würde man ihn nicht seit einer Woche beim MDR vermissen. Zwar wusste Nora, dass Paul Junggeselle war, noch dazu ein Einzelgänger, der, so wie Edwin mit seinem Labor, mit seinem Job liiert war, doch irgendjemand musste doch sein Verschwinden bemerkt haben. Dann fiel ihr ein, dass Paul erst vor Kurzem mit seiner Freundin Schluss gemacht hatte, dass er keine Kinder hatte und dass auch seine Eltern nicht mehr lebten. Allerdings verflogen diese Gedanken so schnell, wie sie gekommen waren und Nora machte sich gegen 11.30 Uhr auf den Weg zur Autoverwertung Seik im Norden der Stadt.

Die Halle war so groß, dass drei Dutzend Autowracks darin Platz hatten. Mindestens ebenso viele standen draußen herum. Zerfetzte und zerbeulte Autos, die alle auf irgendeine Weise mit dem Schicksal ihrer Insassen verbunden waren. Obwohl sich Nora vorgenommen hatte, kühl zu bleiben, begann sie beim Anblick des Wracks, das sie als den Wagen ihres Mannes erkannte oder zu erkennen glaubte, zu zittern. Das Armaturenbrett war in der Mitte eingeknickt, man sah Blutspuren. Die Kühlerhaube war bis auf einen halben Meter zusammengeschoben und die Frontscheibe fehlte fast vollständig. Die Kofferraumklappe stand offen, es roch nach Benzin und nach verbranntem Kunststoff. Während Nora das Fahrzeug andächtig umrundete, fiel ihr Blick auf das geöffnete Handschuhfach, das offenbar leer war. Ihr fiel ein, dass Edwin immer einen Zweitschlüssel für die Wohnung im Handschuhfach aufbewahrte. Auf die Frage, ob sie nach dem Schlüssel suchen dürfe, meinte der Polizeibeamte, das könne sie ruhig tun, er glaube nicht, dass da noch irgendwas drin ist, die Spurensicherung sei bereits erfolgt.

»Die Spurensicherung ist schon erfolgt?« Nora verstand nicht recht. »Mir hat man gesagt, das könne dauern.«

»Ja, ja«, erklärte der Beamte, »normalerweise dauert das auch. Manchmal Tage oder Wochen. Also wenn Sie wollen ...«

Nora nahm das Handschuhfach ins Visier, das nur noch als eine dunkle, schwarze Öffnung zu erkennen war. Der Geruch von verbranntem Plastik lag in der Luft. Einen Moment schien sie wie gelähmt, außerstande, mit der Hand in das Fach zu greifen. Was tat sie hier eigentlich? Das war doch sinnlos. Ein purer Akt der Verzweiflung. Dann gab sie sich einen Ruck und tastete mit der linken Hand den dunklen Hohlraum ab. Immer und immer wieder, doch einen Schlüssel fand sie nicht. Das einzige, was sie außer schwarzem Staub und Glasscherben zutage förderte, war ein kleiner silberner USB-Stick, der sich im Scharnier der Handschuhfachklappe verfangen hatte.

»Übrigens ...«, sagte Nora, während sie den Stick einsteckte, »mein Mann hatte einen Aktenkoffer bei sich, einen roten Aktenkoffer mit den Initialen ES.«

Der Polizist hob die Schultern. «Sind Sie sicher?«

«Ganz sicher. Ich hab' ihn mit dem Koffer einsteigen sehen.«

Der Beamte machte eine ungläubige Geste. »Tut mir leid. Aber davon steht nichts im Protokoll.«

»Schon gut«, sagte Nora halb in Gedanken. »Und danke, dass Sie sich die Mühe gemacht haben.«

»Keine Ursache«, entgegnete der Beamte und begleitete sie zu ihrem Wagen.

Auf der Rückfahrt schossen Nora unzählige Gedanken durch den Kopf. Alles war so verworren. Wieso hatte man ihr erst gesagt, die Spurensicherung könne dauern und dann, auf einmal, war sie bereits abgeschlossen. Und was ist mit dem roten Koffer? Er könnte beim Unfall aus dem Wagen geschleudert worden sein. Das wäre zumindest eine plausible Erklärung. Doch je mehr Nora über diese Dinge nachdachte, umso mehr verfestigte sich der Eindruck, dass hier etwas verschleiert wurde. Zum ersten Mal nach Edwins Tod kam in ihr der Verdacht auf, sein angeblicher Unfall könnte gar kein Unfall gewesen sein. Was wäre, wenn hier jemand dran gedreht hätte? Aber wer sollte so etwas tun? Und vor allem, warum? Edwin und Paul hatten eine kleine, kaum bekannte Elektronikfirma. Eine Gesellschaft bürgerlichen Rechts, nicht mal eine GmbH. Dieser Gedanke war einfach lächerlich. Doch dann dachte Nora darüber nach, was sie eigentlich über Edwins Arbeit wusste. Das war nicht gerade viel. Außer, dass er sich mit neuen Konzepten der Energiegewinnung beschäftigte, die unterm Strich nichts einbrachten, jedenfalls kein Geld. Stattdessen immer nur Versprechungen, es würde nicht mehr lange dauern, dann käme der große Geldsegen. Sie seien an einer großen Sache dran, und wenn das spruchreif werde, dann hätten sie für alle Zeit ausgesorgt. Für alle Zeit. Nora kamen die Tränen. Sie hatte Edwin geliebt für seine Impulsivität, für seine Ideen und Visionen. Auch wenn daraus nie etwas wurde. Es war wie in den Filmen der Olsenbande, die Edwin so mochte. Auch Olsen hatte immer einen Plan. Und wenn er auch noch so genial war, am Ende kam immer irgendwas dazwischen. Einmal, als er fast am Ziel war, konnte nur noch eine politische Verschwörung den großen Cup verhindern, weswegen Dänemark aus der Europäischen Gemeinschaft austrat. Politische Verschwörung? Nora wusste nicht, warum sie bei diesem Stichwort hängen blieb. Ihr fiel nur ein, dass Edwin zuletzt davon erzählt hatte, dass er an einem neuen Energiekonzept dran sei, dass die Welt verändern würde. Was das sein sollte, wusste sie nicht. Edwin hatte auch von einem Patentanwalt am Dittrichring erzählt, der enorm wichtig wäre, wenn es zum großen Deal käme. Nora fiel der Name nicht ein, aber über Google war es nicht schwer, ihn herauszufinden: Dr. Bernd Winkelmann, Dittrichring 9, 04103 Leipzig. Und Edwin hatte immer wieder von Benno erzählt, seinem Kollegen, den Nora sogar einmal gesehen hatte, als er gerade in Leipzig war. Er, so dachte Nora, müsste auf jeden Fall Genaueres wissen, denn die beiden hatten sich bis zuletzt über Edwins Patent unterhalten. Doch ihr fiel sein Nachname nicht ein. Benno war immer nur Benno. Und Edwins Privatsachen zu durchsuchen, kam überhaupt nicht infrage, das hätte sie nicht vermocht. Nicht jetzt, wo noch nicht mal zwei Wochen vergangen waren seit Edwins Tod. Deshalb beschloss sie, zunächst den Anwalt aufzusuchen, in der Hoffnung, von ihm Näheres zu erfahren.

4

Gleich am Dienstag sprach sie in seinem Büro am Dittrichring 9 vor, in einem herrschaftlichen Gründerzeithaus mit prunkvollen Treppen und drei Meter hohen Stuckdecken. Die Sekretärin bat Nora, einen Moment im Vorzimmer Platz zu nehmen. Es dauerte nicht lange, dann erschien Winkelmann, ein gut aussehender Mittfünfziger, grau meliert mit Oberlippenbart und Brille.

Als Nora erzählte, Edwin sei bei einem Autounfall ums Leben gekommen, zeigte sich Winkelmann tief betroffen.

»Das ist nicht zu fassen ... Bitte nehmen Sie doch Platz, Frau Stallgatter. Mein aufrichtiges Beileid!«

»Danke«, sagte Nora leise.

»Ich kann Ihnen gar nicht sagen, wie mich das trifft.« Winkelmann stand einen Moment unschlüssig auf der Stelle. Dann setzte er sich in seinen Sessel und meinte: »Letzte Woche Montag hat er noch hier gesessen. Natürlich sprachen wir übers Patent und überhaupt übers Thema Freie Energie. Im Internet geistern jetzt viele solcher Lösungen rum, Motoren, die mit Magneten betrieben werden oder welche, die aus elektrostatischen Potenzialen Strom gewinnen. Solche Patente gibt es inzwischen zuhauf. Doch Edwins Lösung empfand ich als Genialste von allen. Einfach deshalb, weil man sie im großen Stil hätte umsetzen können. Rein technisch wäre das gegangen.«

»Was wäre technisch gegangen?«

Winkelmann schaute Nora irritiert an. »Ich dachte, das wüssten Sie?«

»Na ja«, begann sie zögernd, »ich wusste nur in etwa, worum es ging. Für die Einzelheiten hab ich mich nie wirklich interessiert. Sie müssen wissen, die Firma hat nie Geld abgeworfen. Es hieß immer nur, irgendwann wird es Geld geben. Sie glauben gar nicht, wie oft mir Ed das erzählt hat. Doch Geld hat es nie gegeben.«

»Das ist sehr bedauerlich«, fuhr Winkelmann fort. Zumal – es ist mir fast peinlich, das zu sagen – auch noch eine Rechnung von mir offen ist. Und zwar die für den Vertragsentwurf mit Central Electric.«

Er kramte in einer Ablage auf seinem Schreibtisch.

»Ein Vertrag mit Central Electric?« Nora begriff nicht.

Winkelmann, der die Rechnung gefunden hatte, hielt kurz inne, wobei seine Züge einen gewissen Grad von Fassungslosigkeit ausdrückten, dann sagte er: »Ich nahm an, auch das wüssten Sie.«

»Davon wusste ich nichts«, sagte Nora verlegen. »Er hat nur erzählt, dass es irgendwann mal um einen großen Deal gehen könnte und dass Sie dann für ihn sehr wichtig wären. Deshalb bin ich ja zu Ihnen gekommen, um zu erfahren, was er vorhatte.«

Winkelmann musterte Nora von oben bis unten, dann meinte er: »Soweit ich weiß, wollte er Central Electric sein Patent anbieten.«

»Welches Patent?«

»Das Patent für den Stromerzeuger.«

Nora schwieg.

»Nur für den Fall«, fuhr Winkelmann fort, »dass Sie nicht wissen sollten, woran ihr Mann gearbeitet hat ...«

Nora schüttelte den Kopf.

»Er hat einen Energiekonverter bis zur Serienreife gebracht, der in der Lage ist – wenn er großtechnisch realisiert werden würde – das Weltenergieproblem zu lösen.«

Nora sah Winkelmann fassungslos an. Weder hatte sie eine Ahnung davon, was ein Energiekonverter sein sollte, noch eine Vorstellung davon, dass man damit das Weltenergieproblem lösen könnte. Aber ihr dämmerte, dass Edwin weit mehr war als der liebenswerte Spinner, für den sie ihn immer gehalten hatte.

»Allerdings«, fuhr Winkelmann fort, »ist das größere Problem dabei – wie sollte es auch anders sein – das des Geldes. Das heißt, wenn Sie mit so einem Produkt auf den Markt wollen, dann müssen Sie alle Grauzonen des juristischen Dschungels kennen. Denn es gibt viele Neider, Widersacher und Saboteure, die nur darauf aus sind, Sie außen vor zu lassen. Zwar ist es Aufgabe des Lizenzrechts, das skrupellose Hauen und Stechen auf dem Markt in Schranken zu halten, aber wenn es um gewinnbringende innovative Ideen geht, dann ...«

»... ist jedes Mittel recht?«

»Nun, vielleicht nicht jedes«, meinte Winkelmann wohlüberlegt. »Aber vorsätzliche Behinderung oder gar Bestechung sind in diesen Kreisen nichts Ungewöhnliches. Ich kenne genügend Fälle, in denen das Patentamt bestochen wurde, um Geheimnisse preiszugeben oder an gekaufte Patentanwälte weiterzuleiten. Erst recht in Amerika.«

Nora sah Winkelmann eindringlich an.

»Alva Edison«, fuhr er fort, »war der erste, der wusste, wie's geht. Er beschäftigte einen ganzen Mitarbeiterstab, der nichts anderes tat, als ausländische Patente übersetzen. Dann wurden die Konkurrenten, einer nach dem anderen, ausgeschaltet und das Patent schließlich unter seinem Namen angemeldet.«

Winkelmann erhob sich von seinem Stuhl, ging zum Fenster und schaute auf die Straße hinunter.

»Doch was das Patent Ihres Mannes angeht«, nahm er den Gedanken wieder auf, »so hab' ich eher das Gefühl, dass es jetzt in einem Safe bei Central Electric liegt und kein Mensch je davon erfahren wird.«

»Aber warum?«, meinte Nora ungläubig.

»Sie fragen, warum?« Winkelmann lachte gezwungen. »Weil die sich nicht den Ast absägen werden, auf dem sie sitzen! Die wollen weiter am Strommarkt verdienen. Ich meine konventionell, mit all den Kraftwerken, die den Planeten verpesten und uns Jahr für Jahr höhere Stromrechnungen bescheren. Der Energiekonverter hätte das Prinzip der Energiegewinnung auf den Kopf gestellt. Er hätte unsere gesamte Energiepolitik revolutioniert. Was aber einigen Leuten, die uns vom Strommonopol abhängig gemacht haben, ein Dorn im Auge ist. Die wollen weiter ihre Milliarden verdienen und uns das Geld aus der Tasche ziehen ...

Winkelmann sah Nora an: »Was würden Sie tun, wenn Sie im Besitz des Energiemonopols wären und jemand käme daher und würde Ihnen eine Lösung dahin gehend anbieten, dass Sie all Ihre Kraftwerke und Umspannwerke nicht mehr bräuchten, all Ihre Telegrafenmasten und Leitungen, weil Sie jetzt Strom aus dem Vakuum erzeugen könnten? Würden Sie ihm den Zuschlag geben?«

Nora dachte einen Moment darüber nach und antwortete dann: »Ich glaube, dass das eine Frage der Reife ist. Und natürlich der Verantwortung. Beides sollte vorhanden sein. Ich würde selbstverständlich nach einer Lösung suchen.«

»Edwin hatte auch an eine Lösung geglaubt«, sagte Winkelmann ernst. »Doch er hat die Geldgier unterschätzt. Die Geldgier derer, die das einen Dreck interessiert. Die den Hals nicht voll genug kriegen.«

Er machte eine Pause, holte eine Zigarettenschachtel vom Schreibtisch und fragte: »Stört es Sie, wenn ich rauche?«

Nora schüttelte den Kopf.

»Ich hatte ihn davor gewarnt«, erzählte Winkelmann weiter und steckte sich eine Zigarette an, »das Patent an die Amerikaner zu verkaufen. Edwin war in dem Glauben, nur die könnten seine Idee im großen Stil vermarkten, mit dem nötigen Geld. Übers Ohr gehauen haben Sie ihn. Oder schlimmer noch.«

»Das heißt«, bohrte Nora, »Sie glauben nicht an einen Unfall?«

Winkelmann sah Nora mit durchdringendem Blick an. Dann sagte er: »Wissen Sie, ich glaube nicht an Zufälle. Und auch nicht an den Weihnachtsmann.«

Nora schwieg.

»Und nach allem, was wir gerade erörtert haben, kann sich jeder seinen eignen Reim darauf machen ... Beziehungsweise eins und eins zusammenzählen.«

Nora nickte. Dann bedankte sie sich vielmals bei Winkelmann, bekam seine Visitenkarte und die noch offene Rechnung mit der Bitte, ihn über den weiteren Fortgang der Ereignisse auf dem Laufenden zu halten. Daraufhin verließ sie, den Blick starr nach vorn gerichtet, das Haus.

Zuhause angekommen, bekam Nora einen Heulanfall. Als er vorüber war, schlugen Trauer, Schmerz und Leere plötzlich um in Verbitterung und Wut. Das Gespräch mit Winkelmann hatte sie wachgerüttelt. Wie wenig sie doch über Edwins berufliche Aktivitäten Bescheid wusste. Das war erschreckend! Und dass er so sehr bestrebt war, all seine erfolglosen Anstrengungen zu einem guten Abschluss zu bringen, ja dass er sogar kurz vor einem durchschlagenden Erfolg stand, das machte sie betroffen. Offenbar hatte Edwin vorgehabt, erst dann die Karten auf den Tisch zu legen, wenn alles unter Dach und Fach gewesen wäre. Doch dazu war es nie mehr gekommen. Stattdessen hatte sich ihr Leben in einen Albtraum verwandelt, den sie nicht einfach so abschütteln konnte wie lästiges Ungeziefer.

In der Nacht und auch in den folgenden Nächten fand sie kaum Schlaf. Sie glaubte zu träumen, doch ihre Träume entpuppten sich jedes Mal als Albträume. Immer ging es um Edwins Unfall, um seine Arbeit und um das, was damit zusammenhing. Auch sie selbst war darin verwickelt. Es wollte kein Ende nehmen. Und immer dann, wenn sie merkte, dass sie keine Ruhe finden würde, lauschte sie den Geräuschen der Nacht. So glaubte sie einmal, das Geräusch eines Schlüssels im Schloss zu hören, das Geräusch, das sie damit verband, dass Edwin ins Zimmer trat, so wie er es immer getan hatte. Aber es war nur das Schaben eines Kabels vom Blitzableiter. Und irgendwann erreichte ihr Delirium jenen gefährlichen Grad von Benommenheit, der zwischen Wahn und Wirklichkeit nicht mehr unterscheidet. Sie ging vom Schlafzimmer ins Wohnzimmer, öffnete wahllos ein paar Schubfächer und kehrte dann zurück ins Schlafzimmer, unfähig, sich ins Bett zu legen. Dann ging sie ins Bad, wo in der Ecke neben dem Spiegelschrank immer noch ungeöffnet der Plastiksack lag, den man ihr im Krankenhaus mitgegeben hatte. Nora kniete nieder und öffnete ihn. Nicht aus Neugier oder Interesse, eher aus Verzweiflung. Es war lediglich der Versuch, sich mit irgendetwas abzulenken und zu zerstreuen. Was dabei zum Vorschein kam, schien zunächst dieser Absicht zu entsprechen: eine Packung Kopfschmerztabletten, ein Taschentuch, ein Slip und ein paar Socken. Doch es war auch Edwins Ehering dabei, in einem Plastiktütchen aufbewahrt, und seine Brieftasche, in der sich noch 20 Euro befanden und eine Menge Kundenkarten, darunter die Geldkarte, die AOK-Karte und eine Eintrittskarte für die Oper. *Macbeth* stand darauf. Mittwoch, 30. April, 20 Uhr. Nora durchzuckte es. Mit einem Schlag war sie wieder im Jetzt. Sie schaute auf die Uhr. 4.25 Uhr zeigte das Display an und das Datum: Mittwoch, 23. April. Die Karte galt also noch. Aber was wollte Edwin in der Oper? Er war doch sonst nie in die Oper gegangen. Nora konnte sich nur an ein einziges Mal erinnern, und das war zum Opernball, nicht zu irgendeiner Vorstellung. Und so diente das Auffinden der Opernkarte auch nicht gerade dazu, dem frühen Morgen – es wurde bereits wieder hell – noch ein paar Stunden Schlaf abzuringen. Obwohl: Nach weiteren schier endlosen Gedankentiraden, verbunden mit quälenden Wahn- und Schwitzattacken, schlief Nora schließlich doch noch ein, mit dem Vorsatz, dem Geheimnis der Opernkarte unter allen Umständen auf den Grund zu gehen.

5

Als Linquist erwachte, lag er in einem Zimmer, das er nicht kannte. Durch die heruntergelassenen Jalousien fiel spärliches Licht. Es musste frühmorgens oder bereits Abend sein. Es war totenstill, nur das Brummen einer Fliege war zu hören, die immerzu gegen das Fenster flog.

Linquist versuchte sich zu erinnern. Der Raum, in dem er lag, war etwa vier mal vier Meter im Quadrat. Ein weißes Stahlbett, ein Stuhl, ein Nachttisch und an der Wand neben der Tür ein abstraktes Bild, das am ehesten an einen Beelzebub erinnerte. Draußen im Flur ertönten Schritte. Er lauschte. Doch die Schritte entfernten sich wieder. Eine ganze Weile dachte Linquist an nichts. Sein Kopf schien leer zu sein. Sobald er versuchte, sich an irgendetwas zu erinnern, kam immer nur abgrundtiefe Leere zum Vorschein. Erst als er es aufgegeben hatte, sich erinnern zu wollen, erst dann, mit einem Mal, tauchten vor seinem inneren Auge Bilder auf. Bilder von einem Unfall. Er sah sich in Edwins BMW sitzen, Edwin saß am Steuer und beide fuhren auf der Autobahn. Dann gab es einen Knall und gleich darauf noch einen, der Wagen geriet ins Schleudern und kam von der Fahrbahn ab. Dann überschlug sich alles. Als Nächstes sah er sich auf dem Boden liegen, auf irgendeinem Acker, wie ihn ein Typ mit der Pistole bedrohte, währenddessen er von einem zweiten, der offenbar sein Komplize war, mit Wodka abgefüllt wurde. Mindestens eine halbe Flasche flößten sie ihm ein. Sie hätten ihn erschossen, wenn er nicht getrunken hätte. Er konnte nichts dagegen tun. Zuletzt sah er sich in Unterhosen in einer Empfangshalle stehen, mit diesen beiden Typen, die ihn dort hin geschleppt hatten. Dann wurde ihm schnell der Zusammenhang klar und er ahnte, wo er jetzt war.

Für einen Moment schoss Linquists Puls in die Höhe, denn er begriff auf einmal den Ernst seiner Lage. Instinktiv tastete er nach seinem Handy. Er erschrak als ihm bewusst wurde, dass er es gar nicht bei sich haben konnte, weil er hier in diesem Krankenhausbett lag, noch dazu in einem fremden Schlafanzug. In einem Anflug von Hoffnung durchwühlte er den Nachtschrank neben sich nach persönlichen Sachen, doch er fand ihn leer. Damit war klar, er würde niemanden anrufen können. Er war völlig abgeschottet und auf sich allein gestellt. Linquist war nahe daran zu verzweifeln. Doch dann fiel ihm Edwin ein. Was war mit ihm? War er tot? Wahrscheinlich, dachte er noch, dann vernahm er wieder Schritte. Diesmal machten sie direkt vor seiner Tür halt, worauf das Schließgeräusch eines Schlüssels im Schloss zu hören war und zwei Personen in weißen Kitteln das Zimmer betraten. Es waren Dr. Hyronimus und der Krankenpfleger mit Bodybuildingfigur, der Linquist bei der Einweisung in Empfang genommen hatte.

Dr. Hyronimus zeigte sich freundlich und wohlwollend. Er erkundigte sich nach Linquists Befinden und verwickelte ihn schließlich in ein Gespräch, das alles in den Schatten stellte, was Linquist insgeheim befürchtet hatte. Nicht nur, weil ihm jetzt klar wurde, dass er sich in einer geschlossenen Anstalt befand, was an sich schon schlimm genug war, sondern vor allem, weil er – Linquist – sagen konnte, was er wollte, Hyronimus glaubte ihm kein Wort. Alles, was er sagte, wurde sofort gegen ihn verwendet, weil

Hyronimus davon ausging, dass er sich das alles nur einbildete. In seinen Augen litt Linquist unter Wahnvorstellungen, die Ausdruck einer schweren Schizophrenie waren. Als Linquist darum bat, telefonieren zu können, meinte Hyronimus, das sei überhaupt nicht gut, er brauche jetzt viel Ruhe und vor allem müsse er regelmäßig seine Medikamente nehmen. Das sei vorläufig das Wichtigste.

Aber Linquist entgegnete, er müsse am Montag seine Sendung vorbereiten, worauf Hyronimus meinte, er müsse jetzt überhaupt keine Sendung vorbereiten, sondern lediglich seine Tabletten nehmen. Daraufhin wurde er genötigt, einen bunten Medikamentencocktail zu schlucken, den der Krankenpfleger mitgebracht hatte. Als Linquist den Cocktail eingenommen hatte, verabschiedeten sich Hyronimus und der Pfleger mit dem Hinweis, in einer halben Stunde gebe es Abendessen und er werde dann hier abgeholt und zum Speisesaal gebracht. Daraufhin verließen die beiden das Zimmer, es ertönte wieder das Schließgeräusch und für einen Moment glaubte Linquist, er sei nur aus Versehen in einen falschen Film geraten, alles würde sich klären und schon morgen würde er wieder telefonieren können und jemanden finden, der ihn hier rausholte. Doch schon im nächsten Moment kamen ihm Zweifel, die jedoch Minuten später verflogen und einer nicht unangenehmen Schläfrigkeit Platz machten. Linquist wurde unsagbar müde. Und so gab er diesem Bedürfnis nach und döste ein.

Als man ihn zum Abendessen abholte, war er bereits in eine Welt abgetaucht, die kaum noch Emotionen kannte. Er spürte, dass er keinen Willen mehr hatte. Und dennoch fühlte sich dieser Zustand gar nicht so schlecht an. Linquist beobachtete die anderen Insassen, wie sie mit ihren Tabletts vor der Essenausgabe standen, den Blick starr nach vorn gerichtet. Kaum einer sprach mit dem anderen, auch an den Tischen nicht. Die ganze Szenerie hatte etwas Geisterhaftes und auch Linquist selbst fühlte sich als Geist. Alles erweckte den Anschein, nicht real zu sein. Einen Augenblick hatte er den Wunsch, für immer in dieser Sphäre zu bleiben. Sie hatte etwas ungeheuer Friedliches und Wahres. Ein Schizophrener, dachte Linquist, ist der Wahrheit näher als jeder Stinknormale. Doch als er seine Suppe ausgelöffelt hatte – es gab Linsen mit Blutwurst –, spürte er, dass da noch etwas in ihm war, das sich dem ganzen Treiben, in das er hineingeraten war, widersetzte. Wo war er hier eigentlich? Und vor allem, warum? Da er keine Antwort fand, verfiel er schon im nächsten Moment den vorherigen Gedanken. Nachdem er seine Nachspeise, einen Apfel, gegessen hatte, brachte ihn der Pfleger mit der Bodybuildingfigur zurück aufs Zimmer. Dort befiel Linquist unsägliche Müdigkeit, sodass er wieder seiner Lieblingsbeschäftigung nachging: Schlafen.

Am nächsten Tag wurde er auf ein anderes Zimmer verlegt, das zur Station 6 gehörte, zum Trakt der offenen Anstalt. Einen weiteren Tag später meldeten sich Linquists Begleiter. Sie gaben vor, ihn besuchen zu wollen. Als sie wieder gegangen waren und der Pfleger die Abendmedikation aufs Zimmer brachte, fand er Linquist im Bett liegend vor. Auf die Aufforderung, seine Medikamente einzunehmen, reagierte er nicht. Der später hinzugezogene Stationsarzt stellte als Todesursache Kreislaufversagen fest.

6

Auf der Fahrt zur Oper schossen Nora unzählige Gedanken durch den Kopf, meist Erinnerungen an Edwin. Es waren immer nur kurze Szenen, die sich aneinanderreihten, ohne jeglichen Zusammenhang. Am Hotel Astoria kam sie mit ihrem Wagen als 15. oder 20. in der Linksabbiegerspur zum Stehen. Vorne war Rot, was reichlich Gelegenheit bot, das Gedankenkarussell in Gang zu halten. Dabei tauchte immer wieder Edwin auf. Einmal glaubte sie sogar, ihn leibhaftig zu sehen, doch der Mann am Steuer einer weißen Mercedeslimousine entpuppte sich im letzten Moment als ein anderer, dessen Ähnlichkeit mit Edwin so frappierend war, dass Noras Herz zu rasen begann. Dann dachte sie daran, was sie wohl in der Oper erwarten würde. Zwar hatte sie keine Angst vor diesem merkwürdigen Termin, da überwog eher die weibliche Neugier, doch etwas unwohl war ihr schon. Was wäre, wenn plötzlich eine andere Frau auftauchte und herauskäme, dass Edwin ein Doppelleben geführt hätte. Doch das konnte sie sich nicht wirklich vorstellen. Edwin war ein Erfindergeist, der eher in seinem Büro oder im Labor herumlungerte, als bei einer anderen Frau.

Als sie die Goethestraße entlang fuhr, musste sie daran denken, wie mulmig ihr zumute war, als sie sich mit Edwin im Oktober 1989 in die Menge der 70.000 eingereiht hatte, die – wie jeden Montag – um den Ring marschierte. Und dann dieser Blick in die Goethestraße, überall Armeefahrzeuge und bis an die Zähne bewaffnete Sicherheitskräfte. So schlimm würde es heute nicht kommen, dachte sie noch, dann quietschten Reifen und es fehlte nicht viel, sie wäre dem Wagen vor ihr hinten rein gefahren. Schnell fuhr sie an ihm vorbei in die Einfahrt zum Parkhaus am Augustusplatz. Von dort nahm sie den Lift, der direkt in die Opernhalle führte.

Vor einer Spiegelwand überzeugte sie sich noch einmal davon, dass ihre Frisur tadellos war und dass ihr azurblaues Kleid, das Edwin so sehr liebte, auch die entsprechende Wirkung hatte. Während sie die Treppe zum Rang hinaufging, ertönte ein Klingeln, das der Zeit nach zu urteilen das zweite Klingeln sein musste, weswegen links und rechts von ihr geschäftig Leute vorbeieilten, als würde ihnen jemand ihre Plätze streitig machen. Nora holte die Eintrittskarte aus der Tasche und verglich sie mit den Angaben über den Eingängen. Erst als sie sich sicher war, dass sie richtig war, betrat sie die 17. Reihe und setzte sich auf ihren Platz mit der Nummer 7. Links von ihr, auf Platz 8 und 9, saßen zwei alte Damen, die offenbar zusammengehörten und rechts von ihr saß zu ihrem Erstaunen ein gewichtiger Mann, der sie im ersten Moment an einen Buddha erinnerte. Dann ertönte das dritte Klingeln und Nora rückte sich auf ihrem Platz zurecht, den Blick ins Programmheft vertieft, das man ihr im Foyer in die Hand gedrückt hatte. Dort las sie, dass es in Macbeth um die Doppelgesichtigkeit der Weltgeschichte ginge. Spuk fände nicht nur in der Hexenküche statt, sondern sei allgegenwärtig. Durch die Anwesenheit der Hexen würden die perfiden Mechanismen skrupelloser Machtpolitik aufgedeckt und lächerlich gemacht, gleichzeitig aber auch die Tragik der Menschen gezeigt, die sich dem mörderischen Geschehen nicht entziehen könnten.

»Entschuldigen Sie«, sagte auf einmal der gewichtige Mann, ohne mit der Wimper zu zucken. »Auf diesem Platz hätte ich eigentlich Edwin erwartet. Und wer sind Sie?«

Nora schwieg. Sie hatte keine Ahnung, wo sie diesen Typen hinstecken sollte. Er sprach einen leichten Akzent. Offenbar hatte er Edwin gekannt. Was sollte sie sagen? Sie könnte sagen, sie hätte die Karte vor der Tür jemandem abgekauft. Doch die Vorstellung war alles andere als ausverkauft. Außerdem würde sie dann nie mehr erfahren, warum Edwin, wenn er schon mal Interesse für die Oper zeigte, nicht mit ihr, sondern ausgerechnet mit diesem albernen

Buddha dorthin gegangen wäre. Noch dazu in einen uralten Klassiker von Shakespeare. Deshalb antwortete sie ganz unverfänglich: »Ich bin Nora Stallgatter, seine Frau.«

»Das dachte ich mir«, sagte der Buddha unbeeindruckt. Er schnaufte durch die Nase und meinte etwas ungehalten, aber immer noch freundlich: »Und was haben Sie für eine Nachricht?«

Spätestens jetzt war Nora klar, dass hier irgendetwas im Gange war, von dem sie keinen Schimmer hatte. Natürlich hätte sie ihm erzählen können, dass Edwin bei einem Verkehrsunfall ums Leben gekommen war, aber das hielt sie für unklug. Stattdessen nahm sie sich vor, die Wissende zu spielen und sich ganz auf ihre Fähigkeit zu verlassen, in ungewöhnlichen Situationen einen kühlen Kopf zu bewahren.

»Eine Nachricht?«, sagte sie mit der Unschuldsmiene eines Kindes, während sie nach Worten suchte.

»Zehn Millionen waren ausgemacht«, zischte der Buddha. »Oder haben Sie das Patent an die Amerikaner verkauft?«

Nora schüttelte den Kopf.

»Also was wollen Sie?«

In diesem Moment erlosch das Licht, der Dirigent trat ans Pult und das Publikum klatschte höflich, während sich der Vorhang öffnete.

Man sah einen Wald und die beiden Feldherren Macbeth und Banquo, wie sie von einer siegreichen Schlacht zurückkehren. Hexen weissagen, dass Macbeth König werden würde. Währenddessen kreisten Noras Gedanken um den Buddha und sein unglaubliches Angebot. Wenn das nicht der beste Beweis dafür war, dass Winkelmann keinesfalls übertrieben hatte. Sie steckte hier in einer Sache drin, deren Ausmaß sie noch gar nicht ermessen konnte. Sie bekam Gänsehaut. Offenbar hatte Edwin noch mehr Interessenten, nicht nur die Amerikaner, sondern auch die Inder oder Chinesen, je nachdem wozu der Buddha zählte. Und noch etwas ging ihr immer wieder durch den Kopf. Der Buddha war bereit zehn Millionen Euro zu zahlen, aber wofür? Für den Motor? Oder nur für das Patent? Wie auch immer. Auf jeden Fall musste sie Kontakt mit Benno aufnehmen, um mehr darüber zu erfahren, worum es hier überhaupt ging.

Dann begann der zweite Akt in Macbeths Schloss. Lady Macbeth liest einen Brief ihres Gatten, in dem er ihr von den

Prophezeiungen der Hexen berichtet und zugleich die Ankunft des Königs mitteilt, der auf dem Schloss übernachten will. Als Macbeth, der dem König vorausgeeilt ist, eintrifft, kann die machthungrige Lady ihren Mann dazu überreden, den König in der Nacht zu ermorden, um die Weissagung der Hexen zu befördern. Nachdem Macbeth die Tat vollbracht hat, färbt Lady Macbeth die Kleider der Wachen mit Blut, um den Verdacht auf sie zu lenken. Als der Mord entdeckt wird, sind alle entsetzt und verfluchen die Täter.

An dieser Stelle konnte Nora ihre Betroffenheit kaum verbergen, sie hatte große Probleme still zu sitzen. Auch im Falle ihres Mannes, das wurde ihr immer klarer, hatte jemand die falschen Kleider mit Blut getränkt. Und sie musste herausfinden, wer. Das war sie Paul und Edwin schuldig. Sie schielte ein paar Mal zur Seite, doch der Buddha thronte auf seinem Platz und machte keine Anstalten, weitere Fragen zu stellen. Er schien selbst in Gedanken zu sein.

Der dritte Akt, in dem es um Macbeths Krönungsfeierlichkeiten ging, zog sich ziemlich in die Länge. Zwischendrin lässt Macbeth schnell noch seinen Kollegen und Mitwisser Banquo umbringen, dessen Geist anschließend auf der Feier erscheint und den neuen König arg in Verlegenheit bringt. Lady Macbeth versucht, die verräterische Situation zu retten, indem sie sich für die Halluzinationen ihres Gatten entschuldigt und die Gäste nach Hause schickt.

Während dieser letzten Szenen bemerkte Nora, soweit das im Halbdunkel zu erkennen war, dass der Buddha eine Karte aus seinem Jacket zog und mit einem Stift darauf herumkritzelte. Dann setzte das Orchester zu einem dramatischen Finale an. Mit dem Schlussakkord fiel der Vorhang, das Publikum applaudierte, und noch ehe der Saal in glanzvollem Licht erstrahlte, sprang der Buddha auf, drückte ihr die Visitenkarte in die Hand und verschwand nach draußen.

Da Nora eh nicht vorhatte, sich das Stück bis zum Schluss anzusehen, ganz abgesehen davon, dass sie gar nicht die Nerven dazu hatte, verließ sie kurz darauf ebenfalls den Saal.

Als sie draußen war, vergewisserte sie sich zuerst, dass der Buddha nicht hinter irgendeiner Säule stand und ihr auflauerte. Schnell sah sie sich seine Karte an. Es war die Visitenkarte eines indischen

Wissenschaftsverlages, des *Current Science*-Magazins. Überreicht durch: Sharma Brahman, Herausgeber. Dann las sie, was er in krakeliger Handschrift auf die Rückseite geschrieben hatte. Dort stand: *15 Millionen – das ist unser letztes Angebot!*

Als Nora zuhause ankam, klebte ein Zettel von der Polizei an der Wohnungstür, aus dem hervorging, dass sie sich auf dem Revier Nord melden sollte. Der Grund dafür wurde ihr schnell klar, denn die Tür war offen. Einbrecher hatten die ganze Wohnung durchwühlt, Schränke und Kommoden aufgebrochen, den Inhalt überall verstreut, Bücher aus den Regalen gerissen, Bilder abgehängt und sogar die Teppiche umgedreht. In Anbetracht dieses völligen Durcheinanders blieb Nora erstaunlich ruhig. Ihr war, als befände sie sich in einem Stück und diese Szene gehörte mit dazu. Es überraschte sie nicht wirklich. So ergab eine erste Bestandsaufnahme, dass die Einbrecher keine Wertsachen mitgenommen hatten. Nicht einmal das Bargeld, das sie offen in ihrem Sekretär liegen hatte. Damit war klar, dass hier nicht gewöhnliche Gelegenheitseinbrecher am Werk waren, sondern dass dieser Einbruch im Zusammenhang stand mit den Ereignissen um Edwin. Doch warum machten ihr diese Leute Angebote, während sie bei ihr zuhause einbrachen. Das ergab keinen Sinn. Noch dazu war ihnen ihre Abwesenheit bekannt, aber nicht der Tod ihres Mannes.

Auf dem zuständigen Polizeirevier erfuhr sie, dass Nachbarn den Einbruch gemeldet hatten, nachdem ihnen zwei verdächtige Gestalten mit Taschenlampen im Garten aufgefallen waren. Man teilte ihr auch mit, die Untersuchungen am Unfallwagen hätten ergeben, dass weder ein technischer Defekt noch irgendeine Fremdeinwirkung Ursache des Unfalls war. Mit anderen Worten, Edwin habe seinen Tod selbst verschuldet. Durch menschliches Versagen, wie man im Amtsdeutsch sagt. In einem Umschlag überreichte man ihr ein paar belanglose Dinge, die im Wrack noch gefunden worden waren: eine Taschenlampe, ein Eiskratzer, ein paar Lederhandschuhe und eine kleine Dose Deospray.

7

Gleich am nächsten Morgen, nachdem sie die Wohnung wieder auf Vordermann gebracht hatte, versuchte sie Kontakt mit Benno aufzunehmen. Sie wusste noch, dass er am CERN in Genf arbeitete. Doch sie wusste auch, dass das eine Institution mit Tausenden Mitarbeitern war. Aber egal. Gerade eine solche Einrichtung würde ihre Mitarbeiter in irgendeiner Datei gespeichert haben und der Name Benno gehörte nicht gerade zu den häufigsten. Also rief sie beim CERN an und bekam dank ihrer weiblichen Überredungskunst heraus, dass es dort zwei Bennos gab, einer davon mit einem polnisch klingenden Nachnamen: Polanski. Dabei fiel ihr ein, dass Benno seinerzeit irgendwas über seine Mutter erzählt hatte, die im Warschauer Ghetto war. Das konnte er nur sein.

Als Nora ihn erreichte und berichtete, was geschehen war, zeigte er sich sehr bewegt. Er war sofort bereit, nach Leipzig zu kommen. Er sagte, er hätte das sowieso vorgehabt, weil er seine Mutter besuchen wolle, die immer noch in Leipzig wohne. Und so vereinbarten beide, sich schon am nächsten Wochenende zu treffen.

Pünktlich 12 Uhr am Samstagmittag, dem 10. Mai, landete die Maschine aus Genf in Leipzig-Schkeuditz und Nora holte Benno direkt vom Flughafen ab. Von dort ging es in die Gosenschenke, einer Szenekneipe, nicht weit von Noras Wohnung entfernt, wo es so etwas Ähnliches gab wie Berliner Weiße, nur besser. Dort suchten sich beide auf dem Freisitz eine Ecke, in der sie ungestört reden konnten. Nora erzählte noch einmal, was sich bis jetzt ereignet hatte. Angefangen von Edwins Unfall und den Merkwürdigkeiten bei der Polizei, von Pauls Verschwinden und vom Verschwinden des roten Koffers. Und sie erzählte Benno von ihrem Gespräch mit Winkelmann, und dass es außer den Amerikanern noch einen anderen Interessenten gäbe, einen Buddha.

»Einen Buddha?«

»Ja«, versicherte Nora. »Er ist Inder und Chef eines großen indischen Wissenschaftsverlages.«

»Und wie viel hat er geboten?«

In dem Moment kam die Kellnerin mit zwei Gläsern Gose, was Nora eine kurze Bedenkzeit verschaffte. Dann sagte sie: »Fünf Millionen.«

»Fünf Millionen?«, fragte Benno etwas ungläubig. »Fünf Millionen was? Rupien? Oder Dollar?«

»Ich weiß es nicht«, antwortete Nora gespielt unsicher. Dann erzählte sie Benno die ganze Geschichte, die Sache mit dem Opernbesuch und dass sie nicht wisse, was der Buddha überhaupt von ihr haben wolle. Ob es nur um das Patent ginge oder ganz konkret um ein Exemplar des Motors. Worauf Benno spekulierte, für den Fall, dass der Buddha keine Rupien meinte, ginge es sicher um beides. Und ob sie denn wisse, ob es überhaupt einen Prototypen gebe. Wenn ja, antwortete Nora, könne er nur im Labor stehen, weshalb sich beide gleich für Sonntagvormittag 10 Uhr verabredeten. Sie würde den Schlüssel mitbringen und Benno solle vorm Labor in der Lessingstraße warten.

Damit war ein gewisser Rahmen abgesteckt, der Nora das Gefühl gab, nicht allein dazustehen und für den Buddha gewappnet zu sein. Doch das Absurde dabei war, dass sie immer noch nicht wusste, worum es eigentlich ging. Im Grunde hatte sie keine Ahnung. Noch dazu ließ sie Benno in dem Glauben, sie sei in die Erfindung ihres Mannes eingeweiht und wisse Bescheid.

Aber schon nach dem Essen – es gab Thüringer Rostbrätl mit Pommes – und dem zweiten Glas Gose, löste Nora ihre Blockadehaltung auf. Sie gestand Benno, dass sie sich nie um Edwins berufliche Ambitionen gekümmert habe, weil sie zu keiner Zeit einen praktischen Nutzen gesehen hätte und dass sie erst jetzt, nach seinem Tod, erfahren habe, woran er gearbeitet hatte.

Benno sah Nora einen Moment prüfend an, dann schüttelte er den Kopf und meinte: »Du bist ja nicht viel besser als all die anderen, die ihn nicht ernst genommen haben. Nur, weil mal einer die Wahrheit gesagt und auch danach gehandelt hat, dass der Kaiser keine Kleider anhat.«

Nora starrte einen Augenblick ins Leere. Dann nahm sie einen großen Schluck aus ihrem Glas und meinte: »Mag sein, dass ich nicht viel besser bin. Aber ich habe Ed geliebt. Auch wenn ich nicht wusste, woran er gearbeitet hat.«

»Dann tröste dich«, sagte Benno mit einem charmanten Lächeln. »Eine Frau muss nicht immer alles über ihren Mann wissen.«

»O doch«, widersprach Nora. »Das sollte sie schon. Selbst im Nachhinein.«

Benno winkte der Kellnerin zu, die gerade in Sichtweite war, bestellte noch einmal zwei Gläser Gose und meinte dann: »Also … Was willst du wissen?«

Nora sah Benno mit einem Augenaufschlag an. »Kannst du mir mit einfachen Worten erklären, wie Edwins Stromerzeuger funktioniert? Ich meine ...«, Nora zögerte einen Moment und der Ansatz eines Lächelns huschte über ihr hübsches Gesicht.

»Ein Motor, der aus nichts Energie gewinnt ... Das klingt wie Zauberei.«

Benno lächelte.

»Also«, begann er und holte tief Luft. »Er erzeugt zunächst einen Druckunterschied in der Energiedichte des Vakuums. Das erledigt ein sogenannter Resonator, der mit der Raumenergie wechselwirkt, so wie eine Stimmgabel mit dem Schall. Dadurch wird die angeregte Schwingung ausgekoppelt und in eine für uns nutzbare Energie umgewandelt. Soweit ich weiß ist Edwins Konverter auf elektrische Potenziale geeicht.

»Aber bei einer Stimmgabel«, warf Nora ein, »verklingt der Ton nach einer Weile.«

»Das stimmt«, bestätigte Benno. »Doch die Vakuumenergie besitzt ein konstruktives Verhalten, das heißt, sie reichert sich per Resonanz immer wieder an.«

Nora schüttelte den Kopf.

»Das ist so«, fuhr Benno fort, »als ob du auf eine Bank gehst, der Bankangestellten einen Zettel gibst, auf dem ein bestimmter Text steht, und sie dir daraufhin eine größere Menge Geld aushändigt. Wenn das Geld alle ist, kannst du auf jede beliebige Bank der Welt gehen, der Bankangestellten wieder einen solchen Zettel geben und sofort erhältst du neues Geld in beliebiger Menge.«

»Und wie lange geht das gut?«

»Immer und ewig, solange es Banken gibt.«

Nora lächelte ungläubig. »Und was steht auf dem Zettel?«

Benno überlegte einen Moment, dann verzog er den Mund zu einem heiteren Grinsen und sagte: »Eine so zwingende Anweisung, die dir eine 100prozentige Garantie gibt, dass du zu jeder Zeit und an jedem Ort dein Geld bekommst.«

»Unglaublich ...«, flüsterte Nora. »Ich kann das immer noch nicht glauben ... Kann's einfach nicht fassen.«

Benno sah, wie einzelne Tränen über ihre Wangen liefen.

»Wenn wir mal davon ausgehen«, tröstete er, »dass der Inder wenigstens Dollar gemeint hat ... Ja, dann sind doch die fünf Millionen der beste Beweis dafür, oder?«

Nora nickte.

Im weiteren Verlauf des Gesprächs fand sie immer mehr Vertrauen zu Benno. Selbstverständlich würde sie ihm irgendwann, wenn sie sich seiner sicher war, die wirkliche Summe nennen, aber im Moment hielt sie es für angebracht, ihn noch nicht in die Karten schauen zu lassen.

Nachdem Benno bezahlt hatte, verabschiedeten sich beide, weil er noch zu seiner Mutter wollte und so stand als Nächstes der Besichtigungstermin in der Lessingstraße an.

Als Nora am Sonntagvormittag in die Lessingstraße einbog, stand Benno schon vorm Haus Nr. 2. Sie hatte das Labor immer gehasst, weil es zu jener Welt gehörte, mit der sie nichts am Hut hatte. Es war eine Welt, die zwischen ihr und Edwin stand, so wie einst die Mauer in Berlin. Heute wusste sie, dass ihr Denken falsch war und dass Mauern nur dazu dienten, Blockaden im Kopf aufrechtzuerhalten. Sie hätte das viel eher begreifen müssen, hätte Ed nicht bemitleiden dürfen, sondern an ihn glauben müssen, auch wenn sich der Erfolg nicht einstellte. Was ist denn Erfolg? Immer nur das Abrechenbare und Vorweisbare. Das war das, was einem die Gesellschaft an jeder Ecke einhämmerte. Und das Schlimme war, sie – Nora – war darauf reingefallen. Sie hatte es geglaubt, hatte Edwin immer mit diesen Maßstäben gemessen. Im Nachhinein verurteilte sie sich dafür, dass sie so töricht war.

»Ich glaube, die Visite können wir uns sparen«, meinte Benno, nachdem Nora ausgestiegen war. »Wenn die Fenster hier unten zum Labor gehören.«

»Ja, wieso?«

Benno zeigte auf eines der Fenster im Erdgeschoss, wo in der Mitte der Scheibe ein kreisrundes Loch zu sehen war, das unmissverständlich auf einen Einbruch hindeutete. Er versuchte, von außen das Fenster aufzudrücken, doch es war zu. Offenbar hatten die Einbrecher das Fenster von außen wieder verschlossen.

Beim Betreten des Labors – die Tür war zugeschlossen – konnten beide zunächst keine Spuren eines Einbruchs entdecken. Doch ebenso wenig war irgendetwas von Edwins Stromerzeuger zu sehen. Stattdessen alle möglichen Einzelteile, Spulen in allen Größen und Varianten, Magneten und Dauermagneten unterschiedlichster Art und ein Haufen Kabel und Drähte. Dazu Computer und Messgeräte, die Benno als äußerst hochwertig einstufte. Das Einzige, was beide bestätigt fanden, war der Umstand, dass hier eingebrochen wurde. Und zwar durch das Fenster mit dem Loch in der Scheibe, das mit einem Glasschneider hineingeschnitten wurde. Und die eigentliche Frage, die sich nun stellte, war nicht etwa die, was gestohlen wurde – das konnte sich jeder denken –, sondern vielmehr die, wer es gestohlen hatte und in wessen Auftrag.

Das war auch das Thema beim Abendessen, das beide im Flughafenrestaurant einnahmen, da 20 Uhr Bennos Maschine zurück nach Genf ging. Nora konnte sich nicht vorstellen, dass der Buddha etwas mit den Einbrüchen zu tun hatte. Das sah Benno genauso. Er glaubte eher, dass die Amerikaner dahintersteckten. Denn er hatte inzwischen im Internet recherchiert und von merkwürdigen Vorgängen bei Central Electric erfahren. Sein Verdacht deckte sich genau mit den Vermutungen, die Winkelmann Nora gegenüber geäußert hatte.

Bevor sich Benno bei Nora verabschiedete, versicherte er ihr noch mal, dass er ihr weiter zur Seite stehen werde und dass sie ihn jederzeit anrufen könne, sobald es Neuigkeiten gebe. Und sie solle auf jeden Fall bei der Kriminalpolizei vorsprechen und den Fall aufnehmen lassen.

8

Montagmorgen rief der MDR an und teilte mit, dass Paul Linquist in der Liebigstraße einem Kreislaufkollaps erlegen sei. Nora war fassungslos. Gleich darauf sprach sie bei der Kripo Leipzig vor und legte dort ihren Verdacht nahe, Edwins Unfall sei kein Unfall ohne Fremdeinwirkung gewesen. Außerdem habe sein Freund und Geschäftspartner, der MDR-Moderator Paul Linquist, mit im Auto gesessen, der eine Woche später an den Folgen eines Kreislaufversagens stirbt. Noch dazu in der Psychiatrie. Das ergebe in ihren Augen keinen Sinn.

Doch zunächst ging man darauf nicht ein mit dem Argument, die objektive Sachlage lege in beiden Fällen kein Gewaltverbrechen nahe. Erst als Nora nicht locker ließ, vor allem, was die Merkwürdigkeiten der beiden Einbrüche betraf, sicherte man ihr zu, den Fall aufzunehmen. Man sagte ihr, ein Inspektor Kohler von der Mordkommission würde sich der Sache annehmen.

Drei Tage später, am Donnerstagnachmittag, meldete sich Kohler bei Nora Stallgatter in der Balzacstraße 19. Nora legte ihm noch einmal ihre Verdachtsmomente nahe und Kohler stellte ihr Fragen bezüglich Edwins beruflichen Ambitionen, ob er Widersacher gehabt hätte und ob sie wisse, wo Paul und Edwin an jenem Unfalltag hinfahren wollten. Worauf Nora erwiderte, sie wisse nur, dass beide einen Termin bei einem großen Unternehmen in Frankfurt am Main gehabt hätten. Sie erzählte von Winkelmann, vom Vertrag mit Central Electric und auch davon, dass Edwin am Unfalltag einen roten Aktenkoffer bei sich hatte, der seitdem verschwunden war. Kohler sicherte ihr zu, dass er der Sache nachgehen und sich auf jeden Fall die Unfallstelle ansehen werde.

Am Freitag, dem 16. Mai, fuhr Kohler mit seinem Dienstwagen auf der A9 bis zu der Stelle, wo sich Edwins Unfall ereignet hatte. Dort verlief die Autobahn etwa fünf, sechs Kilometer stur geradeaus. Rechts der Fahrbahn befand sich zu ebener Erde ein großer Acker mit einer Ausdehnung von circa ein, zwei Hektar. Kohler stellte seinen Wagen am äußersten Rand der Standspur ab, schaltete die Warnblinkanlage ein und betrat den Unfallort. Deutlich waren noch die Radspuren zu erkennen, die Edwins BMW hinterlassen hatte, bevor er sich überschlagen hatte. Etwa hundert Meter von der Autobahn entfernt verlief parallel dazu ein kleiner Feldweg, auf dem gerade ein Traktor fuhr. Kohler lief über den Acker auf den Traktor zu, um den Traktorfahrer zu befragen, ob er eventuell von dem Unfall etwas mitbekommen hatte. Im Grunde erhoffte sich Kohler davon gar nichts, sein Vorgehen war reine Routine. Umso überraschter war er, als der Fahrer berichtete, er hätte tatsächlich an jenem Unfalltag etwas bemerkt.

»Dort hinter den Büschen«, erzählte er, »hab ich einen Jeep Cherokee stehen sehen. Ich dachte noch, was will dieser Cherokee hier. Mitten auf dem Acker.«

»Haben Sie irgendwelche Personen gesehen?«

»Zuerst nicht. Aber auf dem Rückweg hab ich den Cherokee die ganze Zeit im Rückspiegel beobachtet. Ich bin mir sicher, dass ich zwei Typen gesehen habe.«

»Und der Cherokee?« drängte Kohler, »wie sah er aus? Ich meine, welche Farbe?«

»Schwarz«, antwortete der Traktorfahrer.

»Und haben Sie vom Kennzeichen was erhaschen können, irgendeinen Buchstaben, ein paar Zahlen?«

Der Traktorfahrer schnaufte durch die Nase und überlegte. »Ja, warten Sie!«, sagte er mit einem Anflug von Beflissenheit. »Die 9 und die 11 waren dabei! Ja, jetzt fällt's mir wieder ein. Ich musste an den 11. September denken.«

»An *Nine-Eleven*?«

Der Fahrer nickte. »Und es war ein rotes Kennzeichen! So ein Überführungskennzeichen.«

»Aha«, sagte Kohler sichtlich zufrieden. Dann setzte er hinzu: »Und haben Sie irgendeine Ahnung, was diese Typen dort gemacht haben?«

Der Fahrer zuckte mit den Schultern. »Ganz sicher nicht geangelt.«

»Was dann?«

»Der Jeep sah nicht gerade friedfertig aus. Zumindest hatte er Gewehrhalter auf der Motorhaube.«

»Gewehrhalter?« Kohler horchte auf. »Sind Sie sicher?«

»Ganz sicher«, sagte der Traktorfahrer. »Ich bin zur Armeezeit Jeep gefahren. Ich weiß, wie die Dinger aussehen.«

»Schon gut«, sagte Kohler beschwichtigend. »Ich glaube Ihnen. Und vielen Dank! Sie haben mir sehr geholfen!«

Kohler hob die Hand zum Gruß und ging über das Feld zurück zu seinem Wagen. Auf halber Strecke blieb er noch einmal kurz stehen und schaute zu der Buschgruppe hinüber. Sie wirkte inmitten des Ackers wie eine einsame Insel. In gewisser Weise erinnerte sie ihn an einen Jägerhochsitz. Nur dass kein Wald in der Nähe war, sondern lediglich die Autobahn A9.

9

Als Kohler am Montag bei Central Electric Deutschland anrief, fand er bestätigt, dass Edwin Stallgatter und Paul Linquist in der Zeit vor dem Unfall tatsächlich mehrmals in Frankfurt gewesen waren. Es sei um Patentangelegenheiten gegangen, mehr wollte oder konnte man dazu nicht sagen.

Also fuhr Kohler am Dienstag persönlich nach Frankfurt, um zu recherchieren. Er traf dabei auf Christian Härtel, Leiter des Global Research Center, der ihm bestätigte, dass Stallgatters Stromerzeuger tatsächlich in Garching getestet worden sei. Allerdings hätte man ihn für industriell nicht tauglich befunden. Mehr konnte Kohler nicht in Erfahrung bringen. Auf dem Rückweg zu seinem Wagen, den er auf dem Freigelände hinter dem Gebäude abgestellt hatte, gingen ihm Gedanken durch den Kopf, der Fall Stallgatter könnte eine tragische Komponente haben. Immerhin wäre es möglich, dass Stallgatter aus Enttäuschung über das abgelehnte Patent Suizid begangen hatte und Linquist einfach nur durchgedreht war, weswegen er in der Psychiatrie landete und sich wenig später ebenfalls umbrachte.

Doch gerade als er sich in seinen Wagen setzen und unverrichteter Dinge zurück nach Leipzig fahren wollte, genau in dem Moment hielt ihn ein kurzer Impuls davon ab einzusteigen. Er wusste zunächst nicht, warum, nur, dass sein Unbewusstes etwas wahrgenommen hatte, was ihn dazu veranlasste. Er sah noch einmal genau hin und entdeckte in der Reihe der parkenden Autos einen schwarzen Jeep Cherokee. Kohler traute seinen Augen nicht, als er feststellte, dass der Wagen ein rotes Nummernschild hatte. Mit dem Kennzeichen L-VS 0911. Noch dazu hatte er genau die vom Traktorfahrer beschriebenen Gewehrhalter.

Damit war der Zusammenhang zwischen Central Electric, dem schwarzen Cherokee und Stallgatters Unfall besiegelt. So klar wie das Amen in der Kirche. Doch Kohler hatte nichts in der Hand, was diesen Verdacht untermauerte, keine Beweise, nur eine einzige Zeugenaussage. Das reichte nicht.

Er überlegte. Was er brauchte, waren Indizien. Noch besser Beweise. Am besten ein genetischer Fingerabdruck. Und da der Jeep das Einzige war, was er hatte, musste er herausfinden, wo sich an dem Fahrzeug winzige Mengen DNA befanden, die ausreichten, um etwas über die Identität des Fahrers auszusagen. Blutspuren würde er mit Sicherheit nicht finden. Aber vielleicht ein paar Haare oder Zigarettenkippen, an denen Reste von Speichel klebten. Welche Spur sich nach einer DNA-Analyse ergeben würde, wusste er selber nicht, aber er hatte erst mal getan, was er tun konnte. Gemäß seinem Grundsatz Man weiß nie, wozu's gut ist. Selbst auf die Gefahr hin, dass bestimmte Informationen völlig nutzlos waren, zu einem späteren Zeitpunkt könnten sie von entscheidender Bedeutung sein.

Aufmerksam spähte Kohler ins Wageninnere. Ganz hinten lagen ein Sonnenhut, mehrere Zeitschriften und eine Sonnenbrille. Und vorne auf dem Armaturenbrett lagen zwei Schachteln Zigaretten. Und während Kohler dicht an die Scheibe heranging, um die Zigarettenmarke zu entziffern, wobei er zweifelsfrei erkennen konnte, dass es sich um F6 handelte, fiel sein Blick durch die Windschutzscheibe hindurch auf den Gitterrost, der sich zwischen Kühlerhaube und Scheibe befand. Dort lagen mehrere Zigarettenkippen!

Schnell ging Kohler zu seinem Wagen, holte ein Stück Klarsichtfolie und wickelte zwei, drei Kippen ein. Damit fuhr er nach Leipzig zurück.

10

Gleich Mittwochfrüh brachte er die Zigarettenkippen ins Labor des rechtsmedizinischen Instituts und bat um Rückruf, sobald das Ergebnis vorliege. Danach kümmerte er sich um den schwarzen Jeep und fand relativ schnell heraus, dass er auf einen Russen zugelassen war, der zur Russenmafia gehörte. Er war alles andere als ein unbeschriebenes Blatt, vor allem was das Thema Auftragsmord anging. Angefangen von einem Türsteherstreit in Leipzig, bei dem ein Mann erschossen wurde, was hinter vorgehaltener Hand auf sein Konto ging, bis hin zum Mord an einem ranghohen Diplomaten. Und jedes Mal konnte dem Russen nichts nachgewiesen werden. Auch ging aus den Unterlagen hervor, dass er ein starker Raucher war und die ehemalige DDR-Marke F6 bevorzugte.

Schon mittags rief die zuständige Laborantin an und Kohler bekam zunächst bestätigt, dass es sich bei der Zigarettenmarke tatsächlich um F6 handelte, was ihn dazu verleitete, anzunehmen, er würde nun weitere Einzelheiten über den Russen erfahren. Doch das genaue Gegenteil war der Fall. Kohler hatte für einen Moment das Gefühl, im falschen Film zu sein.

»Wie bitte?«, rief er fassungslos. »Noch mal! Wir sprechen jetzt über den gleichen Fall ... Ich meine den Russen – den Raucher der F6.«

»Ja, ja«, versicherte die Laborantin, die die Kippen selber analysiert hatte. »Die isolierte DNA gehört zweifelsfrei einer Frau.«

»Wie? Was? Nein ...« Kohler geriet aus der Fassung. »Sie woll 'n doch nicht im Ernst behaupten, dass ein Mann, der mehrere Morde auf dem Konto hat, mit weiblicher DNA herumläuft.«

»Inspektor Kohler«, sagte die Laborantin in scharfem Ton. »Mehr als Ihnen die Laborwerte mitteilen, kann ich nicht. Die Geräte irren sich nicht!«

»Schon gut«, beruhigte er sich wieder. »Ich danke Ihnen.«

Für einen Moment wusste Kohler nicht mehr weiter. Konnte er sich so irren? Hatte er vielleicht etwas übersehen? Nein, eine Frau war hier nicht im Spiel. Oder doch? Hatte der Russe eine zweite Hälfte, eine weibliche, die er jedes Mal, wenn er sie brauchte, hervorkehrte? Oder wurde hier von oberster Stelle dran gedreht? Hatte man einfach die Proben verfälscht und mit anderen gemischt?

Je länger Kohler darüber nachdachte, umso mehr geriet er in Versuchung, den Dingen einen Sinn zu unterstellen, der gar nicht da war. Er hoffte auf diese Weise, dem Chaos der Unsinnigkeiten eine Ordnung unterzuschieben, die sich dann tatsächlich als des Rätsels Lösung erweisen würde. Gerade in Situationen, die völlig aussichtslos erschienen, hatte diese Taktik schon oft zum Erfolg geführt. Doch je mehr Kohler versuchte, mit diesem Trick Klarheit zu schaffen, umso unklarer wurden die Zusammenhänge, bis sie sich schließlich ganz auflösten. Alles, was sich bis jetzt ereignet hatte, war im Grunde fragmentarisch. Sicher, es gab Verbindungen zwischen einzelnen Fragmenten, aber in der Summe passten sie nicht zusammen. Und irgendwann war Kohler wieder an dem Punkt, anerkennen zu müssen, dass die Dinge um ihn herum keinen Sinn ergaben.

Auch eine zweite Analyse im Rechtsmedizinischen Institut München, Fachbereich forensische Molekularbiologie, bestätigte das erste Ergebnis, ja es setzte sogar noch eins drauf. Denn bei der dritten Kippe, die Kohler bei der Leipziger Analyse noch zurückbehalten hatte, wurden sowohl männliche als auch weibliche DNA-Fragmente nachgewiesen.

Vielleicht, so dachte Kohler, hatte der Russe häufigen Damenbesuch und eine von ihnen hat halt an seiner Zigarette gezogen. Warum nicht? Andererseits wusste Kohler, dass der Russe alleine lebte. Er war kein Frauentyp. Er war ein Killer. Wobei das eine nicht das andere ausschließt, ganz im Gegenteil, das wusste Kohler ebenso. Aber nein. Irgendwas lief hier total schief. Da stimmte was nicht.

Fakt war, und daran kam niemand mehr vorbei, die DNA-Spuren stammten von einer einzigen Person. Das wiederum bedeutete: Der Russe trug zwei unterschiedliche DNA-Muster in sich – das einer Frau und das eines Mannes.

Kohler rief noch mal persönlich in München an und ließ sich mit der Laborantin verbinden, die die Ergebnisse bestätigt hatte.

»Für uns ist es nicht weniger ein Rätsel wie für Sie, Inspektor«, gestand sie ein. »Ich kann Ihnen nur versichern, dass es wirklich so ist. Wir haben es hier mit einem DNA-Zwitter zu tun.«

»Gab es so was schon mal?

»Nein, noch nie.«

Das widersprach der millionenfach bewiesenen Theorie, dass jeder Mensch nur über einen einzigen genetischen Fingerabdruck verfügt. Außer bei eineiigen Zwillingen, die sich dieselben Erbanlagen teilen. Der Russe indessen besaß zwei genetische Identitäten. Eigentlich ein Ding der Unmöglichkeit!

»Selbst nach Bluttransfusionen«, fuhr die Laborantin fort, »ist die dauerhafte Übertragung von DNA ausgeschlossen.«

»Dann muss es noch eine andere Möglichkeit geben«, sagte Kohler entschieden. »Lesen Sie noch mal den Bericht vor!«

»Also«, begann sie, während sie die Stelle suchte. »Mundschleimhaut und Hautschuppen entsprechen eindeutig einem männlichen DNA-Muster. Aber an der dritten Kippe konnten wir eindeutig weibliche Blutspuren nachweisen.«

»Also«, schlussfolgerte Kohler, »ist der Russe ein Mann mit weiblichem Blut.«

»Sozusagen.«

In dem Moment hatte die Laborantin eine Idee.

»Inspektor Kohler?«

»Ja?«, antwortete Kohler wie aus der Pistole geschossen.

»Es gibt tatsächlich noch eine Möglichkeit. Es muss sich um einen Mann handeln, dem Knochenmark von einer Frau eingepflanzt wurde.«

»So was geht?«

»Ja. Bei Knochenmarktransplantationen spielt das Geschlecht keine Rolle. Deshalb wäre es durchaus möglich, dass männliche

Blutzellen nach der Transplantation die DNA-Merkmale der Spenderin aufweisen.«

»Das ist die Lösung!«, sagte Kohler triumphierend. »Sie sind ein Engel ... Ich danke Ihnen!«

Wenig später bekam Kohler heraus – über einen Mittelsmann aus dem Milieu –, dass der Russe eine Schwester hatte, die ihm vor Jahren Knochenmark gespendet hatte. Damit hielt Kohler einen wichtigen Trumpf in der Hand. Er war sich sicher, dass die Transplantation irgendwo aktenkundig sein würde, sodass er im Zweifelsfall einen entscheidenden Beweis liefern könnte.

11

Nach Dienstschluss fuhr Kohler zu Kaufland und erledigte gleich seinen Wochenendeinkauf. Aus dem Getränkemarkt holte er sich ein paar Dosen Lieblingsbier und drei Tetrapacks Traubensaft, den er immer dann verkonsumierte, wenn er sich etwas Besonderes gönnte. So wie jetzt.

Zuhause machte er sich Abendbrot, wie immer mit belegten Schnitten, dazu ein Joghurt, einen Apfel und ein Glas Traubensaft. Kohler riss die Schlaufe des Abziehdeckels auf. Diesmal mit einem Ruck, ohne dass sie abriss oder sonst wie zu Bruch ging. Meistens war Letzteres der Fall und er musste dann entweder mit der Zange die Alufolie abziehen, was sich oft schwierig gestaltete, weil das Stück Folie viel zu kurz war oder er musste mit dem Messer ein oder zwei Löcher rein stechen. Doch heute ging alles glatt. Einfach Deckel auf und Zack! Kohler war gut drauf, irgendwie im Lot und mit sich und der Welt im Reinen. Im Fall Stallgatter war er gut vorangekommen und offenbar einer großen Sache auf der Spur.

Eigenartig, dachte er. Man muss das Leben eben leben, wie man eine Bierdose aussäuft. Zack, Verschluss auf und Bier rein. Bloß nicht weiter nachdenken. Und die leere Dose gleich weghauen, irgendwo hin, wo man gerade ist. Macht man es nicht, macht man sich schon wieder viel zu viel 'n Kopp. Wir sterben doch auch dort, wo wir gerade sind und die anderen müssen unsere leeren Hüllen wegräumen. Das Leben selber macht es uns vor. Es hat keinen Respekt. Vor nichts und niemandem.

Gleich nach der Tagesschau kam Hansi Hinterseers Entdeckungsreise durch Österreich. Einfach unglaublich, dachte Kohler, während Hansi, unterwegs mit einem roten Käfercabrio irgendwo in den Bergen, zum wiederholten Male in die Kamera lächelte. Manche haben das Glück mit Löffeln gefressen. Vom Skispringer zum Volksmusikstar und Frauenschwarm, ja zum Schwarm aller Frauen und Schwiegermütter. Das muss einfach geil sein. Da soll einer sagen, die Welt sei ein Jammertal. Die Welt ist ein Freudenhaus!

Freudenhaus? Bei diesem Stichwort musste Kohler an den großen Balzac denken, der in späteren Jahren mal gesagt hatte, es gäbe nichts Traurigeres als ein Freudenhaus. Kohler war wieder desillusioniert. Stimmt, dachte er. Die meisten, die mir über den Weg laufen, sind nicht Hansi Hinterseers, sondern arme Sünder.

Kohler griff nach der Fernbedienung und schaltete inmitten eines breiten Lächelns Hinterseers den Fernseher aus. Kurz darauf klingelte das Telefon.

»Es handelt sich um eine ganz persönliche Angelegenheit«, sagte der Anrufer mit leicht russischem Akzent. »Ich möchte niemanden in Schwierigkeiten bringen.«

»Ich verstehe nicht ganz«, erwiderte Kohler und holte sich eine Dose Bier aus dem Kühlschrank. »Worum geht es denn?« Kohler öffnete die Dose mit der freien Hand und goss sich ein Glas ein.

»Sie wissen schon, worum es geht«, sagte der Anrufer. »Also lassen Sie besser die Finger davon und schnüffeln Sie nicht weiter rum. An Ihrer Stelle würde ich mich nicht zu weit aus dem Fenster lehnen, wenn Sie wissen, was ich meine.«

Kohler nahm einen Schluck Bier.

»Wenn ich Ihnen einen Tipp geben darf«, fuhr der Anrufer fort. »Führen Sie weiter ein geruhsames Leben, das Ihrem Profil entspricht, und stecken Sie ihre Nase nicht in Dinge, die ein paar Nummern zu groß sind.«

»Und wer sind Sie, um mir das zu sagen?« erwiderte Kohler ungehalten. Dann knackte es in der Leitung und das Gespräch war beendet.

Der Russe, dachte Kohler sofort. Oder sein Komplize. Aber wieso hatten die so schnell von seinen Aktivitäten erfahren? Kohler verspürte ein beklemmendes Gefühl im Magen, ein Gefühl, das er sehr wohl kannte. Es kam immer dann, wenn er in Unannehmlichkeiten steckte, wenn alles Mögliche schiefgelaufen war und er alle Hände voll zu tun hatte, alles wieder ins Lot zu bringen. Doch diesmal war die Beklemmung so stark wie nie. Was in Gottes Namen wurde hier gespielt?

12

Zwei Tage später, kurz nachdem Kohler in Erfahrung gebracht hatte, dass dem Russen im Fall des Diplomatenmords deshalb nichts nachgewiesen werden konnte, weil sein DNA-Profil zweifelhaft war, wurde er zu Ziegenhagen bestellt, Chef des LKA.

»Tag, Kohler«, sagte Ziegenhagen, »bitte nehmen Sie Platz!«

Kohler setzte sich.

»Ich will nur wissen, wie Sie im Fall Stallgatter vorangekommen sind. Gibt's da irgendwas, was einen Verdacht auf Fremdeinwirkung rechtfertigen würde.«

»Nun«, begann Kohler vorsichtig. »Mal ganz abgesehen von den Einschüssen in den Reifen, mein Verdacht ist kein kriminalistisch wissenschaftlicher. Eigentlich habe ich nur so eine Idee, wer hinter der ganzen Sache stecken könnte.«

»Was meinen Sie mit hinter der ganzen Sache, Kohler?«

»Damit meine ich, dass derjenige, der den Unfall verursacht hat, ein gekaufter Killer war. Er handelte im Auftrag von Hintermännern.

»Haben Sie gegen ihn oder die Hintermänner irgendwas in der Hand?«

»Indizien schon«, sagte Kohler gelassen. »Aber keine Beweise. Die müssen erst noch geliefert werden.«

»Und was denken Sie, wer die Hintermänner sind?«

Kohler überlegte. »Ich bin mir noch nicht sicher. Aber vieles spricht dafür, dass sie aus der Energiewirtschaft kommen.«

»Dann seien Sie auf der Hut, Kohler, dass Sie nicht die Falschen erwischen«, sagte Ziegenhagen ernst. »Ich möchte nicht, dass hier eine Lawine losgetreten wird, die für uns alle unangenehme Folgen hätte.«

»Eine Lawine?«, meinte Kohler irritiert. »Sagen Sie, irgendwas stimmt doch hier nicht. Würden Sie mir bitte mal erklären, was hier los ist?«

Ziegenhagen sah Kohler mit durchdringendem Blick an. »Nichts, Kohler. Ich möchte nur nicht ..., wie soll ich es Ihnen sagen ... Ich hatte heute Besuch vom BND.«

»Vom BND?«

»Ja«, meinte Ziegenhagen gereizt. »Es ging um ihren Fall.«

»Ja und?«

»Wir hätten die Ermittlungen nicht aufnehmen dürfen.«

Kohler sah Ziegenhagen fassungslos an.

»Das ist nicht Ihr Ernst.«

»Doch, Kohler. Es gibt gewisse Dinge, die einer höheren Instanz obliegen. In einem solchen Fall sind uns die Hände gebunden. Deshalb muss ich Sie bitten, im Fall Stallgatter äußerste Zurückhaltung zu bewahren. Bitte melden Sie sich bei Müller-Simon. Er wird Ihnen sagen, wie wir uns weiter verhalten. Danke, Kohler!«

Kohler stand auf und verließ ohne ein Wort das Zimmer.

Bei Müller-Simon erfuhr er im Grunde nichts Neues, außer, dass er – Kohler – im Fall Stallgatter zwar weiter ermitteln dürfe, aber nicht so wie bisher. Die gesamte Indizienlage, inklusive Beweismittel, alles, was der Fall zutage fördere, solle mit Ziegenhagen abgeklärt werden. Auch alle Verdachtsmomente, die sich seiner Ansicht nach ergeben. Und ob es möglich sei, dass er seinen Urlaub um eine Woche vorverlegen könne, also schon auf kommenden Montag.

»Aha«, meinte Kohler ungehalten, »ihr wollt mich loswerden.«

»Ach, das ist doch Unsinn«, beschwichtigte Müller-Simon. »Geh einfach mal eine Zeit lang aus der Schusslinie, mach dir 'n paar schöne Tage! Und du wirst sehen ...«

»Was werd' ich sehen?« zischte Kohler. »Dass dieser Fall sang- und klanglos im Sande verläuft, nur weil es jemandem, der großen Einfluss hat, nicht passt?«

Müller-Simon schwieg.

»Wenn wir in solchen Fällen nicht mehr ermitteln dürfen«, schimpfte Kohler, »dann können wir unseren Laden hier dichtmachen. Dann können wir's gleich lassen.«

»Was willst du denn machen?« entgegnete Müller-Simon. »Wenn hier auf einmal der BND aufkreuzt? Willst du gegen Windmühlen kämpfen?«

Kohler presste die Lippen zusammen. Dann sagte er ruhig: »Bevor ich das tue, werd' ich erst mal Urlaub machen.«

CERN, Genf 23, Schweiz, 26. Mai 2014

Es war kurz vor 22 Uhr als Dr. Asmussen und seine Kollegin Rita Bond das Labor von Professor Leonard aufsuchten. Es war durchaus nichts Ungewöhnliches, dass um diese Zeit in einigen Abteilungen noch gearbeitet wurde. Schon gar nicht, was Professor Leonard betraf, der eher zu denen gehörte, die nie vor 12 ins Labor kamen, dafür aber bis zum Abend blieben. In letzter Zeit hatte sich Leonards Arbeitszeit sogar noch weiter nach hinten verschoben, was zum einen daran lag, dass er bei seinen Forschungen nicht gestört werden wollte, zum anderen daran, dass er sich mehr und mehr von seinem Umfeld abkapselte. Das wiederum hatte einen nachvollziehbaren Grund. Denn Leonard hatte vor einem halben Jahr in seinem Labor etwas bewirkt, was wissenschaftlich gesehen schier unmöglich war, nämlich die kalte Fusion von zwei Wasserstoffatomen. Da es als anerkannt galt, dass Fusionsprozesse nur in der Sonne bei extrem hohen Drücken und Temperaturen möglich sind, wurde Leonards Experiment zunächst als Spinnerei abgetan. Erst recht, weil bei seiner Versuchsanordnung mehr Energie frei wurde, als hineingesteckt worden war. Leonard meinte, er hätte durch Elektrolyse die Abstoßungskräfte der Atomkerne überwunden. Daraufhin wurden ihm Messfehler unterstellt. Zum Eklat kam es schließlich als bekannt wurde, dass er seine Ergebnisse im amerikanischen Magazin *Infinite Energy* veröffentlichen wollte. Seitdem wurde Leonard vom Gros der Kollegen ins Abseits gestellt. Was Leonard jedoch nicht davon abhielt, seine Forschungen weiter zu betreiben. Vor allem interessierte ihn die Möglichkeit, auch noch den umgekehrten Weg zu gehen und auf irgendeinem chemischen Weg die Kaltfission hinzubekommen – die Kernspaltung. Er war sogar davon überzeugt, dass man auf physikalischem, chemischen oder sogar biologischem Wege, ja im Grunde auf jede beliebige Art die Umwandlung eines Stoffes in einen anderen erreichen konnte.

Als Dr. Asmussen und Rita Bond an die Tür des Labors klopften und zunächst keine Regung vernahmen, dachten beide noch, Leonard sei wie immer in seine Experimente vertieft und bekäme deshalb nichts mit. Vielleicht hatte er sogar die Tür vom Vorraum zugemacht, um nicht gestört zu werden. Doch als sich auch nach mehrmaligem Klopfen nichts tat, betraten beide das Labor. Die Zwischentür war offen, sodass Leonard das Klopfen eigentlich gehört haben müsste, wenn er nicht gerade Ohrstöpsel in den Ohren hatte.

Das Erste, was Rita, die voran ging, hinter den mit Instrumenten beladenen Laborregalen durchschimmern sah, war Leonards weißer Kittel. Aber irgendetwas stimmte nicht. Dann stieß sie auf einmal einen kurzen Schrei aus, trat einen Schritt zurück und auch Asmussen, der direkt hinter ihr stand, merkte, wie sein Puls in die Höhe schoss.

Professor Leonard saß an seinem Schreibtisch, der Oberkörper hing vornüber, der Kopf lag zur Seite gedreht auf der Tischplatte.

»Nichts berühren!«, sagte Asmussen leise.

Auf den ersten Blick konnte er keine Spuren von Gewalteinwirkung erkennen, kein Blut, nichts. Lediglich eine angefangene Flasche Wodka stand auf dem Tisch, daneben ein umgefallenes Glas ohne Inhalt. Und ein Blatt Papier lag unter dem Glas, auf dem etwas geschrieben stand.

»Was machen wir jetzt?«, flüsterte Nora, ihre Hände zitterten.

Asmussen überlegte. »Wir müssen den Sicherheitsdienst informieren. Und die müssen dann die Kantonspolizei verständigen. Der Fall muss aufgenommen werden.«

Nora beruhigte diese Auskunft nicht. Im Gegenteil. Sie wusste, dass das CERN keinen nationalen Status hatte, von daher war es ein rechtloses Gebiet.

»Thoralf«, sagte sie besorgt. »Ich habe große Bedenken. Die werden den Fall verschweigen. Wenn wir nicht selber die Kantonspolizei anrufen, wird der Fall nie aufgenommen, das weißt du. Aber wenn die Polizei erst mal hier ist, dann kann niemand mehr einen Rückzieher machen.«

»Dir ist klar«, entgegnete Asmussen, »dass wir damit unseren Job riskieren. Wir sind verpflichtet, zuerst den Sicherheitsdienst zu benachrichtigen.«

»Das ist mir scheißegal«, zischte Rita. Hier sitzt unser langjähriger Kollege, dem wir so viel zu verdanken haben, tot am Schreibtisch und ich glaube keine Sekunde an Selbstmord. Du weißt am besten, woran er die ganze Zeit gearbeitet hat. Und das mit Akribie und Besessenheit. Und dann bringt er sich einfach so um. Das ergibt keinen Sinn. Irgendjemand hat ihn umgebracht.«

Asmussen schwieg. Dann sagte er: »Ich hab 's.«

»Was?«

»Leonards Handy!«

Rita verstand nicht recht.

»Hol mir Handschuhe!«

Rita holte ein paar Gummihandschuhe und streifte sie Asmussen über. Tatsächlich steckte in Leonards linker Kitteltasche sein Handy. Es war an. Da auch der Schreibtischcomputer noch eingeschaltet war, holte sich Asmussen über Google die Nummer der Schweizer Kantonspolizei, rief dort mit verstellter Stimme an und mimte den in den letzten Zügen liegenden Leonard. Er sei vergiftet worden, sagte Asmussen, bitte kommen Sie ins CERN, 3. Etage, Abteilung 4.

»Klasse!«, meinte Rita sichtlich beeindruckt. Zum einen, was Asmussens Idee betraf und zum anderen, was die authentische Umsetzung anging. Das hatte sie ihm nicht zugetraut.

»Und nun?«

Asmussen warf einen Blick auf den toten Professor. Dann antwortete er: »Wir warten draußen auf dem Gang.«

Etwa eine Stunde später, kurz vor 23 Uhr, betrat Hauptwachtmeister Sindermann von der Schweizer Kantonspolizei zusammen mit zwei Security-Leuten den Gang in der 3. Etage. Gleich, nachdem sie das Labor von Professor Leonard betreten hatten, kamen Asmussen und Bond dazu und berichteten, sie hätten schon vor einer Stunde mehrmals an Leonards Tür geklopft, aber er hätte nicht reagiert, weswegen sie annahmen, er sei bereits nach Hause gegangen.

»Aha«, sagte Hauptwachtmeister Sindermann, der gerade dabei war, den Schreibtisch zu inspizieren. Dabei entdeckte er das Blatt Papier, auf dem Jesus-Zitate standen. Sindermann las die Zeilen laut vor:

»Wenn man euch fragt: *Woher seid ihr gekommen?*, so antwortet: *Wir sind aus dem Licht gekommen.* Und wenn man zu euch sagt: *Wer seid ihr?*, dann sagt: *Wir sind seine Söhne und wir sind die Auserwählten des lebendigen Vaters.* Und wenn man euch fragt: *Was ist das Zeichen eures Vaters an euch?*, so antwortet: *Unbeweglichkeit und Bewegung ist es!*«

»Unbeweglichkeit und Bewegung ist es?« wiederholte Sindermann. »Versteh ich net. Entweder etwas bewegt sich oder es ist unbewegt.«

Dann überflogen seine Blicke Leonards leblosen Körper und er fügte hinzu: »Im Falle von Professor Leonard ist offensichtlich letzterer Fall eingetreten.«

Einen Moment herrschte Stille.

Dann sagte Asmussen spitz: »Das ist als Gleichnis zu verstehen, Herr Hauptwachtmeister. Als Gleichnis dafür, dass die Welt alokal ist. Das heißt, dass sich im Grunde nichts bewegt.«

Sindermann drehte sich um, so als hätte ihn jemand von hinten angestoßen und meinte: »Wollen S' damit sagen, dass ich mich net bewege? Ich beweg mich doch, oder net?«

Asmussen ließ ein Hüsteln hören, dann wurde die Tür geöffnet und die Kollegen von der Spurensicherung trafen ein.

2

Drei Tage später verbreitete sich die offizielle Version wie ein Lauffeuer, Professor Leonard habe sich mit einer Überdosis Schlaftabletten in Verbindung mit Alkohol selbst umgebracht und der Fall wurde – wie Rita Bond vermutet hatte – zu den Akten gelegt. Allerdings erfuhr Inspektor Kohler über Benno Polanski, mit dem er Kontakt aufgenommen hatte, von dem mysteriösen Selbstmord.

Das erste, was Kohler dachte, war: halt! Da ist was faul. Warum er sich so sicher war, wusste er nicht. Er ahnte nur, dass es vielleicht einen Zusammenhang geben könnte zwischen seinem Fall und dem Fall Leonard. Deshalb entschloss er sich, dem CERN auf jeden Fall einen Besuch abzustatten. Allerdings verwarf er von vornherein den Gedanken, zu diesem Zweck eine Dienstreise nach Genf zu beantragen. Ihm war klar, dass er eine solche Reise nie und nimmer genehmigt bekommen würde. Also nahm er sich vor, während seines Urlaubs in Tirol auf eigene Faust einen Abstecher nach Genf zu machen. Selbst auf die Gefahr hin, dass die beiden Mordfälle nicht zusammenhingen, eine Stippvisite des CERN fand Kohler allemal interessant genug.

So hatte er bereits im Internet recherchiert, dass das Akronym des weltweit größten Kernforschungszentrums für *Conseil Europeen pour la Recherche Nucleaire* steht. Gegründet wurde es 1954, um Europas Wettbewerbsfähigkeit in der Kernphysik wieder herzustellen. Denn die meisten europäischen Spitzenforscher lebten kurz nach dem Krieg in den USA. Doch abgesehen davon, dass aller 20 Jahre mal ein Nobelpreis für Physik ans CERN vergeben wurde, das Bahnbrechendste, was es bisher hervorgebracht hatte, war etwas ganz und gar Nichtphysikalisches, nämlich die erste Webadresse www.cern.ch. Heute beschäftigt das CERN 3500 Mitarbeiter, die meisten sind Ingenieure, Techniker und Mitarbeiter in der Verwaltung. Das Jahresbudget liegt bei knapp einer Milliarde Euro.

Gleich am zweiten Tag seines Tirolaufenthalts machte sich Kohler auf nach Genf. Ganz so einfach, wie er es sich vorgestellt hatte, war es nicht, das CERN zu finden, denn es gab keine Adresse, die man ins Navigationssystem hätte eingeben können. Lediglich eine offizielle Postfachadresse. Deshalb musste sich Kohler bis zum CERN-Gelände durchfragen, das ein ganzes Stück abseits der Stadt lag.

Beim Betreten der Eingangshalle fiel ihm sofort eine große Fotomontage ins Auge, die eine Luftaufnahme der Genfer Landschaft zeigt, in die ein riesiger Kreis eingezeichnet ist.

Gleich daneben erscheint die vier Kilometer lange Landebahn des Genfer Flughafens wie ein kleiner Strich. Der Kreis selber – das erfuhr Kohler wenig später – beschreibt einen 27 Kilometer langen Tunnel, in dem tief unter der Erde der größte Teilchenbeschleuniger der Welt installiert ist.

Kohler ging zur Information, sagte, wer er sei und was er wolle. Daraufhin bekam er eine Besucherkarte und wurde gebeten, im Eingangsbereich Platz zu nehmen. Nach etwa einer Viertelstunde hieß es, der Leiter des Sicherheitsdienstes sei leider heute nicht im Haus, es käme aber jemand anderes, der sich seiner annehmen würde. Nach einer weiteren Viertelstunde, die Kohler allein gewartet hatte, gerade in dem Moment, als er aufstehen und wieder zur Information gehen wollte, kam jemand. Doch es war, wie Kohler enttäuscht feststellen musste, nur ein Mitarbeiter, der sich am Getränkeautomaten einen Kaffee holte. Um sich ein bisschen zu zerstreuen, entschied Kohler – wie er das oft machte, wenn ihm danach zumute war –, ihn einfach anzusprechen.

»Also ich warte hier schon seit 'ner halben Stunde und keiner lässt sich blicken. Die sind wahrscheinlich alle auf der Suche nach der Weltformel ... Oder was meinen Sie?«

Der Mann lächelte und fragte: »Auf wen warten Sie denn?«

»Ach«, meinte Kohler beschwichtigend, »auf niemand bestimmten. Mir wurde nur gesagt, ich solle hier warten, es würde jemand kommen, dem ich einige Fragen stellen kann.«

»Sind Sie von der Presse?«

»Nein, nein«, wiegelte Kohler ab, »ich bin rein privat hier.«

Dann entstand eine Pause, der Mann rührte in seinem Kaffee und nach einer Weile sagte er:

»Selbst wenn. Eine Weltformel hätte einen entscheidenden Nachteil.«

»Nämlich?«

»Sie könnte keine komplexen Systeme beschreiben, so genannte emergente Phänomene, wozu Leben und Bewusstsein zählen.«

Kohler schüttelte den Kopf.

»Aber das sind doch die Eckpfeiler des Seins ... Ich meine, wozu wird dann ein solcher Aufwand betrieben?«

»Der Mensch ist ein Herdentier«, antwortete der Mann. »Wenn nachts ein paar Leute im Licht einer Straßenlaterne nach einem verlorenen Autoschlüssel suchen, muss erst mal einer von ihnen auf die Idee kommen, auch mal ein paar Schritte weiter im Dunkeln zu suchen.«

»Verstehe«, meinte Kohler.

»Unser Universum«, fuhr der Mann fort, »besteht zu 95 Prozent aus Dingen, die wir nicht verstehen. Dunkle Materie und dunkle Energie zum Beispiel. Insofern entspräche eine Weltformel dem Versuch von Karpfen, sich aus dem Karpfenteich heraus Begriffe über die Rundheit der Erde zu machen.«

Kohler war einen Moment wie vor den Kopf gestoßen. Alles hatte er erwartet, nur nicht ein solches Gespräch. Nicht hier am CERN in der Höhle des Löwen. Und während er diese Gedanken dachte, sah er zwei Männer auf sich zukommen. Der eine hatte einen weißen Kittel an und war sehr groß, mindestens 1,90 m, und der andere schien ein Mitarbeiter der Sicherheitsfirma zu sein. Kohler bedankte sich noch schnell bei seinem unerwarteten Gesprächspartner, dann wurde er angesprochen.

»Herr Kohler?« kam der Lange auf ihn zu.

»Ja?«

»Professor Wagenknecht mein Name ... Und das ist Gerd Hoheisel von unserer Sicherheitsfirma Top-Secret.«

»Guten Tag.«

»Nun«, begann Wagenknecht reserviert, »was führt einen Kriminalbeamten aus Sachsen hier zu uns nach Genf?

»Eine reine Formalität«, meinte Kohler lapidar. »Bei uns in Leipzig gibt es einen Fall, der nach meinem Dafürhalten gewisse Parallelen aufweist mit dem Fall hier bei Ihnen. Ich will einfach nur überprüfen, ob dem so ist oder nicht. Weiter nichts.«

»Aber Sie wissen«, sagte der Security-Mann, »dass es sich bei unserem Fall um ein Selbsttötungsdelikt handelt und dass die Schweizer Kantonspolizei den Fall bereits zu den Akten gelegt hat.«

»Das ist mir bekannt«, entgegnete Kohler gelassen. »Ich bin gewissermaßen aus freien Stücken hier, als Privatmann, wenn Sie so wollen.«

»Aber ich fürchte, was Leonard angeht, kann ich Ihnen nicht weiterhelfen«, sagte Wagenknecht. »Er war ein Einzelgänger, hatte kaum Kontakt zu anderen Kollegen. Zuletzt hat er sich immer mehr abgekapselt. Wenn Sie mich fragen, ich glaube, er war krank.«

»Inwiefern?«

»Er hat sich in Sachen reingesteigert, die niemand mehr nachvollziehen konnte. Wie ein Besessener hat er sich in völlig abstruse Theorien verbissen und eine regelrechte Psychose entwickelt.«

»Eine Psychose?«

»Ja – er glaubte, auf der schwarzen Liste zu stehen, hat mit niemandem mehr gesprochen. Schlimm ...«

»Aber es muss doch irgendjemanden gegeben haben«, konnte Kohler nicht verstehen, »der mit ihm Kontakt hatte.«

»Sicher hat es irgendjemanden gegeben«, brummte Wagenknecht, »aber mir fällt beim besten Willen niemand ein. Obwohl ...«, er machte eine Pause und überlegte. »Sie könnten Thoralf Asmussen fragen. Der hat früher mal mit ihm gearbeitet.«

»Aha.«

»Aber da Sie schon mal hier sind, Herr Kohler«, meinte Wagenknecht, »interessiert Sie denn gar nicht, was wir am CERN eigentlich tun? Ich meine, hier steht immerhin der größte Teilchenbeschleuniger der Welt!«

»Aber na klar«, ging Kohler darauf ein. »Um ehrlich zu sein, dieses Ding interessiert mich riesig.«

»Na dann. Kommen Sie«, sagte Wagenknecht mit einem Lächeln auf den Lippen, »ich zeig's Ihnen.«

Zunächst passierten beide in Begleitung des Sicherheitsmannes unzählige Gänge und Flure, bis sie in einen Raum kamen, der offenbar das Hirn des Beschleunigers darstellte. Überall saßen – wie in einem Rechenzentrum – Mitarbeiter an Computern, die das gesamte Projekt steuerten.

»Wir befinden uns jetzt in der Steuerzentrale des LHC«, sagte Wagenknecht. »Von hier aus werden alle Experimente überwacht. LHC steht übrigens für *Large Hadron Collider*, wobei Hadron ein Synonym ist für Atomkerne, also für Protonen, die mit dem LHC beschleunigt werden. Collider deshalb, weil die Teilchen mit nahezu Lichtgeschwindigkeit kollidieren.«

Kohler zeigte sich beeindruckt.

»Sehen Sie diese Stahlrohre?« Wagenknecht wies mit der Hand auf einen großen Monitor an der Wand. Kohler nickte.

»Darin werden die Teilchen durch ein elektrisches Wechselfeld mit einer Stärke von einigen Millionen Volt pro Meter beschleunigt. In den Rohren herrscht Hochvakuum, etwa vergleichbar mit dem Vakuum zwischen Erde und Mond, was die Voraussetzung dafür ist, dass die Teilchen nicht mit Gasatomen zusammenstoßen und dadurch ihre Energie verlieren. Um die Stahlrohre herum befinden sich superstarke Dipolmagneten, die die Teilchen auf Kurs halten. 11 245mal pro Sekunde umkreisen sie den Beschleuniger.«

»Unglaublich!«

»Die Protonen werden mit 99,99978 Prozent der Lichtgeschwindigkeit in den LHC eingeschossen und dann auf 99, 99999 Prozent beschleunigt. Der Unterschied ist zwar nicht sehr groß, aber für uns zählt nicht die Geschwindigkeit, sondern die Bewegungsenergie. Und die steckt in der Vergrößerung der Teilchenmasse. Ganz nahe an der Lichtgeschwindigkeit nimmt praktisch nur noch die Masse, aber kaum noch die Geschwindigkeit zu. Ein Proton hat dann die siebentausendfache Masse.«

Kohler staunte.

»Mal angenommen, Sie würden nicht Protonen, sondern mich im LHC beschleunigen, wie schwer würde ich dann werden?«

Wagenknecht lächelte. »Nun«, erwiderte er bedächtig und musterte Kohler von oben bis unten, »wenn ich mal davon ausgehe, dass Sie so etwa 80, 90 Kilo wiegen, dann wären das ... so um die 600 Tonnen.«

»600 Tonnen!«

»Und weil die Teilchen so schwer werden, brauchen wir ganz besondere Magneten. Sehen Sie diese großen Gebilde dort an den Rohren?«

»Ja«, antwortete Kohler mechanisch und starrte auf den Monitor.

»Jeder dieser Magneten wiegt 35 Tonnen und erzeugt ein Magnetfeld von 8,4 Tesla. Das ist etwa 150 000mal stärker als das Magnetfeld der Erde.«

»Nicht zu fassen!« Kohler schüttelte andächtig den Kopf.

»Die Magnetspulen«, fuhr Wagenknecht fort, »werden mit superflüssigem Helium auf minus 271,3 Grad gekühlt. Bei dieser Temperatur werden die Spulen supraleitend, das heißt, der Strom fließt völlig widerstandslos durch das Material, ohne Wärme zu produzieren. Der LHC ist damit der größte und kälteste Kühlschrank der Welt!«

»Und wohl auch der teuerste«, ergänzte Kohler.

»Mit Sicherheit. Bei einem Preis von drei Milliarden Euro«, bemerkte Wagenknecht nicht ohne Stolz.

»Und wozu ist dieser Kühlschrank gut?«, stichelte Kohler.

»Wir haben vor zwei Jahren das sogenannte Higgs-Teilchen gefunden, das den Elementarteilchen ihre Masse gibt. Ohne dieses Higgs-Teilchen gäbe es keine stabile Materie und demzufolge kein Universum.«

»Verstehe ... Und wie haben Sie's gefunden?«

»Mit Detektoren. Die sind so ähnlich aufgebaut wie Digitalkameras, mit vielen Millionen Sensoren, die vom Zusammenstoß der Protonen Aufnahmen machen. Alle selektierten Ereignisse werden gespeichert und dann über das GRID – das ist ein neues superschnelles Internet – auf Hunderttausende von Computern verteilt und schließlich ausgewertet.«

Kohler schüttelte beeindruckt den Kopf. Er sah die vielen Mitarbeiter an ihren Monitoren sitzen und für einen Moment glaubte er fest daran, dass wahrer wissenschaftlicher Fortschritt nur einer solchen Institution entspringen kann. Nur hier waren die Kapazitäten vorhanden, wahrhaft Großes und Fundamentales zu entdecken und dem Universum den letzten Schleier zu entreißen. Doch schon im nächsten Moment fielen ihm wieder die Worte des Mitarbeiters am Kaffeeautomaten ein.

»Also ich find das unsagbar spannend«, sagte Kohler nach einer Weile und mir flößt das alles hier großen Respekt ein. Aber wie Sie wissen, bin ich Detektiv und mein Job ist es, den Dingen auf den Grund zu gehen ... Bitte verstehen Sie mich nicht falsch, ich habe großen Respekt vor dem, was Sie hier tun, nur ...«

»Nur was?«

Kohler zögerte einen Moment, dann fuhr er fort: »Ich weiß nicht, wie ich es sagen soll, aber ich kann mich des Eindrucks nicht erwehren ..., ich meine, irgendwie kommt es mir so vor, als hätten wir in den letzten hundert Jahren einen schwindelerregend hohen Turm gebaut und wüssten nicht, worauf er steht. Sozusagen der Dubai-Tower ohne Fundament.«

»Ich verstehe, worauf Sie hinauswollen«, entgegnete Wagenknecht kühl, »aber wie Sie vielleicht am besten wissen, ist man manchmal dazu gezwungen, das Pferd vom Schwanz her aufzuzäumen.«

»O ja, das wiederum kann ich gut verstehen«, bestätigte Kohler. »Manchmal weiß ich sehr genau, wer der Mörder ist, kann es allerdings nicht beweisen.«

»Sehen Sie ...«

»Womit wir wieder beim Thema wären«, meinte Kohler gewieft. »Und sagen Sie«, setzte er nach einer kurzen Pause hinzu, »wo kann ich diesen Asmussen finden?«

»In der Abteilung IV, das ist 3. Etage, Aufgang C – Herr Hoheisel kann Ihnen den Weg zeigen.«

»Fabelhaft«, sagte Kohler zufrieden, »Sie haben mir sehr geholfen. Und vielen Dank für die interessante Lehrstunde in Sachen Tiefkühlschrank!«

»Schon gut«, erwiderte Wagenknecht und verabschiedete sich. Dann verschwand er im Hauptgang, der zu den Fahrstühlen führt. Der Sicherheitsmann brachte Kohler wieder zurück zur Abteilung IV bis hoch in die 3. Etage. Von dort aus war es nicht mehr weit bis zum Labor von Dr. Asmussen.

Kohler war angenehm überrascht, als er dort genau den Mann vorfand, mit dem er am Kaffeeautomaten das interessante Gespräch geführt hatte. Diesmal ließ Kohler die Katze aus dem Sack und erzählte Asmussen, wer er sei und weshalb er nach Genf gekommen war. Und dass ihn Professor Wagenknecht zu ihm geschickt und gesagt hätte, er – Asmussen – hätte früher mal mit Leonard zusammengearbeitet. Asmussen bestätigte das. Fast zehn Jahre hätten beide an einem Projekt gearbeitet, das dann eingestellt worden war.

»Zehn Jahre ...«, begann Kohler, »sind eine ziemlich lange Zeit. Da kannten Sie ihn wahrscheinlich ziemlich gut, oder?«

»Das kann man so sagen«, meinte Asmussen nachdenklich. Für einen Moment war er wie abwesend.

Auf dem Tisch des kleinen Vorraums, wo beide saßen, stand ein Aschenbecher, was Kohler zu der Frage veranlasste: »Darf ich rauchen?«

»Ja, ja.«

Kohler zündete sich eine Zigarette an und überlegte. »Was war er für ein Typ, dieser Leonard?«

»Der Prototyp eines exzentrischen Genies«, antwortete Asmussen, ohne lange zu überlegen. »Wenn sich andere computergestützter Animationen bedienten, brauchte er nicht mal Papier und Bleistift. Bei ihm spielte sich die Physik fast ausschließlich im Kopf ab und nur von Zeit zu Zeit schrieb er mal eine Formel auf ein Blatt Papier – aber nur, um ein Plus- oder Minuszeichen zu überprüfen. Und genau das war es, was die Kollegen nervte. Trotzdem war er keineswegs abgehoben.«

Kohler nickte.

»Es verging kaum ein Tag«, erzählte Asmussen weiter, »an dem er nicht völlig abgefahrene Ideen gehabt hätte. Meistens beschäftigten sie ihn wochenlang. Überhaupt schien sein Hirn ein riesiges Sammelbecken von Geistesblitzen zu sein. Wenn andere mit einem bestimmten Experiment nicht weiterkamen und es schon längst als verworfen galt, dann machte Leonard dort weiter, wo sie aufgehört hatten. Lehrmeinungen interessierten ihn nicht. Aber genau das war der Grund dafür, weswegen ihn die meisten seiner Kollegen verspotteten. Er galt als unbelehrbarer Spinner.«

»Verstehe«, sagte Kohler. »Andererseits gehört zu einer solchen Geisteshaltung sehr viel Mut.«

»Auf jeden Fall«, bestätigte Asmussen. »Noch dazu war er sehr beharrlich. Sonst hätte er nie die Kaltfusion hinbekommen und erst recht nicht die Fission.«

»Fission?« hakte Kohler nach, »was war das gleich noch mal?«

»Das Gegenteil der Fusion«, erklärte Asmussen, »also die Kernspaltung.«

»Ich denke, das geht nur in der Sonne«, entgegnete Kohler.

Asmussen schüttelte den Kopf. »Leonard hat das im Labor hinbekommen – chemisch.«

»Ist das nicht das, was die Alchemisten im Mittelalter gemacht haben?«

Asmussen nickte. »Damals nannten sie's Transmutation.«

»Nicht zu glauben!« staunte Kohler. »Und das am CERN.«

»Sie sagen es«, bestätigte Asmussen. »Das konnte nicht gut gehen. Das war wie Feuer und Wasser.«

Kohler machte eine Pause und überlegte. »Wissen Sie, woran er zuletzt gearbeitet hat?«

Asmussen sah Kohler kurz an. Dann sagte er mit gedämpfter Stimme: »Jeder weiß hier, woran er gearbeitet hat. Das war ja der Grund, weswegen er belächelt wurde.«

»Ging es um Freie Energie?«

Asmussen nickte.

»Und? Halten Sie's für möglich?«

»Wissen Sie«, antwortete Asmussen und hielt kurz inne. »Niemand bestreitet hier, dass es so was wie Vakuumenergie gibt. Aber dass man sie anzapfen kann wie ein Bierfass auf dem Münchner Oktoberfest ... Sie können sich vorstellen, dass mit einer solchen Idee am CERN wenig Staat zu machen ist.«

»Schon klar«, meinte Kohler und zog an seiner Zigarette. »Aber mich interessiert lediglich ihre persönliche Sicht.«

»Nun«, meinte Asmussen etwas zögerlich, »ich habe diesbezüglich eine andere Einstellung. Das liegt daran, dass ich über bestimmte Einzelheiten seines Konverters Bescheid weiß, ich meine, was die Funktionsweise betrifft.«

»Ein Vakuumkonverter?« Kohler dachte, er höre nicht recht. »Haben Sie ihn in Betrieb gesehen?«

»Ja«, antwortete Asmussen mit der Selbstverständlichkeit eines Advokaten.

Kohler war einen Moment sprachlos. »Und was hatte er damit vor? Wollte er ihn vermarkten?«

»Ach«, zischte Asmussen. »Wo denken Sie hin? Wissen Sie, was das für Konsequenzen hätte?«

»Ich kann es mir ansatzweise vorstellen«, sagte Kohler, ohne so zu tun, als wüsste er darüber wirklich Bescheid.

»Ein solches Patent«, fuhr Asmussen fort, »würde ganz neue Perspektiven für die Energiegewinnung eröffnen, das heißt, wir könnten unsere Abhängigkeit von der Kernkraft oder von fossilen Brennstoffen ein für alle Mal beseitigen. Gleichzeitig würde das natürlich den Ruin ganzer Wirtschaftszweige nach sich ziehen, die sich der Nutzung der alten Energieformen verschrieben haben. Ein Grund mehr für einflussreiche Kreise, dieses Wissen geheim zu halten.«

»Glauben Sie, dass Leonard ausgeschaltet wurde?«

»Für mich ist das so klar wie das Amen in der Kirche«, meinte Asmussen. »Er stand ja auf der schwarzen Liste.«

»Auf der schwarzen Liste?« wiederholte Kohler ungläubig, wobei ihm die Worte Wagenknechts einfielen. »Weshalb?«

»Weil er es gewagt hatte, die Box zu verlassen.«

»Welche Box?«

Asmussen drehte sich kurz zur Seite, so als wollte er sichergehen, dass niemand anderes das Gespräch mithören könnte.

»Sie müssen wissen«, sagte er verhalten, »dass sich Forschung in Naturwissenschaft und Technik in zwei Bereiche aufspaltet. Man kann als Forscher zu allen Ehren kommen, sogar Nobelpreise gewinnen, wenn man den Rahmen der allgemein akzeptierten Erkenntnisse und Gesetze nicht verlässt. Anders gesagt: Um in der Wissenschaftsgemeinde anerkannt zu sein, sollte man innerhalb der Box bleiben.«

Kohler nickte verständig.

»Was meinen Sie, wofür Einstein den Nobelpreis bekommen hat? Für die Relativitätstheorie?«

Kohler reagierte nicht.

»Er hat ihn für die Erklärung des fotoelektrischen Effekts bekommen. Im Grunde ein relativ einfaches physikalisches Problem, für jeden Forscher im Labor leicht nachzuvollziehen.«

»Und?« drängte Kohler. »Warum hatte Leonard die Box verlassen?«

Asmussen rang sich ein Lächeln ab und meinte: »Wer immer sich heutzutage mit kalter Fusion oder Freier Energie beschäftigt, muss die Box zwangsläufig verlassen.«

Kohler nickte.

»Wir hatten sogar mal einen Mitarbeiter«, erzählte Asmussen, »der die Box unfreiwillig verlassen hatte und daraufhin gefeuert wurde. Er war ursprünglich Materialwissenschaftler und forschte auf dem Gebiet supraleitender Materialien. Bei einem seiner Experimente mit einer supraleitenden Keramikscheibe traten Anomalien auf. Einer seiner Mitarbeiter rauchte Pfeife und der Pfeifenrauch verhielt sich äußerst seltsam. Er stieg kerzengerade über der Scheibe nach oben, anstatt sich wie üblich mit der Luft zu verwirbeln.«

Kohler nahm einen Zug von seiner Zigarette.

»Spätere Messungen ergaben oberhalb der Scheibe eine Schwerkraftabschirmung von vier Prozent.«

»Nicht zu fassen«, meinte Kohler. »Und dann?«

»Er hatte vor, seine Entdeckung im *Journal of Physics* zu veröffentlichen. Aber dabei machte er einen taktischen Fehler. Noch während die Redaktion seinen Beitrag prüfte, gab er zwei Journalisten des *Sunday Telegraph* ein Interview – mit weitreichenden Folgen.«

»Nämlich?«

»Er wurde fristlos entlassen.«

Kohler schüttelte den Kopf.

»Sein Chef bestritt, dass es am CERN jemals Antischwerkraftexperimente gegeben hätte. Damit war der Fall erledigt.«

»Und der Artikel?«

»... wurde zurückgezogen. Aber ...« Asmussens Gesicht verzog sich zu einem Grinsen.

»Aber was?«

»Ein Vorabdruck des Artikels war an der Universität Moskau veröffentlicht worden. Wodurch die Amerikaner auf ihn aufmerksam wurden. Ich weiß nur noch, dass die NASA seine Idee weiter verfolgte. Es wurde sogar ein Projekt ins Leben gerufen, ich glaube, Delta-G oder so ähnlich, das sich mit neuartigen Raumantrieben beschäftigt.«

»Und was wurde aus dem Mitarbeiter?«

»Der ist inzwischen in Russland, am *Chemical Scientific Research Center*.«

»Interessant«, bemerkte Kohler. »Das heißt, man kann sich auch nach vorne scheitern.«

»Allerdings ... Und die Herangehensweise ist immer dieselbe. Man tritt an den Betreffenden heran und stellt ihn vor die Alternative, entweder einen Karriereknick zu erleben oder aber einen gut dotierten Job hinter den Kulissen anzunehmen.«

»Und warum hat das bei Leonard nicht funktioniert?«

»Es kommt immer darauf an«, meinte Asmussen, »womit sich der Betreffende befasst und ob das für den militärisch-industriellen Komplex von Nutzen ist. Antigravitation steht da zum Beispiel hoch im Kurs. Kaltfusion und Freie Energie hingegen sind Pillepalle.«

»Ah ja«, sagte Kohler, zog an seiner Zigarette und blies den Rauch an die Decke.

»Und wie Sie vielleicht schon mitbekommen haben«, erzählte Asmussen weiter, »gehöre auch ich nicht zu denen, die hier sonderlich beliebt sind. Und das, obwohl mir mein Beruf immer ein Bedürfnis war, kein Mittel zum Zweck, schon gar nicht zum Zweck des Geldverdienens. Hätte ich geahnt, dass ich eines Tages Opfer meines eignen Wissens werden würde, ich hätte nie und nimmer diesen Beruf ergriffen. Dann wäre ich Beamter geworden oder Handwerker, hätte ein anständiges Leben geführt. Es klingt vielleicht paradox, aber an der Universität habe ich noch gelernt, dass es ein natürliches Grundbedürfnis des Menschen ist, Fragen zu stellen und dass es etwas Tolles, Erstrebenswertes ist, Wissen zu erwerben. Ich fand es klasse, in einer Wissensgesellschaft zu leben, in der es keine Kirche mehr gab, die mit aller Macht am Althergebrachten festhält und die Verkünder neuer Weltbilder als Ketzer verbrennt. Doch schon bald musste ich feststellen, dass an ihre Stelle eine Art Wissenschaftsklerus getreten war.

Die modernen Priester sind heutzutage die Mainstream-Wissenschaftler, die althergebrachte Weltbilder von den Dächern pfeifen. Sie haben fast genauso viel Macht wie seinerzeit die Kirche und jeder, der sich ihnen in den Weg stellt, wird zwar nicht mehr verbrannt, aber geächtet, ausgeschlossen oder totgeschwiegen.«

»Ich verstehe«, sagte Kohler, der Asmussen deutlich ansah, wie ihn das eben Gesagte bewegte.

»Und jetzt«, setzte Asmussen nach einer Weile hinzu, »muss man um sein Leben bangen, wenn man im Besitz des falschen Wissens ist. Weil es für bestimmte Leute eine Gefahr darstellt.«

Er trat zum Fenster und tippte bevor er weitersprach mehrmals nervös gegen die Scheibe. »Sokrates irrte, wenn er meinte, Wissen sei das höchste Gut und Unwissenheit das größte Übel. Selig sind die, die nichts wissen. Im Grunde ist es eine Gnade, nichts zu wissen, so wie Dummheit eine Gnade ist, denn unter ihr leiden nur die Gescheiten.«

Kohler zog an seiner Zigarette und meinte: »Und trotzdem würde ich mit keinem Dummen tauschen wollen.«

Nach einer längeren Pause setzte er hinzu: »Sagen Sie, Herr Dr. Asmussen, wer könnte denn tagsüber oder abends unbemerkt ins CERN gelangt sein – bis in Leonards Labor? Ich meine von außerhalb.«

Asmussen warf Kohler einen kurzen Blick zu und überlegte. Dann sagte er: »Da gibt es eigentlich nur eine einzige Möglichkeit.«

»Und die wäre?«

»Die Reinigungsfirmen ...«

»Wie viele gibt es?«

»Zwei. Die wechseln sich ab.«

»Wann kommen die immer?«

»Jeden Tag ab 20 Uhr. Vorher nicht.«

»Okay«, sagte Kohler gefasst. »Und es gibt doch sicher so was wie Überwachungskameras im Eingangsbereich.«

»Natürlich«, bestätigte Asmussen.

Kohler blieb noch einen Augenblick in seinem Sessel sitzen. Dann drückte er seine Zigarette aus und bedankte sich vielmals für das Gespräch. Es sei sehr aufschlussreich gewesen. Asmussen seinerseits fragte, ob Kohler einen konkreten Verdacht hätte, was er – Kohler – bejahte. Aber dieser Anfangsverdacht sei noch rein intuitiv. Es gäbe eine Spur, mehr nicht. Daraufhin verabschiedete sich Kohler von Asmussen und ging den langen Gang zurück zu den Fahrstühlen.

Unten angekommen, meldete er sich wieder an der Information, ließ seine Besucherkarte abstempeln und bat darum, noch einmal Herrn Hoheisel von der Sicherheitsfirma sprechen zu dürfen. Während Kohler wartete, ging ihm das Gespräch mit Asmussen nicht aus dem Kopf. In Anbetracht der hier zur Schau gestellten

Gigantomanie erschien es ihm irgendwie aberwitzig, dass es einem einzigen schrägen Vogel wie Leonard möglich gewesen sein sollte, mit simplen Laborexperimenten ein ganzes Heer von hoch dotierten Professoren und Teilchenphysikern in den Schatten zu stellen. Doch wie hieß es so schön? Grau ist alle Theorie. Und selbst wenn Milliarden Menschen zwei einstürzende Türme sehen, dann bedeutet das noch lange nicht, dass sie eingestürzt sind, nur weil zwei Flugzeuge in sie hineingeflogen sind.

Als Hoheisel erschien, meinte Kohler, er hätte noch etwas Wichtiges vergessen und ob es möglich wäre, dass er sich einmal die Bilder der Überwachungskamera vom Donnerstagabend ansehen könne. Zur Begründung nannte er seinen Verdacht und dass es ihm darum ging, nur kurz einen Blick auf die Mitarbeiter der Reinigungsfirma zu werfen. Hoheisel willigte ein.

Schnell waren im Top Secret-Dienstraum die entsprechenden Filmsequenzen geladen und Kohler betrachtete zusammen mit Hoheisel andächtig den Monitor. Pünktlich um 20 Uhr betraten zehn Mitarbeiter der Reinigungsfirma Top Clean den Eingangsbereich. Darunter fünf Frauen und fünf Männer. Zunächst richtete Kohler seine ganze Aufmerksamkeit auf die fünf Männer, dann auf die fünf Frauen, doch er konnte bei keiner der Personen irgendetwas Verdächtiges entdecken.

Während die Sequenz weiterlief und Kohler Hoheisel fragte, ob es noch eine andere Möglichkeit gäbe, als Außenstehender ins CERN zu gelangen, was Hoheisel verneinte, schaltete das Videoprogramm plötzlich auf schnellen Vorlauf um, wobei Kohler dachte, die Sequenz liefe wieder zurück. Schon wollte er aufstehen und sich bei Hoheisel für seine Hilfe bedanken, da tauchte auf dem Monitor ein Mann auf, der offenbar noch zur Reinigungsfirma gehörte, denn er hatte die gleiche blaue Arbeitskleidung an wie seine Kollegen.

Kohler ließ die Sequenz anhalten, zurückspulen und in Zeitlupe abspielen. Was er sah, wirkte so elektrisierend, dass ihm augenblicklich das Blut zu Kopfe stieg. Denn der Mann mit Oberlippenbart erinnerte ihn an jemanden, den er kannte. Schon beim zweiten Durchlauf war ihm klar, wer es war. Es war der Russe.

3

Gleich am ersten Arbeitstag nach seinem Urlaub wurde Kohler erneut zu Ziegenhagen bestellt.

»Sagen Sie mal, Kohler, sind Sie von allen guten Geistern verlassen?«

Kohler sah Ziegenhagen empört an.

»Ich hatte um äußerste Zurückhaltung gebeten und was machen Sie? Sie fahren auf eigene Faust nach Genf und versetzen dort das halbe Kernforschungszentrum in Aufruhr. Wissen Sie, was jetzt los ist?«

Kohler schwieg.

»Jetzt hab ich nicht nur den BND am Hals, sondern auch noch dieses gottverdammte Kernforschungszentrum! Kohler, die haben einen Sonderstatus, so ähnlich wie der Vatikan in Rom ... Was machen Sie denn nur für Scheiße?«

»Es tut mir Leid, dass ich ...«

Ziegenhagen schlug mit der Faust auf den Tisch.

»Jetzt reicht's, Kohler! Ab sofort sind Sie von diesem Fall suspendiert. Geben Sie mir die Akte, ich werde sie an Müller-Simon weiterleiten. Und den Administrator werde ich beauftragen, Ihre Daten zu löschen.«

Kohler erhob sich, entnahm seiner Aktenmappe drei umfangreiche Ordner, legte sie auf den Schreibtisch und ging wortlos hinaus.

Als er nach Dienstschluss in seinen Wagen steigen wollte, öffneten sich die Türen eines hinter ihm stehenden schwarzen VW Phaeton und zwei Männer stiegen aus.

»Inspektor Kohler?«, fragte der eine mit ruhiger, aber eindringlicher Stimme.

»Hm«, antwortet Kohler, der keine Lust hatte, in weitere Unannehmlichkeiten verstrickt zu werden.

»Alexander Hauser, BND! Haben Sie einen Moment Zeit?«

Kohler sah den Mann einen Moment verdutzt an, dann sagte er: »Ich hab 'nen schlechten Tag hinter mir, ich glaub nicht.«

»Sie können uns allen 'ne Menge Zeit sparen, wenn Sie mit zum BND-Stützpunkt kommen und uns ein paar Fragen beantworten.«

»Bitte was?« Kohler verstand nicht recht.

»Das ist eine offizielle Aufforderung im Auftrag des Bundesnachrichtendienstes.«

Kohler geriet augenblicklich in Wallung: »Ich hatte es eben mit einer offiziellen Aufforderung im Auftrag meines örtlichen Polizeireviers zu tun, hab keine Lust weitere Fragen zu beantworten.«

»Sie sind nicht sehr hilfsbereit«, meinte der Mann schnippisch.

»Weshalb sollte ich das sein?«

»Wir führen eine Untersuchung durch, ich bin jetzt nicht ermächtigt, Ihnen Einzelheiten zu verraten.«

»Nun gut«, sagte Kohler gelassen, »dann rufen Sie mich an, wenn Sie so weit sind.«

»Wie Sie wollen! Machen Sie sich auf eine Vorladung gefasst.«

Kohler geriet einen Moment aus der Fassung. »Sagen Sie mal, was soll das Ganze? Dürfte ich wenigstens erfahren, was der BND mit einem komplett unterbezahlten Kriminalbeamten zu schaffen hat?«

»Es geht nicht um Sie, Inspektor Kohler. Es geht um Ihren Fall.«

Kohler überlegte einen Augenblick, dann sagte er: »Wenn ich in die Vernehmung einwillige, kann ich dann meine Anwältin anrufen?«

»Sie haben das Recht, während der Vernehmung einen Rechtsanwalt dabei zu haben. Aber es ist nicht nötig.«

»Macht es Ihnen was aus, wenn ich das entscheide?«

Kohler schloss seinen Wagen ab. Dann ging es im schwarzen Phaeton zum BND-Stützpunkt am Simsonplatz, im hinteren Gebäudeteil des Bundesverwaltungsgerichts. »Anwaltskanzlei Puschmann & Partner« stand auf dem Eingangsschild. Kohler hatte schon davon gehört, der BND habe dort eine getarnte Dienststelle. Nun wusste er es.

Auf dem Weg in die Kanzlei, die sich in der ersten Etage befand, versuchte Kohler immer wieder seine Anwältin anzurufen. Doch sie ging weder ans Handy noch ans Festnetztelefon.

»Hören Sie«, meinte Kohler eindringlich, als die beiden BND-Leute ein Hinterzimmer betraten und die darin arbeitenden Anwälte ohne Kommentar aufstanden und den Raum verließen. »Meine Rechtsanwältin ist nicht zuhause und noch nicht wieder zurück in ihrem Büro.«

»Nun gut, wenn Sie warten wollen ...«

»Möcht' ich nicht«, erwiderte Kohler genervt. »Also, was wollen Sie?«

»Wir wollen Informationen.«

»Was für Informationen?«

»Was wissen Sie über Central Electric?«

»Dass es eines der größten Energiekonzerne der Welt ist«, antwortete Kohler, ohne lange zu überlegen.

»Und was noch?«

Kohler schwieg.

»Stimmt es«, fuhr Hauser fort, »dass Sie polizeiliche Ermittlungen gegen das Unternehmen führen?«

»Nicht mehr«, antwortete Kohler gereizt.

»Das wissen wir«, sagte Hauser kühl. »Wir wollen lediglich sichergehen, dass es auch dabei bleibt und dass Sie Ihre Verdächtigungen für sich behalten!«

»Nun«, entgegnete Kohler, »ich denke, dass ich verstanden habe, was Sie damit meinen. Ich staune nur, welche Kreise das zieht. Hat Sie der CIA in Bewegung gesetzt?«

Hauser schwieg.

»Klar, Sie sind nicht ermächtigt, das zu sagen.«

Hauser zögerte einen Moment. »Herr Kohler, wir möchten Sie bitten, jetzt zu gehen und über unser Treffen Stillschweigen zu bewahren.«

»Ansonsten?«

»Ansonsten würden Sie weitere Unannehmlichkeiten bekommen«, erwiderte Hauser patzig.

»Aha, ich kriege Unannehmlichkeiten«, sagte Kohler verärgert. »Wissen Sie was?« Kohler starrte Hauser einen Moment lang an. Dann drehte er sich um und verließ das Zimmer.

Als Kohler das Gebäude verlassen hatte, war er so aufgebracht, dass er für einen Augenblick keinen klaren Gedanken fassen konnte. Erst nach ein, zwei Minuten Fußweg fiel ihm ein, dass er sein Auto vor der Dienststelle hatte stehen lassen. Also bestellte er sich ein Taxi und ließ sich dorthin zurückfahren.

Zuhause angekommen, setzte er sich erst mal in seinen Lehnsessel und ließ das eben Erlebte Revue passieren. Er versuchte so gut es ging, wieder zur Ruhe zu kommen, was nur schwer gelang. Sicher, er hatte das, was ihm gerade passiert war, schon mal im Fernsehen gesehen. In einem Film, in dem es um irgendeine politische Verschwörung ging. Aber dass er so was mal leibhaftig erleben würde, daran hätte er nicht im Traum gedacht. Das war selbst für einen alteingesessenen Haudegen wie ihn zu viel.

Kohler überlegte, ob er alles hinschmeißen und kündigen sollte. Er war nahe dran. Doch dann sagte er sich: Das wirst du nicht tun. Dieser Job ist dein Leben und etwas anderes kommt für dich nicht infrage. Du wirst weitermachen. Es ist wie im richtigen Leben, von einem Tag auf den anderen können Dinge geschehen, die noch weitaus schlimmer sind als das eben Erlebte. Ganz abgesehen von Krieg und Terror, es könnte jederzeit ein Tornado hereinbrechen oder gar ein Erdbeben. Ein Erdbeben? Kohler überlegte. Das, was er gerade erlebt hatte, war ein Erdbeben. Nur subtiler.

Am Abend rief er Nora Stallgatter an, weil er es für nötig erachtete, sie bezüglich der Neuigkeiten aufzuklären. Er hielt es jedoch für angebracht, sich mit ihr irgendwo in der Stadt zu treffen. Nora sagte, sie treffe sich am Samstag mit Benno Polanski und da sei es doch gar nicht verkehrt, wenn er mit dazu käme. Kohler war das sehr recht und so verabredete er sich für Samstag 15 Uhr im Café Kassandra am Dittrichring.

4

An besagtem Samstag kam Kohler nur mit Mühe hoch. Bis mittags um zwölf hatte er im Bett gelegen, doch er fühlte sich müde und matt. Schwerfällig schlurfte er ins Bad und ließ aus dem Hahn kaltes Wasser übers Gesicht laufen. Dann zog er sich flüchtig an und schaltete die Kaffeemaschine ein. Lautstark würgte das Gerät heißes Wasser in den Filter, ein Geräusch, das Kohler immer beruhigte, weil es ihn an einen idyllischen Froschteich erinnerte. Hinzu kam der Duft von Kaffee, der eine angenehme und ernüchternde Atmosphäre verbreitete. Für Kohler war das längst zum Ritual geworden. Immer dann, wenn er mit seinem Latein am Ende war und sich die Frage stellte, was mach ich jetzt?, war die Antwort: Kaffee!

Nachdem er seinen Kaffee geschlürft und sich einigermaßen auf Vordermann gebracht hatte, fuhr er in die Stadt und parkte seinen Wagen in der Gottschedstraße, unweit des Cafés, wo er sich mit Nora Stallgatter und Benno Polanski treffen wollte.

Das kleine Café war im Stil der 50er, 60er Jahre eingerichtet. Zwei junge Männer saßen an Stehtischen und die Bedienung, ein blondes

Mädel von Mitte zwanzig, stand hinter der Theke und füllte neue Kaffeebohnen in die Kaffeemaschine. Die Musik, die lief, erinnerte Kohler an Elvis, aber es war nicht Elvis. Er frage die Bedienung und sie sagte, es sei Jonny Cash. Klar, dachte Kohler. Wenn's nicht Elvis ist, kann's nur Jonny Cash sein.

Da noch etwas Zeit war, ging er wieder raus, setzte sich an einen kleinen Tisch auf dem Freisitz, direkt vorm Café und bestellte, weil er noch nichts gegessen hatte, einen Strammen Max mit viel Zwiebeln und Tomatensalat.

Und während er aß, beobachtete er die Autos, wie sie hin und herfuhren, ein paar Radfahrer und Passanten. Alles lief wie am Schnürchen ab, wie automatisiert. Und je länger er diesem Treiben zuschaute, umso klarer wurde, dass das, was da ablief, ein Prozess war, losgelöst von den Personen. Es war egal, wer in den Autos saß, wer Rad fuhr und auf dem Fußweg ging. Würde der eine nicht dort fahren, würde ein anderer an seiner Stelle fahren. Wie auf einer Autobahn, die tagein, tagaus und Jahr für Jahr ein stetiges Rauschen und Dröhnen hervorbrachte.

Dieses Mysterium hatte Kohler schon lange begriffen. Doch was jetzt noch hinzu kam war eine plötzliche Ahnung davon, dass all dieses Prozesshafte, all diese Bewegung in Wahrheit gar nicht stattfand. Weil es im Grunde keine Bewegung gab. Alles Sein, das wurde ihm mit einem Mal klar, lag von Anfang an im Ganzen vor, so wie ein Buch im Ganzen vorliegt. Und da man ein Buch nicht im Ganzen erfasste, sondern es Seite für Seite lesen musste, musste man auch das Leben Tag für Tag durchleben. Das zu begreifen, hatte für Kohler etwas ungemein Tröstliches. Es machte keinen Sinn, mehr erfahren zu wollen. Es reichte, zu wissen, dass das Leben Bestandteil von etwas Höherem war und dieses Höhere wieder Bestandteil von etwas noch Höherem. Immer gab es übergeordnete Interessen. Von daher war es das Normalste von der Welt, dass es auch im Kleinen übergeordnete Interessen gab. Über den Interessen des Einzelnen standen politische Interessen, darüber die wirtschaftlichen, also die Profitinteressen und darüber wieder andere, sicherlich Gattungsinteressen oder Bewusstseinsbildungsinteressen. Wir hatten keine Ahnung, in was für einer Mühle wir steckten.

Das waren Kohlers letzte Gedanken, in dem Moment hielt ein grüner BMW vor dem Café und Nora Stallgatter und Benno

Polanski stiegen aus. Kohler hob den Arm und winkte ihnen zu. Während die beiden auf ihn zusteuerten, vergewisserte er sich, dass sie nicht von irgendjemandem beobachtet wurden. Was eher eine berufsbedingte Angewohnheit war, als eine Sicherheitsmaßnahme. Denn Kohler hatte keine Sekunde das Gefühl, etwas Unerlaubtes zu tun in dem Sinne, dass er womöglich Berufsgeheimnisse verraten könnte. Er sah es ganz einfach als seine Pflicht an, als rein menschliche Pflicht, Nora Stallgatter in den Stand seiner Ermittlungen einzubeziehen und ihr die Wahrheit zu sagen. Dieser Fall rechtfertigte das allemal. Außerdem könnte er auf diese Weise den Staffelstab an Polanski weitergeben, was immer noch besser war, als sich klammheimlich davonzustehlen. Mehr Konnte Kohler nicht tun.

Und so wurde das Gespräch mit den beiden ein sehr offenes, wobei Kohler Nora Stallgatter versicherte, dass er in ihrem Fall alles in seiner Macht Stehende unternommen habe. Er erzählte vom Russen, den er für einen bezahlten Killer halte, an den aber schwer ranzukommen sei, weil er zwei verschiedene Identitäten habe. Und er erzählte von seinen Recherchen am CERN und dass er den Russen auf den Bildern der Überwachungskamera erkannt habe. Noch dazu hatte Kohler eine Zeugenaussage aus der Liebigstraße, dass der Russe einer der beiden Männer war, die Linquist in die Psychiatrie eingeliefert hatten.

»Aber das müsste doch reichen, ihn auffliegen zu lassen«, verstand Benno nicht.

»Normalerweise schon«, meinte Kohler. »Aber in diesem Fall nützt das alles herzlich wenig. Weil es übergeordnete Interessen gibt.«

»Was für übergeordnete Interessen?« Benno schüttelte den Kopf.

Kohler blickte kurz um sich und nach einem kurzen Moment des Zögerns sagte er ernst: »Man hat mir den Fall entzogen.«

»Wie jetzt?« Benno sah zuerst Kohler an, dann Nora. »Was heißt, man hat Ihnen den Fall entzogen?«

»Der BND hat sich eingeschaltet und ich habe den Fall zu den Akten legen dürfen.«

»Das ist jetzt nicht wahr«, entfuhr es Benno.

»Doch«, sagte Kohler gefasst. »Das Ganze tut mir aufrichtig leid ... Ich kann Ihnen nur versichern, dass ich mich selber dabei beschissen genug fühle.«

Einen Augenblick lang herrschte betretenes Schweigen. Dann sagte Nora leise: »Aber warum?«

Kohler machte eine selbstverständliche Geste und meinte: »Der BND schaltet sich nur ein, wenn irgendein Deal auf höchster Ebene gelaufen ist. Offenbar hat Central Electric beste Beziehungen zum CIA.«

Daraufhin erzählte Benno die Geschichte mit Central Electric und was er darüber in Erfahrung gebracht hatte. Worauf Kohler meinte, dann gäbe es keine weiteren Fragen. Der Vicechef sei abgesägt worden, weil er die Sache mit der Freien Energie vorangetrieben hatte, was der Konzernleitung nicht in den Streifen passte. Das Gleiche am CERN, wo Leonards Forschungen ebenso wenig in den Streifen passten. Und der Russe stecke hinter allen drei Morden, die er im Auftrag von Central Electric begangen habe.

Für einen Moment war Nora den Tränen nahe, unfähig, etwas dazu zu sagen. Schließlich meinte sie kopfschüttelnd: »Ich kann das immer noch nicht glauben ... Die hätten doch bloß sagen brauchen, danke, wir haben kein Interesse.«

Benno schüttelte demonstrativ den Kopf. »Das Problem war«, bemerkte er, »dass die durchaus Interesse hatten. Sonst wären Paul und Edwin nicht mehrfach in Frankfurt am Main gewesen.«

»Richtig«, bestätigte Kohler. »Aber zu irgendeinem Zeitpunkt wurde der Konzernleitung die Sache zu heiß. Die hatten Schiss davor, die konventionelle Stromerzeugung könnte den Bach runtergehen und damit milliardenschwere Aktionärsgewinne.«

Benno nickte und setzte hinzu: »Die Motive waren reine Profitinteressen ...«

»... Wie sooft. Es ist immer dasselbe Spiel.«

Dieses Resümee war an sich schon ernüchternd genug. Doch noch viel schlimmer war die Tatsache, dass man um die Zusammenhänge wusste und sie sogar beweisen konnte, aber von höherer Stelle aus kein Interesse daran bestand. Insofern war die Situation vergleichbar mit einer Pattsituation. Oder mit einem brisanten Fußballspiel, wo der Schiedsrichter beim entscheidenden Tor auf Abseits entscheidet. Damit war die Sache erledigt. Und trotzdem hatte Kohler das Gefühl, wenigstens das getan zu haben, was er tun konnte. Mehr ging nicht. Vor allem Nora gegenüber brauchte er jetzt kein schlechtes Gewissen mehr zu haben, ja es beeindruckte ihn sogar, wie gefasst sie die Unabänderlichkeit ihrer Situation hinnahm. Was in gewisser Weise auch auf Kohler zutraf. Ihm fiel ein, dass er ursprünglich vorgehabt hatte, gegen die Windmühlen zu kämpfen. Doch wenn er in sich hineinspürte, war da nicht mehr viel von einem Don Quichotte. Kohler fühlte sich eher wie ein desillusionierter Kriminalbeamter. Auch wenn man so was ab und an im Kino sah, im richtigen Leben gab's das nicht. Das wusste er.

Also nahm er wenigstens den Kaffee auf seine Rechnung, verabschiedete sich bei Nora und Benno, wünschte ihnen viel Glück und fuhr mit einem lauen Gefühl im Magen nach Hause.

Am Montagmorgen bekam er von Müller-Simon einen neuen Fall aufgetragen. Ein Mann hatte aus Eifersucht seine Frau erschlagen. Und Kohler sollte recherchieren und die Beweise liefern.

Institut für Vakuumenergie, Lessingstr. 2, Leipzig, Deutschland, 9. Oktober 2013, 1.45 Uhr

Es war ein unruhiger Tag gewesen. Paul Linquist hatte mit der Vorbereitung des MDR-Wissenschaftsmagazins alle Hände voll zu tun, weil der Produktionsleiter kurzfristig zwei Beiträge gestrichen hatte. Noch dazu hatte der Erfinder eines Schwerkraftmotors, der in der Sendung vorgestellt werden sollte, plötzlich abgesagt, weswegen umdisponiert und ein Ersatzbeitrag produziert werden musste. Paul war erst eine halbe Stunde nach Mitternacht zu Hause. Gerade als er sich hingelegt hatte, klingelte das Telefon.

Ed, dachte Paul sofort. Um diese Zeit konnte es nur er sein. Künstler und Erfinder sind halt verrückte Typen.

Als Paul den Hörer abnahm, war eine Stimme am anderen Ende, die er zunächst gar nicht erkannte. Sie schien aus einer anderen Welt zu kommen. Und dennoch bestand kein Zweifel, es war Edwins Stimme.

»Was ist?«, fragte Paul verunsichert. »Wo steckst du?«

»Im Labor. Kannst du jetzt herkommen?«

»Bist du verrückt? Weißt du, wie spät es ist?«

Edwin lachte. »Weißt du, wie egal das ist? Wenn ich dir sage, dass ich die Selbstsymmetrierung geknackt habe!«

»Du hast ...«

»Ja!«, rief Edwin, »der Konverter läuft ... Mit einem Wirkungsgrad von 400 Prozent! Es ist unglaublich, aber wahr!«

»Und was ist mit den Möbiusbändern? Ich denke, die konnten das Feld nicht stabil halten.«

»Ich kann es dir jetzt am Telefon nicht erklären. Komm in Gottes Namen her und sieh es dir an!«

»Okay«, sagte Paul in ruhigem Ton. »Ich komme her.«

Er hatte durchaus begriffen, dass Edwin etwas Bahnbrechendes gelungen war. Offenbar hatte er einen ganz entscheidenden Schritt nach vorn gemacht, was die Entwicklung des Stromerzeugers anging. Einen Schritt, der das ganze Projekt maßgeblich vorantreiben würde. Dass das schon das Ende der Fahnenstange bedeuten könnte, daran wollte Paul zum jetzigen Zeitpunkt noch nicht glauben, auch wenn er wusste, dass Edwin ihn nicht wegen irgendeiner Lappalie nachts aus dem Bett holte. Wenn er das tat, dann gab es dafür einen triftigen Grund. Einen, der es in sich hatte.

Es war 2 Uhr 15 am Montagmorgen, als Paul in die Lessingstraße einbog, wo sich das Leipziger Institut für Energie befand. Edwin saß dort im Haus Nr. 2 oft nächtelang, das war nichts Ungewöhnliches. Die Ampel an der Ecke Jahnallee zeigte Rot. Während Paul instinktiv stoppte und sich ärgerte, weil sie um diese Zeit noch an war, versuchte er sich auszumalen, was ihm Edwin jetzt gleich offerieren würde. Der Konverter läuft hatte er gesagt. Ja gut, der Konverter lief auch schon vor einem Jahr und vor einem halben. Allerdings nur zeitweise, nie kontinuierlich. Immer wieder war es zu Systemabstürzen gekommen, die den Energiekreislauf zum Erliegen brachten. Und jetzt auf einmal ein Wirkungsgrad von 400 Prozent! Dazu fiel Paul nichts mehr ein, außer, dass sich Edwin zuletzt ausgiebig mit der Geometrie der Möbiusbänder beschäftigt hatte. Und die wiederum waren entscheidend für die Beschaffenheit der Spulen. Insofern, das ahnte Paul, lag genau dort der Hase im Pfeffer. Schon in der Schule hatte ihm Edwin vom Möbiusband erzählt. Es entsteht aus einem Streifen, dessen Enden zu einem Ring zusammengeführt werden, wobei das eine Ende zuvor in der Längsachse um 180 Grad gedreht wird. Dadurch besitzt das Band nur eine einzige Oberfläche und nur eine einzige Kante. Später, als sich beide mit Quantenphysik beschäftigten, stießen sie auch auf die Kleinsche Flasche, das dreidimensionale Gegenstück des Möbiusbandes. Sie entsteht aus zwei spiegelbildlich gedrehten Möbiusbändern. Durch die Topologie von Möbiusband und Kleinscher Flasche entsteht eine Situation, in der die klassische zweiwertige Logik versagt. Genau das wollte Edwin erreichen. Er suchte nach einer Möglichkeit, dieses Phänomen physikalisch umzusetzen. Denn bei der praktischen Anwendung solcher Geometrien entstehen Effekte, die nicht den konventionellen physikalischen Theorien entsprechen, weil die auf den Gesetzen der Logik aufbauen. Schon Edwins erste elektromagnetische Anwendung der Möbiusschleife bewirkte eine gegenseitige Auslöschung der magnetischen Feldlinien mit dem äußerst bizarren Phänomen, dass die beiden gegenläufigen Ströme durch sich selbst hindurchflossen. Allerdings hielt der Effekt nicht lange an.

Vielleicht hatte ja Edwin die Geometrie der Bänder so verändert, dass ...

Es wurde grün. Drei Minuten später war Paul im Labor. Doch er konnte Edwin zunächst nicht finden. Der große, hallenähnliche Raum ließ sich nur schwer überblicken. Überall stand technisches Gerät herum und eine Menge mannshoher Regale mit verschiedenen Apparaten und Monitoren.

Schließlich sah Paul in der hintersten Ecke jemanden hantieren. Erst als er einige Schritte auf ihn zu gegangen war, erkannte er Edwin. Er sah furchtbar aus. Unrasiert, völlig übernächtigt, die Haare zerzaust. Man hätte meinen können, er sei irgendein Penner oder obdachloser Alkoholiker.

»Es ist einfach«, sagte Edwin kopfschüttelnd, als er Paul bemerkte. »so einfach, dass ich nicht verstehen kann, warum niemand vor mir drauf gekommen ist.«

»Worauf denn?« Paul sah Edwin gebannt an.

»Mit ein paar Worten, die ich darüber verlieren würde«, fuhr Edwin fort, ohne auf die Frage einzugehen, »könnte das jeder dahergelaufene Elektriker.«

»Könnte«, meinte Paul, »wenn er wüsste. Also wie hast du's hinbekommen?«

»Erst mal dadurch«, begann Edwin, »dass ich die Schaltung vereinfacht habe. Keine Röhren mehr, keine Transistoren. Der Konverter besteht jetzt nur noch aus einer Torusspule mit Kleinscher Wicklung. Das heißt, eigentlich ist das hier eine Serie von nicht geschlossenen Möbiusbändern, die durch sich hindurch verknotet in die nächste Windung übergehen. Drei Kondensatoren geben den Strom ab. Durch die Verdrehung der Bänder entsteht ein sich selbst auslöschendes, oszillierendes Magnetfeld mit genau dem Phänomen, dem ich seit über einem Jahr hinterher jage.«

»Nämlich?«

»Während die Frequenz kontinuierlich absinkt, nimmt die Spannung zu.«

Paul sah Edwin einen Moment irritiert an.

»Du musst dir vorstellen«, erklärte Edwin, »nur der mathematisch reelle Teil des Magnetflusses wird null. Der imaginäre Anteil bleibt aber erhalten, was einen mathematisch imaginären, aber physikalisch wirksamen Strom erzeugt.«

»Also einen nicht-ohmschen Strom?«

»Richtig. Einen Strom mit negativer Energie.«

»Mit negativer Energie?«

»Ja. Und die Ausbeute ist um ein Vielfaches höher als bisher. Ganz zu schweigen von dem bisschen Energie, was ich zur Erzeugung der Induktion abzweige. Der Wirkungsgrad liegt bei etwa 400 Prozent.«

»400 Prozent ...«, wiederholte Paul und lachte. »Das glaubt uns kein Mensch.«

»Aber wenn ich's dir sage!«

»Und wie kommst du darauf, dass der Strom negativ ist?«

Edwin machte eine Geste, die die Selbstverständlichkeit seiner Behauptung unterstrich: »Du wirst es gleich merken.«

Er schaltete den Apparat ein, was ein leises Surren erzeugte und wartete etwa eine halbe Minute, bis ein grünes LED-Lämpchen aufleuchtete.

»Und? Spürst du was?«

»Ja«, meinte Paul etwas unschlüssig. Es ist so ein Gefühl von Kühle. Man könnte denken, du hättest einen Lüfter eingebaut.«

Edwin lachte.

»Nein. Wozu auch. Der Effekt entsteht allein durch den Stromfluss. Er bewirkt eine Abkühlung der Umgebung statt der üblichen Erwärmung.«

Paul sah einige Funken sprühen und erschrak, doch Edwin beruhigte ihn und sagte: »Das sind ganz normale Entladungen.«

Paul schüttelte den Kopf.

»Aber jetzt kommt der Hammer«, meinte Edwin stolz und schaltete die Energiezufuhr ab. Was nun geschah, grenzte an Magie. Denn der Konverter lief weiter. Die Entladungen hörten nicht auf. Ganz im Gegenteil. Sie nahmen an Stärke und Intensität noch zu.

»Wie du siehst«, erklärte Edwin, »bricht der Output nicht ab, sondern er steigt weiter an.«

Paul starrte auf den Apparat.

»Ich mache nichts anderes, als die potenzielle Energie des Vektorpotenzialfeldes freisetzen.«

»Also Nullpunktenergie ...«

Edwin nickte. »Dabei lass ich das elektromagnetische Feld in Phase oszillieren, wodurch eine longitudinale Vakuum-Druckwelle entsteht.«

»Das heißt«, schlussfolgerte Paul. »Du veränderst die lokale Energiedichte des Vakuums.«

»Exakt. Und dadurch fließt die Energie ununterbrochen.«

Paul starrte einen Moment ins Leere. Dann schüttelte er den Kopf und meinte: »Ist diese negative Elektrizität eigentlich von der normalen Elektrizität zu unterscheiden?«

»Überhaupt nicht. Jeder Elektriker würde sie als reinrassige 220 Volt-Wechselspannung identifizieren.«

Über Pauls Gesicht huschte ein Schmunzeln.

»Und was ist mit Sweets Vakuumtrioden-Verstärker?«

»Nichts. Sweet ist momentan der einzige, der weiß, wie man einen VTA baut. Jedenfalls war er bislang nicht bereit, seine Pläne rauszurücken.«

»Das bedeutet«, Paul machte eine Pause und überlegte. »Wir hätten, abgesehen von den Konvertern von Hendershot und Coler, die ja nicht weiterentwickelt wurden, bis jetzt die einzige elektronische Lösung auf dem Markt.«

»Auf dem Markt ist gut«, grinste Edwin. »Soweit ist es noch lange nicht. Als Nächstes brauchen wir erst mal einen zuverlässigen Prototypen, der das Zeug dazu hat, in Serie zu gehen. Und dann müssen wir uns nach Interessenten umsehen.«

Paul nickte. Dann sagte er kopfschüttelnd: »Ich kann's immer noch nicht glauben ...«

»Was?«

»Na, dass der Konverter läuft ... Du bist ein Genie, Ed. Wirklich! Das mein' ich ernst.«

»Ach was«, entgegnete Edwin kühn. »Dieser Effekt hätte längst von der herkömmlichen Elektroindustrie entdeckt werden müssen.«

»Na klar«, bemerkte Paul hämisch, »weil die den Wald vor lauter Bäumen nicht sieht. Das ist doch das Gleiche wie mit den Pornofilmen. Wenn du immer nur 08/15-Pornofilme drehst, weil die halt gebraucht werden, dann ist die Verfahrensweise klar: Penetration hoch zehn. Aber mit Erotik hat das wenig zu tun.«

Edwin musste grinsen.

»Übrigens ...«, Paul überlegte, ob er Edwin die Geschichte mit dem Studioleiter erzählen sollte, auf den er – Edwin – so große Hoffnungen setzte, dahin gehend, dass sie irgendwann den Konverter würden vorstellen können.

»... Vogel hat den Beitrag über den Holländer mit dem Schwerkraftrad gecancelt. Zur Begründung hieß es, er hätte Hals über Kopf abgesagt.«

Einen Moment sah es so aus, als würde Edwin explodieren. Doch dann holte er nur tief Luft und meinte: »Wer's glaubt, wird selig ... Ich sag dir eins: Vogel hat keinen Arsch in der Hose. Dem ist die Sache zu heiß geworden. Oder er hat einfach nur Schiss, dass er sich in die Nesseln setzt. Ein Magnetrad, das ununterbrochen läuft und dabei noch Energie abgibt. Das ist Ketzerei.«

»So wird's wohl sein«, gab ihm Paul recht. »Und wer weiß, was uns noch alles bevorsteht, bis wir den Konverter in Sack und Tüten haben.«

2

Es war Montag früh halb sechs, als beide das Labor verließen. Der Berufsverkehr hatte längst eingesetzt und das Leben verlief in den gewohnten Bahnen. Nur Paul und Edwin waren mit ihren Gedanken bereits in einer anderen Welt. In einer Welt, die keine Wärmekraftwerke und Stromgesellschaften mehr kannte, weil jeder Privatverbraucher, jede Firma und jeder Industriebetrieb seine Energie direkt aus dem unendlichen Reservoir des Universums bezog. Eine freie Energie, die immer da war und die man lediglich über einen Konverter in elektrischen Strom umwandeln brauchte. Dieses Ziel war für die beiden Erfinder nun in greifbare Nähe gerückt.

So ging es in den nächsten Wochen darum, eine Firma zu finden, die den Stromerzeuger in eine ansehnliche und moderne Form bringen würde, sodass er, auch was Material und Optik anging, für kleinere Haushalte und Endverbraucher attraktiv erschien. Darüber hinaus sollte ein industrietauglicher Apparat zur Serienreife gebracht werden, der in der Lage war, große Industriebetriebe mit Strom zu versorgen. Kein Wunder also, dass Edwin bei diesem Tatendrang die folgenden Nächte äußerst unruhig schlief, was lediglich der Aufregung geschuldet war und der vielen Gedanken, die sich um die Umsetzung seines Planes drehten. Auch war er sich jetzt sicher, für den Stromerzeuger ein Patent zu bekommen und wenn das geschafft war, daran glaubte er fest, dann würde er auch

Interessenten aus der Industrie finden. Wenn nicht in Deutschland, dann in Amerika oder anderswo.

Nora erzählte er von all dem nichts. Allerdings bekam sie seine Unruhe durchaus mit, worauf er erwiderte, er sei im Moment an einer wichtigen Sache dran, die ihm viel abverlange und die irgendwann auch den lang erhofften finanziellen Segen bescheren würde. Da Letzteres bisher nie der Fall gewesen war, vermied Edwin ganz bewusst, die Sache an die große Glocke zu hängen.

Vor 14 Jahren hatte er seine Firma, damals noch unter dem Namen Leipziger Institut für Energie, zusammen mit Paul Linquist als GbR gegründet. Ihr Ziel war zunächst die Entwicklung von Energiekonzepten für verschiedene Kunden aus der sächsischen Wirtschaft. Später entstand die Idee, selber nach neuen Energiequellen zu suchen und deren technische Umsetzung zu realisieren. Doch dieses Unterfangen brachte außer viel Arbeit jahrelang so gut wie gar nichts ein. Es war das Los des Erfinders, das vor allem Edwin immer wieder dazu bewegte, nächtelang im Labor zu sitzen, um durch Versuch und Irrtum seinen Traum von der praktischen Nutzung Freier Energie irgendwann in die Tat umzusetzen. Dass es diese Energie gab, daran bestand spätestens seit den 1990er Jahren kein Zweifel mehr. Allerdings glaubte niemand so recht an eine praktische Nutzung. Selbst unter Physikern galt ein solches Vorhaben als Hirngespinst. Wovon sich Edwin jedoch nicht beeindrucken ließ.

Schon in seiner Studienzeit hatte er sich besonders für elektrische Phänomene interessiert, vor allem für jene, die nicht in die gängigen Erklärungsmodelle passten. So hatte er von einer Französin gelesen, die wie ein Magnet Gegenstände anziehen oder abstoßen konnte. Sie brauchte sie nur zu berühren und schon schwebten sie in der Luft. Noch spektakulärer war der Fall einer Amerikanerin, die Ende des 19. Jahrhunderts die Welt bereiste und als Electric Girl in die Geschichte einging. Auf einer Bühne in London hob sie einen dicken Mann samt Stuhl in die Höhe, nur, indem sie den Stuhl mit der Hand berührte. Obwohl sie nur 45 Kilo wog, konnten sie mehrere Männer nicht hochheben, wenn sie nicht wollte.

Doch all dies war ein Witz im Vergleich zu Daniel Dunglas Home, dessen Fähigkeiten weit über die Beherrschung elektrischer

Phänomene hinausgingen. Über 35 Jahre lang versetzte er Freunde, Bekannte und Interessenten, zu denen auch der Adel und Staatsoberhäupter zählten, in Erstaunen und Entsetzen. Er konnte in zwei Meter Höhe über dem Boden schweben und durch ein Fenster seiner Wohnung hinausschweben und durch ein anderes wieder hereinschweben. Trotz vieler Skeptiker konnte ihm nie Betrug nachgewiesen werden. Selbst prominente Wissenschaftler wie Alexander Butlerow, Professor der Chemie an der Universität von Sankt Petersburg, und William Crookes erklärten seine Fähigkeiten als authentisch. Crookes überprüfte auch mehrfach das plötzliche und ohne ersichtlichen Grund auftretende Spielen eines Akkordeons, das die Melodie *Home, Sweet Home* erklingen ließ. Aber auch Gewichtsveränderungen bei Gegenständen und Personen wurden von Crookes dokumentiert. Ebenso der Umstand, dass einmal eine wohlgestaltete Hand aus der Tischplatte hervortrat und ihm Blumen überreichte. Gerade dieses Phänomen, das für Laien wahrscheinlich an Magie oder Scharlatanerie grenzt, amüsierte Edwin ganz besonders. Denn er hatte sich im Rahmen seines Physikstudiums auch mit dem Phänomen mehrfach zusammenhängender Räume befasst, was jedoch zu Homes Zeiten noch völlig unbekannt war. Edwin wusste, dass im atomaren Bereich die Geometrie des Raumes unbestimmt war, was zur Folge hatte, dass sie zwischen mehreren Konfigurationen schwankte. Das wiederum führte zum Zerreisen des klassischen Raumes, wodurch augenblickliche Verbindungen zwischen weit auseinanderliegenden Regionen entstehen können. Home hatte offenbar die Begabung, so erklärte es sich Edwin, mittels seines Bewusstseins solche Raum-Zeit-Anomalien hervorzurufen. Allerdings war Edwin diesem Phänomen nicht weiter nachgegangen, das erschien ihm einfach zu weit hergeholt. Sein Interesse galt in erster Linie den elektrischen Phänomenen. Und Elektrizität mit all ihren Variationen war schon eine Wissenschaft für sich. Und so war es nur eine Frage der Zeit, dass Edwin irgendwann auf die Arbeiten von Hedershot, Coler und Tesla stieß.

Natürlich faszinierte ihn Teslas Theorie der »nichthertzschen« Wellen. Eine Theorie, nach der jedes elektromagnetische Gerät nicht nur transversale Hertzsche Wellen erzeugt, sondern auch longitudinale, die weniger stark abgeschwächt werden und sogar schneller sind. Tesla war durch die Beobachtungen der Elektriker aufmerksam geworden, die für Alva Edison, seinen früheren Arbeitgeber, gearbeitet hatten. Sie berichteten von einer seltsamen Erscheinung in den Übertragungsleitungen des Edisonschen Gleichstromsystems. Jedes Mal, wenn im Kraftwerk der Strom angeschaltet wurde, gaben die Stromleitungen für einen kurzen Moment ein wahres Feuerwerk von purpurblauen Spitzenentladungen von sich und alle, die sich in der Nähe der Leitungen aufhielten, hatten eine stechende, schockartige Empfindung. Einmal ereignete sich sogar ein Unfall, als ein Arbeiter von einem überspringenden blauen Funken getötet wurde. Tesla war davon überzeugt, dass nicht die Elektronen für das Phänomen verantwortlich sein konnten, da das Schauspiel aufhörte, sobald der Strom in den Leitungen zu fließen begann. Er glaubte, hier einer unbekannten, mächtigen Form von Energie auf der Spur zu sein, die mit dem Einschaltvorgang und einer Art Energieverdichtung zu tun hatte. Die Experimente, die er in den 1890er Jahren in Colorado Springs machte, waren ihm Bestätigung dafür, dass es einen Zusammenhang zwischen dieser Energie und dem Vakuum geben müsse und dass sie sich aufgrund von abrupten Gleichgewichtsschwankungen des Vakuums durch kurze, aber sehr intensive Entladungen manifestierte.

Und je mehr Tesla als Mensch vor Edwins innerem Auge Gestalt annahm, umso mehr wurde ihm – Edwin – klar, dass Tesla kein Theoretiker oder gar Spinner war, sondern ein intuitiver Pragmatiker, der es gewohnt war, alle seine Messergebnisse in der Praxis zu überprüfen. Das bedeutete, dass die Ausbreitungsgeschwindigkeit der von ihm erzeugten Welle – die er selbst mit 471 240 Kilometer pro Sekunde angibt – nicht aus Versehen zustande kam, sondern dass es dafür triftige Gründe gab. Gründe, die sich nicht an menschliche Konventionen hielten. Denn bei der Berechnung der Sendefrequenz und der Wicklungslänge der Spule von Colorado Springs gibt er wieder den normalen Wert für die Lichtgeschwindigkeit an, also rund 300 000 Kilometer pro Sekunde. Da zur damaligen Zeit allgemein bekannt war, dass sich die von Heinrich Hertz entdeckten elektromagnetischen Wellen in jedem Medium mit konstanter Geschwindigkeit fortpflanzen, ist die logische Konsequenz der Verwendung zweier unterschiedlicher Werte für die Lichtgeschwindigkeit die, dass Teslas Verstärkungssender ein Umsetzer war, der elektromagnetische Wellen in eine skalare Wellenform umwandelte, die sich nach vollkommen anderen Gesetzmäßigkeiten ausbreitet. Eher so wie der Reizimpuls eines Nervs, dessen Energie auch nicht im Quadrat über der Entfernung abfällt.

Dieses Prinzip hatte Edwin von Tesla übernommen und bereits drei Jahre nach der Gründung seiner Firma einen ersten Energiekonverter konstruiert, der mit zwei Spiralspulen betrieben wurde, die gegensinnig verschaltet waren. Allerdings war die Stromausbeute noch sehr gering, weil die Vakuumröhre nach Teslaschem Vorbild nicht so funktionierte, wie es sich Edwin vorgestellt hatte. Er wusste, dass Tesla das Geheimnis seiner Vakuumröhren mit ins Grab genommen hatte. Und der Teufel liegt bekanntlich im Detail. Also musste Edwin entweder das Geheimnis der Röhren knacken oder nach einer anderen, vielleicht sogar noch einfacheren Lösung suchen.

Fast zehn Jahre sollten noch vergehen, bis er auf die Vakuumröhre ganz verzichtete und eine andere, ziemlich ausgeklügelte Lösung fand – die mit den Möbiusbändern. Doch auf diese Idee wäre er nie gekommen ohne den Kapitän zur See Hans Coler, dessen Erfindung alles in den Schatten stellte, was Edwin je über unterdrückte Erfindungen gelesen hatte. Noch dazu war der Fall bestens dokumentiert, was einem Bericht des *British Intelligence Objectives Sub-Committee* geschuldet war, ohne den Colers Erfindungen wahrscheinlich in den Wirren des 2. Weltkriegs untergegangen wären. Seine zwei Apparate sind ausgiebig von Fachleuten getestet worden. Das erste Datum, das sich im Bericht des britischen Geheimdienstes über den Stromerzeuger findet, ist das Jahr 1925. Zu diesem Zeitpunkt führte Coler eine 10-Watt-Version des Stromerzeugers einem Professor der Technischen Hochschule Berlin vor. Der war von der Funktionsweise des Apparates so beeindruckt, dass er versuchte, behördliche Unterstützung für die weitere Forschung zu bekommen. Allerdings ohne Erfolg. Das Patentamt lehnte den Stromerzeuger mit der Begründung ab, es handle sich bei dem Gerät um ein Perpetuum Mobile. Folglich könne es nur ein Schwindel sein.

1933 führte Coler eine größere Version mit einer Leistung von 70 Watt dem Direktor von Rheinmetall-Borsig vor. Auch der war sofort überzeugt und erklärte sich bereit, Coler finanziell zu unterstützen. Er gründete eine Firma unter dem Namen Coler GmbH, um die Weiterentwicklung des Gerätes zu finanzieren. Es gab jedoch noch andere Interessenten. Eine norwegische Gruppe war ebenfalls an Colers Stromerzeuger interessiert und hatte finanzielle Unterstützung zugesagt. Daraufhin entbrannte ein Streit, den Rheinmetall-Borsig aufgrund der besseren Verbindungen zur Industrie und zu Hermann Göring für sich entschied.

1937 baute Coler eine Version des Stromerzeugers mit einer Ausgangsleistung von 6 kW, die 1943 der Forschungsabteilung des Oberkommandos der Kriegsmarine vorgestellt wurde. Das OKM überzeugte sich von der Funktion des Gerätes und nahm die Continental Metall AG unter Vertrag, um das Gerät schnellstmöglich weiterzuentwickeln. Allerdings verhinderte das der Krieg. 1945 wurde das wahrscheinlich einzige zu dieser Zeit existierende Gerät in Kolberg durch eine Bombe zerstört. Es soll Colers Haus drei Jahre lang mit Strom versorgt haben.

Was Edwin vor allem an Colers Stromerzeuger faszinierte, war seine Einfachheit. Er bestand lediglich aus einer Anordnung von Magneten, flachen Spulen und Kupferplatten, die von einer kleinen Batterie gespeist wurde. Herzstück waren zwei parallel geschaltete bifilare[2] Spulen, wobei eine dieser Spulen aus Kupferblechen bestand. Die Energieabgabe des Systems war Fachberichten zur Folge mehrere Male größer als die Leistung, die über den Primärkreis aus der Batterie entnommen wurde.

Von da an stand für Edwin fest, dass sein Stromerzeuger, wenn er denn fertig wäre, eine Symbiose darstellen würde aus Tesla und Coler und dass er – Edwin – alles nur Erdenkliche tun würde, um irgendwann diesen Konverter einsatzbereit zu haben. Und natürlich müsste er industrietauglich sein und das Zeug dazu haben, das Welt-Energieproblem zu lösen. Das war nicht nur schlechthin sein Traum. Das war seine Überzeugung.

3

Bereits drei Wochen nach dem denkwürdigen Montagmorgen im Labor hatte Paul durch seine Beziehungen als Wissenschaftsjournalist eine Elektrofirma gefunden, die bereit und in der Lage

---

2 *zweiadrig*

war, den Stromerzeuger zu vernünftigen Konditionen herzustellen. Der Testlauf des kleinen Prototypen mit einer Leistung von 1 kW verlief erfolgreich, sodass Edwin kurz darauf das Patent beantragte. Eine Woche später, an einem Montagmorgen, machte er sich voller Zuversicht auf nach Berlin.

Während der Fahrt hörte er in den Nachrichten, dass Microsoft mehreren asiatischen Staaten mit juristischen Klagen drohte, falls sie das Betriebssystem Linux einsetzten. Irgendwie empfand er das als ungutes Omen, weil es wieder mal deutlich machte, wer in der Wirtschaft das Sagen hatte. Natürlich der, der über die teuersten Anwälte und damit über das meiste Geld verfügte.

Auf dem Weg vom Böcklerpark, wo er seinen BMW geparkt hatte, bis zum Amtsgebäude in der Gitschiner Straße schlug ihm ein eisiger Wind entgegen. Pappbecher und Papierfetzen trieben übers Pflaster und tanzten wild umher.

Edwin schossen unangenehme Gedanken durch den Kopf. Was nützte ihm seine Erfindung, wenn er sie nicht patentiert bekäme. Zum ersten Mal sah er sich mit der formellen Hürde des Erfinderdaseins konfrontiert, die er irgendwie nehmen musste, koste es, was es wolle. Sonst wäre alles umsonst. Er dachte an Alva Edison und an dessen Investor J. P. Morgan, der sein Büro direkt am Broadway hatte, im Zentrum der Banken und Kanzleien, wo Männer wie Carnegie und Rockefeller mit einem Federstrich das Schicksal ganzer Industriezweige besiegelten. Und er wusste nicht mal, von welchem Geld er die Anmeldung bezahlen sollte.

Deutsches Patent- und Markenamt, Gitschiner Straße 67, 10967 Berlin, 29. November 2013

Als er die Stufen bis in die dritte Etage hinauf stieg, schwor er sich, nicht eher locker zu lassen, bis er das Patent in den Händen hielt. Hartnäckigkeit war das einzige, was zum Erfolg führte.

Mit diesem Vorsatz im Kopf setzte Edwin pünktlich um 16.30 Uhr seinen Fuß über die Schwelle des Zimmers 313, doch schon nach wenigen Minuten zeichnete sich ab, dass die Prüfer die Tragweite seiner Erfindung nicht im geringsten erfasst hatten. Oder steckte hinter diesem Nichtverstehen Absicht? Wollte man seinen

Fall vorsätzlich verschleppen? Doch dafür waren die Leute einfach zu nett und zu hilfsbereit. Oder war auch das nur Makulatur?

Also legte ihnen Edwin jede Einzelheit dar. Endlich erfasste einer der Prüfer seine Absicht.

»Ihr Apparat ist ein perpetuum mobile!«, rief er. »Sie haben Glück, dass wir nicht mehr im Zeitalter der Hexenverbrennungen leben.«

Allgemeines Gelächter.

»Es tut uns leid, Herr Stallgatter«, fuhr er fort, »aber ganz gleich, wie Ihr Apparat funktioniert, er verletzt den Energieerhaltungssatz! Und als gelernter Physiker müssten Sie wissen, dass es unmöglich ist, in einem geschlossenen System Energie aus nichts zu gewinnen.«

»Ich hatte eigentlich erwartet«, konterte Edwin, »dass Sie darüber informiert sind, dass unsere Welt ein offenes System ist. Das Vakuum ist keine feste Grenze und mein Konverter wandelt lediglich virtuelle Raumenergie in elektrische Energie um.

»Aber virtuelle Energie«, entgegnete der Prüfer, »ist virtuelle Energie. Sie ist physikalisch nicht messbar.«

»Das ist richtig«, meinte Edwin gelassen, »Allerdings sind Skalarwellen in der Plasmaphysik ganz normal. Sie werden aus der Wellengleichung hergeleitet. Warum werden sie dann nicht in der Hochfrequenztechnik anerkannt? Wir wissen doch längst, dass jede abgestrahlte Welle sowohl transversale als auch longitudinale Anteile enthält. Sie sind miteinander verkoppelt und können unter bestimmten Umständen ineinander umgewandelt werden. So wie Wind zum Beispiel ein Vektorfeld ist, das Richtung und Geschwindigkeit besitzt, und Luft ein skalares Feld ohne Richtung und Geschwindigkeit. Bei der Elektrizität ist halt die Spannung eine skalare Größe, während Strom vektoriell ist. Und die Potenziale, die mein Konverter freisetzt, sind nichts anderes als Potenzialwirbel, die – im Gegensatz zum bekannten Wirbel des magnetischen Feldes – Wirbel des elektrischen Feldes sind.«

»Und woher stammt die überschüssige Energie?«

»Die Überschussenergie stammt aus der Neutrino-Energie des Raumes.«

Der Prüfer sah einen Moment unschlüssig in die Runde, dann schüttelte er den Kopf und meinte: »Solche Freie Energie-Apparate, Herr Stallgatter, stellen grundlegende physikalische Gesetze infrage.«

»Das tun sie nicht«, ging Edwin dazwischen, »wenn wir anerkennen, dass Kraftfelder, die zwar null sind, trotzdem Potenziale enthalten, die ihrerseits physikalische Wirkungen ausüben. Was ja im Grunde der Casimir-Effekt bestätigt. Denn die beiden Metallplatten, die im Vakuum zusammengedrückt werden, wirken wie der Resonator in meinem Konverter. Sie erzeugen aus virtuellen Vakuum-Photonen, die ihrerseits aus Neutrinos bestehen, physikalische Kräfte. Dieser Effekt ist seit einem halben Jahrhundert bekannt ...«

»Der Effekt schon«, räumte der Prüfer ein, »doch die physikalischen Kräfte, wenn man sie überhaupt als solche bezeichnen kann, sind so minimal, dass man sie eigentlich vernachlässigen kann.«

»Aber ...«

»... Herr Stallgatter, es tut mir aufrichtig leid, aber das Gebiet, auf das Sie sich da begeben haben, ist so etwas wie der Wilde Westen der Physik. Es gibt so gut wie keine offizielle Forschung, keine Standards. Und wir haben die Erfahrung gemacht, dass das ein riesiges Tummelfeld für Scharlatane ist.«

Edwin schwieg.

»Aber ganz abgesehen davon, Herr Stallgatter«, fuhr der Prüfer fort, »stelle ich mir die Frage: Warum sich mit einer neuen Art von Elektrizität beschäftigen, wenn doch die herkömmliche perfekt funktioniert?«

Edwin wollte etwas erwidern, doch er bekam kein Wort heraus. Stattdessen starrte er den Prüfer an, der sich dadurch animiert fühlte, weiterzusprechen.

»Und nur mal angenommen«, sagte er gedämpft, »wir erteilen Ihnen ein Patent, dann gebe ich Ihnen Brief und Siegel, dass sich die Stromindustrie der üblichen Taktiken bedient, sprich: Vorwurf der Patentverletzung! Sie würde das Patent durch eine ganze Kette von Klagen aushebeln, die nur einen Zweck verfolgt. Den Gegner zu zermürben. Völlig unabhängig davon, inwieweit Ihre Ansprüche berechtigt sind.«

Edwin war wie vor den Kopf gestoßen. Er wollte rebellieren, doch die zynische Haltung des Prüfers machte alles zunichte. Wie ein begossener Pudel saß er da und starrte ins Leere, unfähig, noch irgendeinen Gedanken zu äußern.

»Ich könnte ...«, sagte der Prüfer, nachdem er ein paar Worte mit seinem Nebenmann gewechselt hatte, »... Ihnen lediglich anbieten, einen Vorbehalt auf Ihre Erfindung anzumelden. Die Anmeldung des Vorbehalts ist eine Möglichkeit, vor dem Anmelden eines Patents auf juristisch wirksame Weise die entsprechende Absicht anzuzeigen, um andere daran zu hindern, Patentanträge für dieselbe Erfindung einzureichen. Sollte es hart auf hart kommen, kann derjenige, der den Vorbehalt angemeldet hat sagen, er sei zuerst da gewesen. Ganz nach dem Motto: Wer zuerst kommt, mahlt zuerst.

»Ich schätze«, erwiderte Edwin nach einem kurzen Moment des Zögerns, »ich werde die Angelegenheit meinem Patentanwalt übergeben müssen. Vielen Dank, dass Sie sich die Mühe gemacht haben!«

Dann stand er auf und ging. Für einen Moment hatte er das Gefühl, in eine Parallelwelt geraten zu sein. Doch schon auf der Treppe sagte er sich, du wirst dich jetzt nicht von diesen Spießern ausbremsen lassen. Du wirst weitermachen. Jeder Patentanwalt ist ein Fuchs, was den Umgang mit dem Patentamt angeht. Er wird wissen, was zu tun ist.

Unten auf der Straße konnte Edwin schon von Weitem sehen, dass an seinem Wagen ein Zettel unterm Scheibenwischer steckte. Es war eine Knolle. Wahrscheinlich, weil er die Parkzeit überschritten hatte. Außerdem stellte er fest, dass er vor der Rückfahrt noch tanken musste. Der Benzinpreis an der Tankstelle Prinzenstraße war inzwischen auf 1,73 € geklettert. Auf der Hinfahrt hatte er noch 1,65 € betragen. Edwin spürte, wie in ihm unsägliche Wut hochstieg. Nicht nur Wut auf die Öl-Lobby, die seit Wochen am Rad drehte, sondern Wut auf alles, was rückständig und veraltet war. Es machte ihn wütend zu wissen, dass er in einem Auto herumfuhr wie vor 100 Jahren. Am Grundprinzip hatte sich nichts geändert. Nur dass wir uns selbst beweihräucherten mit Technik, die wir geschickt um einen längst veralteten Benzinmotor gruppierten und dem Kunden das Ganze als Wunderwerk der Technik verkauften. Edwin stellte sich vor, wie idiotisch es wäre, man würde heute, anstatt mit Computern, immer noch mit Abakus und Rechentafel arbeiten, zwar mit schicken Rechentafeln, die blinken und die sogar per Sprachausgabe das Ergebnis ansagen, aber immer noch mit Rechentafeln. Das wäre blanke Selbstverarschung. Und im Falle unserer Benzinautos kam noch etwas viel Schlimmeres dazu: das Verbrechen an der Umwelt! Aber selbst die Grünen, das hatte Edwin im Spiegel gelesen, fuhren in Berlin mit ihren Audi A8-Limousinen rum. Wer das nötige Kleingeld hat oder auf Staatskosten tankt, schert sich eben einen Dreck um die Benzinpreise.

Abends im Labor sah Paul Edwin sofort an, dass die ganze Sache schiefgelaufen war.

»Und?«

»Abgelehnt«, meinte Edwin resigniert und ließ sich in seinen Schreibtischsessel fallen.

»Das ist nicht dein Ernst.« Paul war fassungslos.

»Doch.«

Eine ganze Weile sagte keiner von beiden ein Wort. Edwin starrte aus dem Fenster und Paul schüttelte immer wieder den Kopf.

»Und was machen wir jetzt?«

»Ich weiß nicht«, antwortete Edwin tonlos. Er blickte immer noch aus dem Fenster, hinaus auf die Straße, wo der übliche Nachmittagsverkehr gerade in vollem Gange war. Ein Rettungswagen versuchte, sich mit Blaulicht einen Weg durch die Autoschlangen zu bahnen, kam ins Stocken.

»Weißt du, wie schwer es ist«, begann Edwin, »anderen Menschen eine vollkommen neue Idee zu erklären? ... Du sprichst ganz klar, aber die Zuhörer hören nicht, was du sagst. Sie interpretieren unbekannte Dinge als Fehler und nehmen davon nur selbst zensierte Fassungen auf. Und das Schlimme ist«, setzte Edwin hinzu, »du kommst dir dabei dermaßen bescheuert vor, wie ein Spinner, der irgendwelchen Stuss erzählt.«

»Was haben sie denn gesagt?«

»Sie haben sich nicht mal die Details angesehen. *Als studierte Physiker dürften Sie wissen, dass ein perpetuum mobile den Energieerhaltungssatz verletzt und gegen wissenschaftlich anerkannte Regeln verstößt. Es ist unmöglich, in einem geschlossenen System Energie aus nichts zu erzeugen.*«

»Hast du Ihnen erklärt, dass sämtliche Energie aus dem Vakuum kommt?«

Edwin winkte ab. »Für die ist das Hokuspokus. Weil nicht sein kann, was nicht sein darf.«

»Das sind Korinthenkacker!«, schimpfte Paul. »Wir haben 2013 und nicht mehr Mittelalter.«

Edwin machte eine selbstredende Geste. »Die haben Schiss vor den Stromlobbyisten, die angeblich jede Frei Energie-Maschine torpedieren.«

Paul schüttelte den Kopf. »Und woanders entscheiden Gerichte, dass Computerprogramme keine Algorithmen sind und Gensequenzen keine Naturgesetze. Jeden Dreck kannst du dir heute patentieren lassen, wenn du das nötige Kleingeld hast.«

»Und die entsprechenden Beziehungen«, ergänzte Edwin.

»Mich würde es nicht wundern«, echauffierte sich Paul weiter, »wenn irgendwann Wind patentiert wird.«

Edwin schien einen Augenblick in Gedanken zu sein, dann fasste er sich und sagte: »Aber es gibt noch eine andere Möglichkeit, das Patent anzumelden.«

»Welche?«

Edwins Gesichtszüge entspannten sich. »Ich werde mir einen Patentanwalt nehmen und mit dem noch mal nach Berlin fahren. Oder am besten gleich nach München.«

4

Drei Tage später stand Edwin im Büro von Bernd Winkelmann, der ihm seine Unterstützung zusicherte. Er zeigte sich vom Stromerzeuger beeindruckt und Edwin hatte sofort das Gefühl, dass Winkelmann der richtige Mann war, der ihm das Patent verschaffen würde. Auch wenn es noch ein paar Wochen dauern sollte.

Mit umso größerem Eifer ging Edwin nun an die Entwicklung des großen Konverters, der als Ausgangsbasis für die großtechnische Umsetzung dienen sollte. Schon zwei Monate später war er fertig. Mit einer Leistung von 1 GW. Nun war es keine Utopie mehr, Interessenten aus der Wirtschaft zu finden, speziell aus der Energiewirtschaft, die das neue Konzept auf ihre Agenda setzen würden. Das dachten zumindest Paul und Edwin. Doch recht schnell stellte sich heraus, dass das ein äußerst schwieriges Unterfangen war, weil weder die Windrad- noch die Wärmekraftwerksbetreiber ein wirkliches Interesse daran hatten. Zwar gaben sie vor, dieses Konzept innovativ zu finden und einige zeigten sich sogar von den Testläufen beeindruckt, aber als es darum ging, tatsächlich in das neue Energiekonzept zu investieren, spätestens dann sprangen die Firmen ab und hielten an den längst bewährten Stromkonzepten fest. Der Firmenchef eines norddeutschen Windradherstellers, mit dem Edwin ins Gespräch kam, brachte es auf den Punkt, was das eigentliche Problem war. Er meinte, es ginge nicht unbedingt darum, saubere Energie herzustellen, sondern darum, dass man mit dieser Art der Energieerzeugung keinen Profit machen könne.

Aber Edwin ließ sich dadurch nicht entmutigen. Auch wenn er sich darüber ärgerte, dass die Deutschen so bieder waren, was erfahrungsgemäß ihrem Naturell entsprach, die Amerikaner würden bestimmt nicht so sein. Die würden sich weltoffener zeigen.

Und so geschah es, dass Paul über drei Ecken von einer Artikelserie in einer amerikanischen Zeitschrift erfuhr, in der es darum ging, dass ein großes amerikanisches Energieunternehmen tatsächlich Freie Energie-Maschinen getestet hatte und sogar zu dem Schluss gekommen war, dass diese Art der Energieerzeugung für die Zukunft von entscheidender Bedeutung sein könnte. Diese Nachricht schlug bei Edwin ein wie eine Bombe. Er nahm sofort Kontakt mit der Firma auf, wobei sich herausstellte, dass es sich um keine geringere als Central Electric handelte, und vereinbarte mit dem stellvertretenden Direktor, der zugleich Leiter der Abteilung Alternative Energien war, einen Vorsprachetermin in der Deutschlandvertretung in Frankfurt am Main.

Das erste Treffen verlief überaus erfolgreich und Vizechef Edward Richardson zeigte sich sehr aufgeschlossen, was das Thema Freie Energie anging. Er erzählte von den Versuchsreihen in Garching, die jedoch noch weit davon entfernt waren, großtechnisch von Bedeutung zu sein, worauf ihm Edwin den Prototypen des kleinen Stromerzeugers vorstellte, von dem Richardson sofort begeistert war. Gleich die Woche darauf wurde das 1 GW-Exemplar nach Garching geliefert und dort 14 Tage lang ausgiebig getestet. Mit Erfolg.

Und schon eine weitere Woche später stand der Termin bei Central Electric in Frankfurt an. Paul und Edwin trafen sich am Donnerstag 8 Uhr am Flughafen, weil Edwin direkt aus Colorado kam, wo Physiker und Erfinder aus aller Welt getagt hatten, um sich unter anderem über Freie Energie-Maschinen auszutauschen.

Da schönes Wetter war, hatte Paul auf dem Freisitz des Terminals einen Tisch besetzt. Von dort aus konnte er die Kolonne der Reisenden gut überblicken, die zäh wie Lava aus den Zubringerbussen in die Abfertigungshalle strömte. Edwin war mit seinem roten Koffer nicht zu übersehen.

»Und? Patent verkauft?« grinste Paul, als Edwin anmarschierte.

»Du wirst es nicht glauben«, lachte Edwin, stellte seinen Koffer auf den Tisch und begrüßte Paul. »Jetzt hat noch ein Inder angebissen, der die Sache auch im großen Stil durchziehen will.«

»Ein Inder?«

»Ja, ein Typ wie ein Buddha.«

»Und woher willst du wissen, dass er kein Spion ist? Oder einer, der dir das Patent abluchsen will?«

»Wissen tu ich es nicht«, gestand Edwin. »Noch nicht. Aber er hat Geld. Er ist Chef eines großen indischen Verlages. Und parallel dazu will er eine Energiefirma gründen.«

Paul schüttelte ungläubig den Kopf.

»Er kommt nächste Woche nach Leipzig«, erzählte Edwin weiter. »Zur Buchmesse. Da werd' ich natürlich hingehen.«

»Und wie war's sonst so?«, wollte Paul wissen. »Was hat O'Heavy erzählt?«

»Er war natürlich klasse!« schwärmte Edwin. »Ich wusste gar nicht, dass er viele Jahre in Princeton war. Jedenfalls fing er damit an, dass es inzwischen immer mehr kleine Teslas gibt, die in ihren Hinterhofgaragen Freie Energie-Maschinen konstruieren. Aber sie alle würden nicht ernst genommen und von offizieller Seite unterdrückt. Eben weil es eine internationale Elite gibt, die die Agenda bestimmt. Und dann hat er sich ganz offen an die Stasi-Spitzel im Publikum gewandt und sie gefragt, wie ihr Vermächtnis aussehen soll. Auf welcher Seite sie stehen wollen. *Wie fühlen Sie sich dabei,* hat er gefragt, *zu wissen, dass die Technologien, die wir auf unserem Planeten brauchen, schon verfügbar sind? Und wie fühlen Sie sich dabei, wenn Sie ihre Kollegen im Namen des Patriotismus und der nationalen Sicherheit schikanieren? Um eine Machtelite zu beschützen, die verhindern will, dass die Menschheit sich weiterentwickelt und einen großen Bewusstseinswandel erlebt.*«

»Klasse!«, meinte Paul begeistert. »Und hast du den Holländer mit dem Schwerkraftrad getroffen?«

»Na klar«, griente Edwin. »Er heißt Bert Ableding. Und nicht er hat beim MDR abgesagt, sondern umgekehrt, Vogel hat abgesagt. Sie hätten sich für einen anderen Beitrag entschieden.«

»Alles klar«, bemerkte Paul. »Du hattest natürlich recht.«

»Was ihm egal sein kann«, entgegnete Edwin, »weil er inzwischen genügend Interessenten hat.«

»Beneidenswert! Und wie funktioniert das Ding nun?«

»Das Rad ist so was von einfach«, begeisterte sich Edwin, »einfach genial ... Und zwar stehen sich jeweils zwei Gewichte gegenüber. Das eine fällt nach unten, das andere wird impulsartig nach oben beschleunigt, sodass es sich schneller bewegt als das Gesamtsystem. Sobald das System dieses Gewicht am oberen Totpunkt übernimmt, bewirkt es aufgrund seiner Schwerkraft eine Vorwärtsdrehung. Und weil bei jeder Drehung im linken Teil des Rades ein geringeres Drehmoment erzeugt wird als im rechten, kommt es über die Schwerkraft zur Freisetzung zusätzlicher Energie.«

»Wie viel?«

»Nicht viel. Aber zumindest so viel, dass man mit 20 parallel geschalteten Einzelrädern schon ein Dorf mit Strom versorgen kann.«

»Ein Dorf?« grinste Paul. »Nicht schlecht. Aber wir, Ed, werden ganze Großstädte zum Leuchten bringen ... Sei dir dessen gewiss! Unsere Vakuumtechnologie ist die einzig wahre Zukunftstechnologie.«

Edwin begriff, dass Paul natürlich recht hatte. Sie mussten jetzt einfach nur weitermachen, dran bleiben und die entsprechende Geduld aufbringen. Sie hatten die Technologie, alles andere würde sich finden. Und so verließen beide guter Dinge den Freisitz, bestiegen umgehend ein Taxi und fuhren hinaus zur Bockenheimer Landstraße, wo sich das Hauptquartier der Central Electric Deutschland-Vertretung befand.

Central Electric Deutschland, Bockenheimer Landstraße 4-6, Frankfurt/Main, 6. März 2014, 10 Uhr

Gleich am Empfang wurde ihnen mitgeteilt, sie würden in der Chefetage erwartet. Im großen Saal war ein ansehnliches Bankett aufgebaut, Bedienstete liefen geschäftig umher und im angrenzenden Konferenzzimmer hatte bereits ein auserwählter Mitarbeiterstab Platz genommen, allesamt Abteilungsleiter und Mitarbeiter in Führungspositionen. An der Stirnseite des viereckigen Tisches waren zwei Drehsessel reserviert. Auf der einen Tischkarte stand: Edward Richardson, Vice President CE, USA, auf der anderen: Ferdinand Steyer, Chief Executive Officer CE Energy, Germany.

Gleich daneben stand die Tischkarte von Christian Härtel, Leiter des CE Global Research Center in Garching, der im Labor für alternative Energien Edwins Stromerzeuger begutachtet und für industriell tauglich befunden hatte.

Als alle Platz genommen hatten, schlug Ferdinand Steyer mehrmals an sein Glas, um sich Gehör zu verschaffen und begann feierlich mit den Worten: »Meine Herren, wir sind heute hier versammelt, um ein neues Kapitel in der Geschichte von Central Electric aufzuschlagen. Ein Kapitel, in dem es um das Energiekonzept der Zukunft geht, genauer gesagt, um die Nutzung der sogenannten Freien Energie, die in den letzten zehn Jahren immer mehr diskutiert wurde. Zunächst unter Physikern, dann unter Erfindern, die sogenannte Freie Energie-Maschinen patentieren ließen, die jedoch noch weit davon entfernt waren, industrietauglich zu sein. Aber dann stießen Christian Härtel und ich auf ein Konzept, das uns so einleuchtend und verheißungsvoll erschien, dass wir es in Garching prüfen ließen und zu dem Schluss kamen, dass eine großtechnische Realisierung ohne Weiteres möglich wäre.«

Steyer schlug noch einmal an sein Glas und fuhr fort: »Meine Herren, es ist mir daher eine ganz besondere Ehre, Ihnen heute die Erfinder und Patentinhaber dieses Freie Energie-Konzeptes vorstellen zu können: Edwin Stallgatter und Paul Linquist!«

Alle klatschten.

»Meine Herren«, setzte Steyer seine Rede fort, »ich denke, wir alle wissen, dass die Umstellung auf eine völlig neue Technologie wie die der freien Energie nicht von heut auf morgen vonstatten geht. Bis es soweit ist, dass wir sie im industriellen Maßstab nutzen und in unsere bestehenden Energiekonzepte integrieren können, bis dahin werden wir noch etliche Hürden nehmen müssen. Eine Menge Papier muss gewälzt werden und zwischen den Gerichten, Kartellämtern und Energieaufsichtsbehörden hin und her geschoben werden. Dabei werden uns kompetente Fachanwälte zur

Seite stehen, die nicht nur über das entsprechende Know-how verfügen, sondern ebenso über die nötige Durchsetzungskraft, was die Realisierung unseres Vorhabens angeht. Natürlich werden sie uns Millionen kosten und der eine oder andere von Ihnen wird sagen, dass sie uns das Geld aus der Tasche ziehen ...«

Ein kurzes Raunen machte die Runde.

»Aber«, fuhr Steyer fort, »wir wissen auch: Der weltweite Energiemarkt ist hart umkämpft und die Konkurrenz schläft nicht. Das heißt, Freie Energie-Maschinen sind Vorboten einer Entwicklung, die absehbar ist und die uns die Richtung vorgibt, wohin sich die Energiewirtschaft in den nächsten Jahrzehnten entwickeln wird.

Wenn man bedenkt, dass unsere modernen Wärmekraftwerke einen Wirkungsgrad von 30 bis 45 % haben und wir mit Gasturbinen maximal auf 60 % kommen, dann ist eine solche Ausbeute nicht gerade zukunftsweisend. Zwar können wir durch Kraft-Wärme-Kopplung die eingesetzte Primärenergie noch besser nutzen, sodass wir auf Wirkungsgrade bis 70 % kommen, aber auch das sind im Grunde genommen keine Wirkungsgrade, sondern lediglich Nutzungsgrade.«

Ein kurzes Murmeln kam von den hinteren Plätzen.

»Demgegenüber mutet die Ausbeute der Freie Energie-Maschinen geradezu fantastisch an. Unser Prototyp erzielt einen definitiven Wirkungsgrad von – und jetzt halten Sie sich fest – fast 400 Prozent!«

Diesmal ging ein Raunen durch den Raum, das kein Ende nehmen wollte.

»Aber bitte, meine Herren«, sagte Steyer, wobei seine Stimme lauter wurde, um die allgemeine Unruhe zu übertönen. »Bitte lassen Sie sich das von unserem Erfinder persönlich erklären. Ich übergebe das Wort an Edwin Stallgatter.«

Alle Blicke richteten sich jetzt auf Edwin, der an sein Glas klopfte, sodass wieder Ruhe einkehrte, wobei er sich wie Jesus vorkam, der zu seinen Jüngern spricht. Tatsächlich waren zwölf Männer anwesend, er selber war der Dreizehnte, und die Botschaft, die er gleich verkünden würde, stellte das erste Wunderzeichen, aus Wasser Wein zu machen, noch in den Schatten.

»Meine Herren«, begann er wohlüberlegt. »Für all diejenigen unter Ihnen, die vielleicht noch nicht wissen, was Freie Energie überhaupt ist, hier nur so viel: Der Begriff Freie Energie, wie er heute verwendet wird, bezieht sich in erster Linie auf die Nutzung von Raumenergie. Es gibt natürlich noch andere Möglichkeiten, aber uns erschien die Variante, Energie direkt aus dem Vakuum zu beziehen, als die eleganteste und effizienteste. Dazu muss man wissen, dass im Raum, also auch in diesem Raum, in dem wir sitzen, nach Abzug aller Gasatome und Elementarteilchen ein Vakuum übrig bleibt, in dem immer eine latente Energie enthalten ist. Diese Energie ist jedoch nicht wirklich vorhanden, sondern sie existiert nur virtuell. Um sie nun in richtige Energie umzuwandeln, muss man ein ähnliches Prinzip anwenden wie bei der Tonerzeugung mit einer Stimmgabel.

Wie Sie wissen, schwingen die Zinken beim Anschlagen gegensinnig. Sobald sie sich nach außen bewegen, wird die Luft vor ihnen verdichtet, während sie zwischen ihnen verdünnt wird. Beim Zurückschwingen kehrt sich die Dichteverteilung um, sodass wir die Druckunterschiede als Schall wahrnehmen. Ein Resonanzkörper verstärkt noch den Ton. Nichts anderes macht unser Energiekonverter. Er erzeugt über zwei gegensinnig verschaltete Spulen Druckunterschiede im Vakuum, die dann – anstelle des Tons – schwingende Energie erzeugen, je nachdem welche Schwingung man über einen Resonator verstärkt. In unserem Fall werden elektrische Potenziale freigesetzt, das heißt, Elektronen fließen dann von verdichteten zu verdünnten Räumen. Das ist alles.«

»Und wieso«, wollte einer der Anwesenden wissen, »kommt es dabei zu so hohen Wirkungsgraden?«

»Weil sich elektrische Systeme wie offene Systeme verhalten«, erklärte Edwin. »Das heißt, sie schöpfen aus der externen Energiequelle des Vakuums.«

»Und wie hat man sich das vorzustellen?«, wollte ein anderer Abteilungsleiter wissen. »Ich meine, das erinnert sehr an das Märchen Der süße Brei ...«

Gelächter kam auf.

»Ist es denn nicht so«, fuhr der Abteilungsleiter fort, »dass man immer nur eine Energieform in eine andere umwandeln kann?«

Edwin machte eine Geste, so als hätte er diese Frage erwartet. Dann antwortete er geschickt: »Zumindest sieht das nach außen hin so aus. Denn die elektrische Energie, die zum Beispiel in einem Elektromotor erzeugt wird, entspricht genau der Energiemenge, die in mechanischer Form wieder abgegeben wird. Es sieht also so aus, als würde die elektrische Energie direkt in mechanische Energie umgewandelt. – Was vorne rein geht, kommt hinten wieder raus. Aber so ist es nicht!«

»Sondern?«

Edwin hielt einen Moment inne. Dann fuhr er ruhig fort: »Die elektrische Energie wird zunächst an den Raum abgegeben und geht im beobachtbaren Sinne vollständig verloren. Sie liegt jetzt in einer virtuellen Form vor und breitet sich im Raum aus. Anschließend hilft diese virtuelle Energie dabei, Energie in eine mechanische, also sichtbare Energieform umzuwandeln. Diese mechanische Energie kann dann an der Welle des Elektromotors abgegriffen werden. Das heißt, der Grund, weshalb genau so viel Energie in eine mechanische Form umgewandelt wird, wie vorher in elektrischer Form verloren ging, hat etwas mit einem Symmetrie-Phänomen zu tun.«

Da Edwin den Eindruck hatte, dass sich keiner darunter etwas vorstellen konnte, fügte er schnell hinzu: »Im Grunde ist das so wie auf einer Bank. Wenn Sie Dollar in Euro tauschen, dann bekommen Sie entsprechend eines Umtauschkurses für Ihre Dollar die entsprechende Menge Euro. Es hängt also immer eine Bank dazwischen. Die Bank ist gewissermaßen das Vakuum. Und der Fehler ist, dass wir immer das Vakuum ausklammern und so tun, als hätte es keine Bedeutung. Ebenso gut könnten wir sagen, die Banken hätten mit der Finanzkrise nichts zu tun, schuld daran seien die Griechen, weil die nicht sparen können.«

Daraufhin kam von den vorderen Plätzen Zustimmung, von den hinteren Gelächter.

»Was ich nur nicht verstehe«, fragte ein Chief Officer auf den hinteren Plätzen, »warum ist das nicht schon viel früher erkannt worden?«

Edwin nickte, um zu zeigen, dass die Frage berechtigt war. Dann sagte er: »Weil Elektroingenieure und Physiker bis zum heutigen Tag die veraltete Maxwellsche Theorie aus dem Jahre 1865 verwenden, die besagt, dass das elektromagnetische Feld ein statisches Phänomen ist, das überall gleichzeitig entsteht. Aber elektromagnetische Felder breiten sich erwiesenermaßen mit Lichtgeschwindigkeit aus.«

Während von den vorderen Plätzen zustimmendes Kopfnicken kam, hakte der Chief Officer nach und meinte: »Und warum hat nicht irgendwann mal einer gesagt, halt, da stimmt was nicht?«

»Weil Maxwells Gleichungen funktionieren! Sie sind geniale Vereinfachungen eines Phänomens, das bis heute nicht verstanden ist. Aber jeder Elektriker kann damit umgehen.«

Darauf gab es allgemeine Zustimmung, weshalb Edwin hinzufügte: »Wobei in der Urfassung von Maxwells Feldgleichungen sogar die skalaren Komponenten enthalten sind, also die elektrischen Potenziale aus dem Vakuum. Doch Hertz lehnte die Potenziale als mystisch ab. Er schrieb die Feldgleichungen um, und zwar mit Vektor-Algebra, wodurch die Potenziale sang- und klanglos rausfielen.«

»Aber wieso?« verstand einer der Abteilungsleiter nicht.

»Weil es darum ging, eine schnelle und einfache Lösung für die gerade im Entstehen begriffene Elektroindustrie parat zu haben. Einem geschenkten Gaul guckt man nicht ins Maul!«

»Unglaublich!« ertönte es von den vorderen Plätzen.

»Und bis heute sind wir davon überzeugt«, fuhr Edwin fort, »Kohle- und Atomkraftwerke würden unsere elektrischen Haushaltsgeräte mit Energie versorgen ... Aber aus quantenmechanischer Sicht ist das nicht richtig. Ein Atomkraftwerk ist kein Energielieferant. Alles, was das Atomkraftwerk macht, ist eine Tür öffnen. Eine Tür öffnen bedeutet, dass ein Druckunterschied im Raum erzeugt wird, der die Symmetrie des Raumes bricht. Sobald die Tür auf ist, kann Energie aus dem Raum in unser System fließen. Die Energie, die in den radioaktiven Brennstäben enthalten ist, wird ausschließlich dazu verwendet, die Tür zu öffnen und offen zu halten. Das ist alles. Sobald sie geöffnet ist, fließt die Energie, die überall im Raum enthalten ist, in den Stromgenerator und der schickt sie dann über Hochspannungsleitungen in unsere Wohnzimmer. Das ist nicht nur umständlich, sondern – wie der Sachse sagen würde – ein Umbogen, also ein Umweg innerhalb des Umwegs.«

Diesmal wurde gelacht, weil Edwin das Wort Umbogen auf Sächsisch gesagt hatte.

»Deshalb«, meinte er abschließend, »ist der einfachste und natürlichste Weg der direkte. Also die Energie durch eine geöffnete Tür direkt aus dem Vakuum zu beziehen.«

»Eine letzte Frage noch!« drängte ein Abteilungsleiter vom hinteren Tischende. »Woher kommt eigentlich die Vakuumenergie?«

»Das weiß kein Mensch«, meinte Edwin kopfschüttelnd. »Ich kann Ihnen nur sagen, dass sie aus einer höheren Sphäre kommt. Wobei das Vakuum genau die Schnittstelle ist zwischen unserer Welt und dem Übergeordneten. Aber ganz gleich, woher sie kommt ... Fakt ist, sie ist da. Zu jeder Zeit und an jedem Ort. Und es wäre geradezu schildbürgerhaft, sie nicht zu nutzen. Ebenso gut – oder besser ebenso schlecht – könnten wir auf der Straße künstliche Beatmungsmaschinen hinter uns herziehen, anstatt einfach selber zu atmen ... Ich danke Ihnen!«

Diesmal hatte Edwin die Lacher ganz auf seiner Seite und auf den vorderen Plätzen wurde auf den Tisch getrommelt. Worauf Härtel wieder das Wort übernahm, indem er an sein Glas schlug und sagte: »Ich danke Edwin Stallgatter für seinen anschaulichen Vortrag zum Thema Vakuumenergie und denke, dass klar geworden ist, was die Stunde geschlagen hat. Wir sind an einem Punkt angelangt, wo es darum geht, mehr Verantwortung zu übernehmen. Verantwortung für unseren Planeten und für zukünftige Generationen. Wir stehen kurz vor einem gewaltigen Quantensprung hinein in ein neues Zeitalter, das keine Ausbeutung von Rohstoffen und natürlichen Ressourcen mehr kennt.

Deshalb ist es gerade jetzt so wichtig, den Blick nach vorn zu richten. In einer Zeit, in der uns Technologien zur Verfügung stehen, mit denen wir saubere Energie in unbegrenztem Maße erzeugen können, müssen wir alles dafür tun, den Weg für diese neuen Technologien zu ebnen. Wir müssen erkennen, dass dieser Schritt notwendig ist für unsere Zukunft! Jeder Bauer würde sagen: Nur das, was wir heute säen, werden wir morgen ernten.«

Wieder gab es Beifall aus den vorderen Reihen.

»Umso mehr freut es uns«, übernahm Steyer noch einmal das Wort, »um nicht zu sagen, wir sind stolz darauf, dass Central Electric hier als Vorreiter ins Rennen geht. Zu verdanken ist das in erster Linie unserem Vizepräsidenten Edward Richardson, der schon immer ein offenes Ohr für unsere Forschungen auf dem Gebiet alternativer Energien hatte und der uns bei der Umsetzung unseres Konzeptes bezüglich der Freien Energie maßgeblich unterstützt. Auch wenn es darum geht, unsere Positionen gegenüber der

Unternehmensleitung zu vertreten, die zunächst skeptisch war, was unsere Bemühungen um die neue Technologie anging.«

Erneut ging ein Raunen durch die Reihen.

Richardson hob die Hand, worauf sofort Ruhe eintrat, und ergriff sein Glas.

»Meine Herren«, sagte er mit leicht amerikanischem Akzent. »Ich erhebe mit Ihnen mein Glas und stoße mit Ihnen an auf eine neue Ära in der Geschichte von Central Electric. Vielleicht werden wir uns eines Tages auf die Fahne schreiben dürfen, dass wir Maßstäbe gesetzt haben, um die Biosphäre nachhaltig zu entlasten und unseren Planeten endlich grüner und gesünder zu machen! Und«, er hielt kurz inne, »auf all die noch brachliegenden Möglichkeiten freier und alternativer Energien, die für das Wohl der Menschheit von entscheidender Bedeutung sein werden.«

Als alle angestoßen hatten, erklärte er das Buffet für eröffnet, worauf es gehörigen Beifall gab, auch wenn die hinteren Reihen verhaltener daherkamen. Anschließend sorgten die Gesprächsthemen für reichlich Diskussionsstoff. Wiesenhaken, der Abteilungsleiter für Finanzen, fand die vorgestellte Alternative revolutionär, aber er hatte große Zweifel, dass die Unternehmensleitung in Connecticut dem zustimmen würde. John Cuttler sei ein konservativer Hardliner, der eher auf konventionelle Energiekonzepte setze. Worauf Härtel erwiderte, er hätte mit Cuttler gesprochen und der hätte sich keineswegs bedeckt gehalten, sondern sich eher interessiert gezeigt. Er wolle das Gutachten prüfen, und wenn dagegen nichts einzuwenden wäre, dann stünde einer großtechnischen Umsetzung nichts im Wege. Er – Härtel – gehe davon aus, dass es spätestens nächste Woche grünes Licht für das Projekt gebe. Und wenn es erst mal angelaufen sei, dann könne er sich sehr gut vorstellen, dass der Anteil von FE-Strom kontinuierlich erweitert wird.

Die Gespräche dauerten bis in die Mittagsstunden an und Paul und Edwin waren gefragte Gesprächspartner. Nur wenn es um detaillierte Einzelheiten ging, musste Paul auf Edwin verweisen, was er gerne tat. Denn Paul selber lag mehr das Moderieren, das Erklären mit einfachen Worten. Insofern waren beide ein gutes, sich ergänzendes Team und das Interesse war dementsprechend groß. Es war so ähnlich wie auf einer Buchmesse, wo man durchaus den Eindruck gewinnen konnte, alle Welt lese, was natürlich nicht stimmte. Aber zumindest hatten Paul und Edwin das Gefühl, ernst genommen und verstanden zu werden. Und beide sahen sich ihrem Ziel einen Riesenschritt näher gerückt, das Patent an einen großen Investor verkaufen zu können, der die neue Technologie mit dem entsprechenden Know-how vermarkten würde.

Zum Abendessen trafen sie sich im Hotelrestaurant des Palmenhofs, ganz in der Nähe von Central Electric Deutschland. Ferdinand Steyer hatte dort zwei Einzelzimmer gebucht, weil am nächsten Morgen die Unterzeichnung des Vorvertrags anberaumt war.

Beide bestellten ein umfangreiches Menü für zwei Personen und speisten, was Edwins Wunsch war, ägyptisch. Nach der Vorsuppe, einer vorzüglichen Molochiasuppe, gab es je einen Pharaonenteller mit Falafel, Lamm und Cous Cous.

»Ich kann es noch gar nicht fassen«, sagte Edwin nach einer Weile. »Alles erscheint mir wie ein Traum. Fast zu gut, um wahr zu sein.«

Paul nickte mehrfach und meinte: »Alles läuft wie am Schnürchen. Aber genau das ist der Punkt.«

»Was meinst du damit?«

Paul spuckte ein Stück zähes Fleisch aus, nahm einen Schluck aus seinem Glas und antwortete dann: »Mir geht das nicht aus dem Kopf, was Ziegenhagen gesagt hat.«

»Über Cuttler?«

Paul nickte und fuhr fort: »Wenn er ein konservativer Hardliner ist, dann beißt sich das irgendwie mit der Freien Energie. Was ist, wenn das Ganze nur ein Machtspiel ist und er taktiert?«

»Inwiefern?«

»Na, wenn er versucht, dem progressiven Lager um Richardson und Steyer Zugeständnisse zu machen, um sie bei Laune zu halten. Und dann, wenn's ernst wird ...«

»Du meinst, dann lässt er sie fallen?«

Paul zuckte mit den Schultern. »Ich denke, erst wenn Cuttler unterschrieben hat, werden wir wissen, woran wir sind. Alles andere ist Makulatur.«

5

Am nächsten Morgen früh halb zehn saßen Paul und Edwin im Konferenzzimmer von CE Deutschland und unterschrieben mit Ferdinand Steyer und Christian Härtel den Vorvertrag über das Freie Energie-Konzept. Dies beinhaltete die großtechnische Nutzung des Energiekonverters, wobei sich CE verpflichtete, für die industrielle Standardisierung und Vermarktung zu sorgen. Eine Unterschrift fehlte allerdings noch. Die von John Cuttler.

Nachdem Edwin einige Details mit Steyer besprochen hatte, vereinbarten beide einen weiteren Termin in Frankfurt, bei dem die Übergabe des Honorars erfolgen sollte. Selbstverständlich im Austausch gegen das Patent und die Übernahme des Patents durch Central Electric.

Nach der Verabschiedung durch Steyer und Härtel fuhren Paul und Edwin hinaus zum Flughafen, wo sie für 12.25 Uhr den nächsten Flug nach Leipzig buchten. Das Einchecken verlief reibungslos und schon wenige Minuten später saßen sie auf ihren Plätzen. Doch die Maschine startete nicht um 12.25 Uhr. Irgendetwas schien nicht zu stimmen. Was Edwin auf einmal – er wusste nicht, warum – zu furchtbaren Gedanken verleitete. Er sah John Cuttler, wie er mit einer Waffe in der Hand in die Maschine stürzte und ihn dazu zwang, den roten Aktenkoffer zu öffnen und das Patent vor aller Augen zu zerreißen. Dann verschwand er wieder und just in dem Moment, eine Viertelstunde später als vorgesehen, wurden die Türen geschlossen und die Triebwerke angelassen.

Als der Airbus abhob, warf Paul Edwin einen kurzen, beschwörenden Blick zu. Eine ganze Zeit lang hing jeder seinen Gedanken nach. Edwin musste an seinen Bruder denken. Seit er nach Amerika gegangen war, sahen sie sich nur noch selten. Was in erster Linie an der großen Entfernung lag, nicht unbedingt daran, dass Robert immer der große Bruder war, der es zu etwas gebracht hatte, und Edwin immer nur der kleine, der es zu nichts gebracht hatte. Jeder wusste, dass das so war, so wie es eben Tag und Nacht gab, Feuer und Wasser. Doch im Grunde gehörten beide zusammen. Edwin überlegte, wie lange sie sich jetzt schon nicht mehr gesehen hatten. Das musste vier, fünf Jahre her sein. Damals hatte Robert von einer mysteriösen Geiselnahme bei der NASA erzählt, wo ein Mitarbeiter einen Sicherheitsmann und anschließend sich selbst erschossen hatte. Zuvor waren alle Mondaufnahmen aus den Archiven verschwunden.

»Woran denkst du?« brach Paul als Erster das Schweigen.

»An meinen Bruder«, sagte Edwin halb in Gedanken.

»Ist er noch bei der NASA?«

»Ich weiß nicht«, meinte Edwin verhalten. »Schon vor fünf Jahren hat er mir erzählt, dass er weg will.«

Paul hielt einen Moment inne, dann fragte er: »Was hat er eigentlich gemacht, bevor er zur NASA ging?«

Edwin zögerte einen Augenblick, so als ob er überlegte, ob er Paul die Geschichte erzählen sollte. Dann fuhr er fort: »Er hat bis 1991 mit einem Russen zusammengearbeitet. In Kuybischew. Er hieß Grebennikow.

Paul schüttelte den Kopf. »Nie gehört.«

»Grebennikow war eigentlich Insektenforscher. Er befasste sich mit Hohlräumen und Strukturen, die antigravitative Wirkung haben. Robert hat mir seinerzeit immer mal was erzählt.«

Paul horchte auf.

»Zum Beispiel, dass sich an den Unterseiten von Chitinflügeln hexagonale Strukturen befinden, die antigravitative Effekte auslösen. Sie ließen sich weder durch Wände noch durch dicke Metallplatten abschirmen.«

Paul nickte andächtig.

»Es kam sogar vor«, fuhr Edwin fort, », dass Testobjekte oberhalb dieser Strukturen anfingen, zu schweben und zeitweise unsichtbar wurden.«

»Nicht zu fassen«, staunte Paul.

In dem Moment flog die Maschine durch ein Luftloch, wobei sie ein paar hundert Meter absackte und dann wieder an Höhe gewann.

Als der Pilot die Reiseflughöhe erreicht hatte, begann Edwin als Erster: »Und was ist, wenn unser Deal platzt?«

Für ein paar Sekunden legte Paul seine Stirn in Falten. Doch gleich darauf entspannte sie sich wieder und er meinte: »Dann haben wir immer noch die Inder.«

In diesem Augenblick kam die Stewardess, reichte das Bordmenü und fragte nach den gewünschten Getränken. Paul bat um Sekt.

»Ach weißt du ...«, sagte er aufmunternd, als die Stewardess eingeschenkt hatte. »Entscheidend ist das Patent! Und irgendeiner wird es nehmen!«

Darauf erhoben beide ihre Becher und prosteten sich zu.

»Und wenn wir bis ans Ende der Welt fliegen!«, rief Paul überschwänglich. Und er hatte einen Glanz in den Augen, als wäre er der Messias, bereit, die Welt zu erlösen.

Central Electric Company, 3132 Easton Turnpike, Fairfield, U.S.A., 10. März 2014

Im Geschäftszimmer des CE-Direktors herrschte diesmal eine äußerst angespannte Atmosphäre. John Cuttler hatte alle Chief Executive Officer und den Vorstandsvorsitzenden Gerald Dyer zu sich bestellt, nicht zu vergessen seinen Sicherheitsberater Gordon Fletcher, denn er war über den Ausgang der Vorstandssitzung in Frankfurt unterrichtet worden, was ihn ganz und gar auf die Palme brachte. Sicher, er hatte sich aus taktischen Gründen zunächst für Härtels Projekt offen gezeigt, ihm den kleinen Finger gereicht. Und jetzt auf einmal probten die in Frankfurt den Aufstand. Ja mehr noch. Das, was da abgelaufen war, war in Cuttlers Augen nicht nur Meuterei. Das war Revolution! Und dagegen musste er mit aller Macht vorgehen.

»Was Steyer und Härtel da vom Stapel gelassen haben«, schimpfte er, »ist einfach ungeheuerlich! Das grenzt an Wehrkraftzersetzung. Ich bin ja für vieles offen, aber sich wie die Heiligen hinzustellen und anzukündigen, bei CE würde ein neues Kapitel der Energiegewinnung eingeleitet und die konventionelle Stromerzeugung würde Stück für Stück zurückgefahren, das ist einfach mal die Höhe! Keine Sekunde werde ich zulassen, dass wir uns mit fragwürdigen Experimenten zur freien Energieerzeugung vergaloppieren und uns den Ast absägen, auf dem wir sitzen.«

Die Chief Officer und Dyer nickten allesamt zustimmend.

»Die Öl-Lobby macht es uns doch vor«, fuhr Cuttler fort. »Die hat ihre Gewinne für die nächsten 50 Jahre bereits im Kasten. Die Strategie ist genial! Mag sein, dass ein paar ausgeflippte Amerikaner und Europäer überteuerte Elektroautos fahren, aber demgegenüber stehen Milliarden Inder und Chinesen, die ein Benzinauto haben wollen. Und irgendwann noch mal so viele Afrikaner. Und die Autoindustrie? Ist fein raus! Sie forscht und entwickelt und keiner kann ihr vorwerfen, sie sei nicht innovativ. Und was machen wir? Wir lassen uns einfach so auf dem Kopf rumtrampeln? Verzichten auf unsere Wärmekraftwerke, als Nächstes noch auf unsere Atomkraftwerke? Sollen wir alle pleite gehen, nur weil zwei dahergelaufene Möchtegern-Ökos die Welt retten wollen?«

Die Chief Officer und Dyer klopften mit den Knöcheln auf die Tischplatte.

»Um ehrlich zu sein, ich halte dieses ganze Theater um die Freie Energie für ein gefährliches Hirngespinst. Mögen Esoteriker daran gefallen finden, ich jedenfalls nicht! Dazu bin ich zu sehr Pragmatiker und knüppelharter Geschäftsmann.«

»Aber wir haben das Patent in Garching prüfen lassen und das Gutachten kommt zu dem Schluss, dass eine großtechnische Umsetzung realisierbar wäre.«

»Ach hören Sie auf, Richardson!«, schimpfte Cuttler drauflos. »So ein Gutachten ist null und nichtig. Das Risiko viel zu groß. Wir würden uns eine Menge Feinde machen. Überlegen Sie doch, was das für Konsequenzen hätte! Das würde den Ruin ganzer Wirtschaftszweige bedeuten. Und das wiederum würde das globale Finanzsystem ins Wanken bringen. In Gottes Namen, Richardson! Wo denken Sie hin?«

Dyer nickte zustimmend, die anderen ebenfalls und Cuttler merkte an ihren Reaktionen, dass sein Plan funktionierte. Er hatte sie für sich eingenommen.

»Meine Herren«, fuhr er fort und zog an seiner Zigarre. »Ich denke, Sie sind mit mir einer Meinung, dass wir es uns zum gegenwärtigen Zeitpunkt nicht leisten können, riskante Experimente zu machen und unseren Bonus, den wir zweifelsfrei haben, leichtfertig zu verspielen. Übermut tut selten gut, kann ich da nur sagen.«

Wieder gab es Beifall.

»Wissen Sie«, sagte Dyer gelassen, ohne Richardson direkt anzusehen. »Das ist so wie mit dem Kommunismus. Er mag ja ehrenwert sein, aber funktionieren tut er nicht. Und Freie Energie, lieber Richardson, mag auch ehrenwert sein, aber für mich ist das energiewirtschaftlicher Kommunismus. Das wird genauso wenig funktionieren.«

Für einen Moment kam Unruhe auf, die jedoch Ausdruck allgemeiner Zustimmung war. Nur Richardson hielt sich zurück und schüttelte mehrmals den Kopf. Er konnte nicht verstehen, warum Cuttler seine Meinung so schnell geändert hatte. Wahrscheinlich war die anfängliche Euphorie für das Projekt nur Heuchelei gewesen, nur abgekartetes Spiel. Er wusste, dass er gegen ihn keine Chance hatte.

In der anschließenden Diskussion wurde denn auch beschlossen, das Freie Energie-Konzept lediglich formell beizubehalten und die Finanzierung eines eventuellen Pilotprojektes wegen zu großer Risiken auf Eis zu legen. Damit war die Sitzung beendet und das Freie Energie-Konzept vorerst abgeblockt.

»Ach Gordon«, sagte Cuttler, als die anderen gegangen waren. »Bitte bleiben Sie noch einen Moment hier, ich hab noch was Wichtiges zu besprechen.«

»Worum geht es?«

»Setzen Sie sich«, sagte Cuttler ernst und wies mit der Hand auf einen seiner beiden Drehsessel, während er in dem anderen Platz nahm.

»Gordon?«, sagte Cuttler und sah ihm dabei fest in die Augen.

»Ja?«

»Ich möchte, dass das Patent von der Bildfläche verschwindet.«

Gordon sah Cuttler einen Moment irritiert an. »Sie meinen, ich soll ...«

Cuttler nickte und setzte hinzu: »Ich meine das Patent samt Patentinhaber ...«

Gordon senkte den Kopf.

»Gordon«, sagte Cuttler forsch. »Bedenken Sie, worum es geht! Ich habe die Interessen von Central Electric zu vertreten und ich werde diese Interessen vertreten, solange ich hier auf diesem Stuhl sitze. Und zwar mit allen mir zur Verfügung stehenden Mitteln. Haben Sie mich verstanden, Gordon?«

»Ja, Sir.«

»Dann kümmern Sie sich drum! Immerhin beziehen Sie ein schönes Gehalt dafür.«

Gordon schluckte.

»Und Gordon?«

»Ja?«

»Es geht nicht um 3000 Landsleute und auch nicht um drei Gebäude, die von der Bildfläche verschwinden müssen. Es geht lediglich um diese beiden Deutschen, ist das klar?«

»Ja, Sir.«

»Also lassen Sie sich was einfallen!«

Gordon holte tief Luft.

»Und noch was, Gordon ...« Cuttler zog an seiner Zigarre. »Ich möchte, dass Richardson auffliegt. Und zwar durch eine entsprechende Cover up-Story.«

Gordon fuhr sich mit der Hand übers Kinn. »Woran haben Sie gedacht?«

»Keine Ahnung. Schnüffeln Sie ein bisschen in seinem persönlichen Umfeld. Er ist unverheiratet. Am besten wäre der Vorwurf der sexuellen Nötigung oder Vergewaltigung. Ich will, dass er aus dieser Nummer nicht mehr rauskommt.«

»Okay«, meinte Gordon beherrscht. »Ich kümmere mich drum.«

7

Drei Tage später, am 13. März, begann in Leipzig die Internationale Buchmesse. Kurz vor 16 Uhr betrat Edwin Stallgatter mit seinem roten Aktenkoffer das neue Messegelände. In der Eingangshalle erkundigte er sich an der Information nach dem Standort des Indien-Pavillons. Halle 3, Stand 434, wurde ihm gesagt und so machte er sich gleich auf die Suche.

Das erste, was Edwin auffiel, war der gewaltige Menschenandrang. Große Menschenansammlungen konnte er noch nie leiden. Vielleicht deshalb, weil der Einzelne darin untergeht, weil er seine Bedeutung verliert und den Gesetzen der Masse gehorcht. In seiner Kindheit hatte er das noch nicht so empfunden. Da war es immer spannend gewesen, sich zur Messe durch die Gänge zu drängeln und an den West-Ständen Plastikbeutel und Prospekte einzusammeln. Nirgendwo sonst in der DDR gab es die Möglichkeit, mal schnell über den Tellerrand des Sozialismus zu linsen. Das ging nur in der Messestadt, die schon immer weltoffen war. Auch wenn heute keiner mehr wusste, dass sie einmal Mittelpunkt der deutschen Frühaufklärung war und mit ihren Verlegern und Buchhändlern das Zentrum des deutschen Buchhandels. Immerhin hatte die Buchmesse überlebt und sich hinter Frankfurt etabliert, was

Edwin die Möglichkeit verschaffte, sich hier und heute mit dem Inder zu treffen, der als Verleger eines großen indischen Wissenschaftsjournals offenbar über die Mittel verfügte, neue Energiekonzepte wie das der Freien Energie landesweit publik zu machen und damit auch salonfähig. Wenn alles so war, wie er erzählt hatte, wäre das marketingstrategisch gar keine schlechte Sache.

Mit der Rolltreppe gelangte Edwin auf die obere Plattform und von dort über einen gläsernen Verbindungstunnel in die Halle 3. Da er noch etwas Zeit hatte, schlenderte er in aller Ruhe an den Ständen entlang und achtete beiläufig auf die Nummerierung.

Er befand sich gerade in Höhe des Stands Nr. 188, als er plötzlich das Gefühl hatte, dass ihn jemand verfolgte. Zuerst war es nur eine Ahnung, doch sie wurde stärker, als sich Edwin irgendwann unvermittelt umdrehte und hinter sich im Strom der Menge einen langen Kerl ausmachte, der sich recht merkwürdig verhielt. Edwin ließ sich zunächst nichts anmerken und ging weiter den Mittelgang entlang. Beim Stand 269 war der Kerl immer noch hinter ihm. Edwin registrierte es, ohne sich auffällig umzudrehen. Als er Stand 422 erreicht hatte, drehte er sich noch einmal um und konnte gerade noch sehen, wie der Typ in einem Seitengang verschwand.

Nun wurde es Edwin zu dumm. So schnell, wie es in den überfüllten Gängen möglich war, eilte er bis zu der Stelle, wo er ihn aus den Augen verloren hatte. Doch von dem Langen keine Spur. Direkt vor ihm, in etwa zehn, fünfzehn Metern Entfernung, endete der Gang. Und sowohl rechts als auch links bot sich ihm das gewohnte Bild: Menschen über Menschen, ein Meer von Köpfen und Schultern, das sich in zwei gegenläufigen Strömungen durch die Gänge wälzte. Ausgeschlossen, sich mit nennenswerter Geschwindigkeit inmitten dieses Drängens und Schiebens fortzubewegen. Wenn der Mann also in eine der beiden Richtungen gegangen wäre, so dachte Edwin, dann hätte er ihn sehen müssen, denn der Kerl war einfach zu lang, um in der Menge unterzutauchen. Also konnte er sich nur in einen der Stände verflüchtigt haben.

Edwin wandte sich nach links an den Stand des Reclam Verlages, der früher in Leipzig war, warf einen raschen Blick auf die Bücher und die Leute dahinter. Nichts. Das Gleiche beim Stand daneben und bei dem gegenüber.

Schon zweifelte er daran, dass dieser Typ tatsächlich etwas mit ihm und dem roten Koffer zu tun hatte. Vielleicht hatte er sich das nur eingebildet und sein Bewusstsein gaukelte ihm etwas vor.

So ging er weiter an den Messeständen entlang, bis er den Stand Nr. 434 fand. Es war ein großer Stand aus weißen Modulbauteilen mit einer Theke, indirekter Beleuchtung und auf der Vorderfront stand in großen Lettern: India, National Book Trust.

Er trat an eine blonde Hostess heran und fragte nach dem Buddha. Freundlich bat sie Edwin, einen Moment zu warten und verschwand in der Kabine. Kurz darauf erschien der Buddha. Er begrüßte Edwin fast überschwänglich, bat ihn herein und überzeugte ihn schon nach wenigen Worten davon, dass sich auch alles wirklich so verhielt, wie er es in Colorado Springs angedeutet hatte. Er selber war Herausgeber des *Current Science-Magazins*, des führenden indischen Wissenschaftsjournals. Er versicherte Edwin, dass er das natürlich nutzen werde, um das Thema Freie Energie ins öffentliche Bewusstsein zu rücken und dass er vorhabe, sich an einer bereits bestehenden Energiefirma zu beteiligen, um das Freie Energie-Konzept landesweit durchzusetzen. In Indien würde das gehen, weil die Strukturen nicht so verfestigt seien wie in Europa oder Amerika. Und er erzählte, dass er seinen Verlag noch ausbauen wolle. Er solle gewissermaßen das Sprachrohr des neuen Energiekonzepts werden. Edwin war beeindruckt. Das klang alles sehr vernünftig, ja geradezu visionär und im Grunde hätte er dankbar dafür sein müssen, diesem Mann sein Patent vermachen zu können. Beide sprachen noch einmal über technische Einzelheiten, wobei der Buddha aufmerksam die Fotos vom Konverter betrachtete und die technischen Zeichnungen begutachtete. Edwin war überrascht, wie genau er Bescheid wusste, der, wie er erzählte, in Bombay Mathematik und Quantenphysik studiert hatte. Noch dazu verfügte er über das für einen Buddha typische spirituelle Wissen, was Edwin nicht überraschte, denn schließlich wussten schon die alten Inder, dass die Welt Klang war und Resonanz das Grundprinzip.

Die Hostess schenkte derweil kräftig Tee ein, Indischen Tee natürlich, der hervorragend schmeckte, wobei Edwin überwältigt war von der Anmut ihrer Bewegungen. Sie hatten etwas so zwingend Erotisches, dass sich Edwins Hose bei jedem Nachgießen an einer bestimmten Stelle wölbte, was ebenfalls mit Resonanz zu tun hatte, wobei er schnell an etwas anderes denken musste, damit es nicht auffiel. Zum Beispiel an den Preis, den der Buddha für das Patent bezahlen würde. Richardson hatte immerhin 2,5 Millionen Euro in Aussicht gestellt. Umso überraschter war Edwin, als der Buddha ohne mit der Wimper zu zucken 5 Millionen Euro anbot. Edwin zeigte sich davon angetan, worauf er sofort nach Kalkutta eingeladen wurde, in der Hoffnung, dort vielleicht schon so etwas wie einen Vorvertrag zu unterzeichnen. Bis dahin könne er sich das in Ruhe durch den Kopf gehen lassen. Edwin willigte ein. Dann verabschiedete er sich von den beiden und verließ den Stand.

Erleichtert atmete er auf, drehte sich noch einmal um und war eben im Begriff, die Messehalle auf dem schnellsten Weg zu verlassen, da sah er plötzlich wieder diesen Kerl hinter sich. Wie eine Lanze ragte er aus der Menge heraus und war ihm dicht auf den Fersen. Diesmal konnte Edwin sein Gesicht deutlich sehen. Es erinnerte ihn an einen typischen Russen. Ja mehr noch: Der Typ sah aus wie ein hartgesottener KGB-Mann. Edwin beschleunigte sein Tempo. Der Russe ebenfalls. Er war vielleicht noch zehn Meter hinter ihm.

Scheiße! dachte Edwin. Das war genau das, was er jetzt ganz und gar nicht gebrauchen konnte. Gar nicht auszudenken, was wäre, wenn ihm der Russe den Koffer entreißen würde.

Mit einem Ruck stürzte sich Edwin ins Gewühl und hastete so schnell er konnte gegen den Strom den Mittelgang entlang. Während er den Griff seines roten Koffers fest umklammerte, überlegte er, wo er sein Auto geparkt hatte. Ausstellerparkplatz, Halle 1!

Schnell rannte er in den Verbindungstunnel, stieß dabei mit mehreren Leuten zusammen und durchquerte die Empfangshalle. Dann nahm er den Weg über die obere Plattform in Richtung Halle 1. Hastig suchte er nach seiner Tageskarte. Er fand sie. Doch am Durchlass wurde er aufgehalten. Die Karte blieb stecken und die elektronische Schranke ließ ihn nicht durch. Edwin sah nicht hinter sich. Stattdessen machte er einen Satz nach vorn, übersprang die Schranke und rannte dem Ausgang entgegen.

Erst als er die Halle verließ, drehte er sich um. Aber der Russe war nicht zu sehen. Schnell spurtete Edwin zu seinem Wagen. Mit quietschenden Reifen schoss er aus der Parklücke, beschleunigte bis kurz vor die Schranke und bremste. Man ließ ihn passieren.

Er fuhr vor bis zur Ampel. Rot. In der rechten und linken Spur standen mehrere Fahrzeuge, aber in keinem konnte er den Russen ausmachen. Es wurde Grün und Edwin düste mit 140 Sachen auf der Stadtautobahn zurück nach Hause.

Am Abend im Labor, wo er mit Paul verabredet war, erzählte Edwin nichts vom Russen, wohl aber davon, was der Buddha für das Patent geboten hatte.

»Er bietet uns fünf Millionen!«

Paul sah Edwin ungläubig an. »Und wo will der so viel Geld hernehmen?«

»Das hab ich ihn auch gefragt«, antwortete Edwin. »Er meinte, das ginge schon in Ordnung. Er hätte ein paar Rücklagen aus dem Verlagsgeschäft. Jedenfalls haben sie mich nach Kalkutta eingeladen. Flug wird bezahlt!«

»Na bitte, Brigitte«, meinte Paul beschwingt.

»Außerdem«, fuhr Edwin fort, »sei sein Bruder Schatzgräber. Er hätte schon einige unterirdischer Kellergewölbe leergeräumt, die zu einem Tempel gehörten. Dort lägen riesige Schätze. Er sprach von Goldmünzen, diamantbesetzten Tellern, Rubinen und Smaragden. Ganz Indien sei damit unterwandert. Und jetzt pass auf: Der Wert, sagte er, wäre so hoch, dass die Inder – wenn sie wollten – die gesamten Staatsschulden der Amerikaner auf einmal begleichen könnten.«

»Oh, oh«, meinte Paul salopp. »Das klingt nach Goodbye Abendland.”

8

Eine Woche später saß Edwin im Flieger nach Kalkutta. Achteinhalb Stunden dauerte der Flug von Leipzig aus. So lange war Edwin noch nie geflogen. Wolken über Wolken. Es schien so, als würden sie niemals enden. Erst über Afghanistan, kurz vor Pakistan riss die Wolkendecke und er sah die kargen Landschaften unter ihm liegen, die im Licht der Nachmittagssonne einen fast rötlichen Schimmer hatten. Eigenartig, dachte Edwin. Als ob es daran läge, dass dieser Boden mit so viel Blut getränkt war. Schon Alexander hatte hier mit äußerster Brutalität Stadt um Stadt erobert, Festung um Festung. Und fast zweieinhalbtausend Jahre später reihte sich der blutige Einsatz deutscher Soldaten mit in diese Tradition ein. In einem Land, das Symbol war für Korruption, Unregierbarkeit und Fanatismus. An der indisch-pakistanischen Grenze zogen wieder Wolken auf und eine halbe Stunde später sagte die Stewardess die bevorstehende Landung auf dem Bose Airport in Kalkutta an. Bose? dachte Edwin. Das konnte doch nur der indische Physiker sein, der zusammen mit Einstein das Bose-Einstein-Kondensat entdeckt hatte, jenen merkwürdigen Materiezustand, bei dem sich alle Teilchen gleich verhielten wie Perlen einer Kette. Damals ahnte noch keiner, welchen praktischen Nutzen diese Entdeckung einmal haben würde, zum Beispiel bei der Entwicklung von Atomlasern und Quantencomputern. Die Inder hatten schon immer findige Köpfe. Dabei fiel Edwin ein, dass sogar die Bosonen nach Bose benannt waren, jene Partikel, die die Kräfte zwischen den Materieteilchen vermitteln, so wie das Higgs-Boson.

Eine weitere halbe Stunde später, pünktlich um 18 Uhr, landete die Maschine in Kolkata, wie Kalkutta eigentlich hieß. Die Stadt war einst das Zentrum der britischen Kolonie Indien, lange bevor das Land unabhängig wurde.

International Airport Netaji Subhash Chandra Bose, Kalkutta, Indien, 21. März 2014

Nachdem Edwin in Kalkutta gelandet war und mit seinem Gepäck, einem blauen Reisekoffer und seinem roten Aktenkoffer, die Flughafenabfertigung passiert hatte, wurde er umgehend vom Buddha in Empfang genommen und nach draußen geleitet. Dort stand ein Landrover-Jeep, den beide bestiegen und dann ging es einige Kilometer entlang der Stadtautobahn, der Belgharia Expy, weiter Richtung Norden und nach etwa zehn Kilometern Richtung Osten nach Deganga.

Irgendwo auf halbem Weg verlangsamte das Fahrzeug seine Geschwindigkeit und bog nach rechts in einen Feldweg ab, der aus zwei mit Schotter gefüllten Fahrspuren bestand und einer Grasnarbe in der Mitte. Eine ganze Weile ging es immer geradeaus und Edwin registrierte, dass die Landschaft zunehmend hügliger wurde. Während sich der Jeep im ersten Gang steil bergan quälte und mal rechts, mal links raue Felswände und steile Abfälle auftauchten, sagte der Buddha, der auf diesem Schlängelpfad jede Biegung kannte: »Keine Sorge! Ich kenne dieses Gelände hier wie meine Westentasche ... Obgleich ich zugeben muss, dass ich nicht einmal eine Weste habe.«

»Ich hatte gehofft«, entgegnete Edwin verschmitzt, »Sie hätten wenigstens eine weiße ...«

Der Buddha, der offenbar sehr gut Deutsch verstand, zeigte ein breites Lächeln und konterte mit einer Frage: »Glauben Sie wirklich, dass es hier auf diesem Planeten auch nur einen einzigen Menschen gibt, der eine reine Weste hätte?«

Edwin grinste. Und während er noch darüber nachdachte, was der Buddha damit gemeint haben könnte, überquerte der Landrover langsam einen schmalen Steg, der eine zerklüftete Schlucht überspannte. Da die Dämmerung längst eingesetzt hatte, konnte man den Grund nicht sehen. Gleich darauf heulte der Motor auf und es ging im ersten Gang steil bergauf, so steil, dass die Scheinwerferkegel ins Leere stießen wie die Lichter eines Leuchtturms. Dann auf einmal neigte sich das Fahrzeug steil nach unten, weil es ebenso steil bergab ging und Edwin konnte ganz unten im Tal eine Siedlung erkennen.

In was für eine Welt, dachte Edwin, würde ihn wohl der Buddha entführen? Er musste an Kapitän Nemo denken, diesen Außenseiter aus Jules Vernes Roman *20.000 Meilen unter dem Meer.*

Als der Buddha die Siedlung erreicht hatte, hupte er heftig, um den Weg durch das zerklüftete Gelände freizumachen. Durch das geöffnete Seitenfenster rief er einem der Herumstehenden etwas zu, worauf der eine Zeit lang vor dem Jeep herlief und schließlich hinter einer Biegung verschwand. Dann tauchte im Halbdunkel ein hell erleuchtetes Eisentor auf, das direkt in einen Berg führte. Der Buddha betätigte eine Fernbedienung und das Tor glitt langsam zur Seite. Dahinter konnte man eine große Halle aus Felsgestein erkennen. Im Hintergrund parkten mehrere Geländewagen.

»Wir sind da«, sagte der Buddha, als der Jeep eingeparkt hatte. Dann bat er Edwin auszusteigen. »Das Gepäck wird Ihnen gebracht. Kommen Sie!«

Mit einem Fahrstuhl fuhren sie eine Etage nach oben und der Buddha geleitete Edwin auf sein Zimmer.

»Das ist solange Sie wollen ihr persönliches Gästezimmer«, meinte der Buddha, »Sie werden zufrieden sein.«

Edwin zeigte sich angetan, denn das Apartment war ausgesprochen geräumig, sehr geschmackvoll eingerichtet und erfüllte höchste Ansprüche. Dann klopfte es und sein Reisekoffer wurde gebracht.

»Ich würde vorschlagen«, fuhr der Buddha fort, »wir treffen uns in zwei Stunden wieder hier. Bis dahin habe ich noch ein paar wichtige Dinge erledigt und Sie können in aller Ruhe ankommen, etwas relaxen und selbstverständlich unsere ganz besondere Gastfreundschaft in Anspruch nehmen.«

Was darunter zu verstehen war, konnte Edwin in dem Moment noch nicht ahnen. Er zeigte sich einverstanden und der Buddha verabschiedete sich und verschwand nach draußen.

Kurz darauf, Edwin hatte gerade seinen Koffer ausgepackt und ein paar Sachen in den Schrank gehangen, klopfte es. Er eilte zur Tür, weil er den Buddha erwartet hatte, doch vor ihm stand eine Frau und sagte: »Mein Name ist Elena, ich darf Sie zum Wellness-Salon begleiten. Sie haben sicher eine anstrengende Reise hinter sich.«

Edwin stand da wie versteinert, denn Elena war von einer so betörenden Schönheit, dass ihm im ersten Moment nichts einfiel, was er hätte erwidern können. Sekundenlang starrte er sie an und musterte sie von Kopf bis Fuß – ihren schwarzen Lederrock, das eng anliegende rote Oberteil mit einem Dekolleté, das ihren strammen Busen demonstrativ zur Geltung brachte und ihre Beine, die mit Lederriemen umspannt waren. Die Krönung des Ganzen waren die Schuhe, hochhackige Pumps, in denen die Füße fast ganz zu sehen waren, die schon allein gereicht hätten, sie zur Schönheitskönigin zu küren. Ihre blonden Haare hatte sie straff nach hinten gekämmt und hochgesteckt, was ihr eine gewisse Strenge verlieh. Eine schmale schwarze Brille tat ihr Übriges.

»Entschuldigen Sie«, stammelte Edwin, »ich bin etwas überrascht, ich habe Sie nicht erwartet.«

»Man erwartet so manches nicht«, sagte Elena mit verführerischem Lächeln, »aber kommen Sie!«

Sie trat einen Schritt zurück, wartete, bis Edwin das Appartement abgeschlossen hatte, und ging vorweg den Gang entlang. Ihre Bewegungen waren von einer solchen Eleganz und Anmut, dass Edwin gar nicht umhin kam, ihr unentwegt zuzusehen. Das Ganze war so überhöht, dass es auf ihn wie inszeniert wirkte. Klar, dachte er sich, sie macht einfach nur Bewegungen, die eben so sind, wie sie sind, nichts weiter. Sie kann nichts dafür. Auch ihre Mimik war von einer ganz besonderen Art. Sie wirkte theatralisch, fast verklärt, wie die einer Göttin.

Edwin folgte ihr durch einige Gänge, die den Eindruck erweckten, als wären sie direkt in den Felsen gehauen. In regelmäßigen Abständen standen in Wandnischen kleine Buddhas, die effektvoll beleuchtet waren. Der Boden schien aus Marmor zu sein. Dann öffnete sich eine große geschliffene Glastür, die der Eingang war in einen großen, bis in Sockelhöhe gefliesten Raum, in dem sich mehrere Whirlpools und Massageliegen befanden. Edwin wehte feuchtwarme Luft entgegen, die mit besonderen ätherischen Duftstoffen versetzt war. Er kannte diesen Duft. Es war der typische Geruch von Duftstäbchen, wie sie in Meditationszentren verwendet werden.

Elena wies mit der Hand auf eine Umkleidekabine an der Wand, auf der ein weißes Yang-Zeichen abgebildet war, und sagte mit ihrem verführerischen Lächeln: »Das ist Ihre Kabine! Wir treffen uns dann in der Mitte … Im Becken mit den Delfinen.«

Edwin lächelte zurück und meinte: »So einer Aufforderung kommt man gerne nach.«

Als er aus der Kabine kam, saß Elena schon im Whirlpool. Sie hatte ihre Arme auf die Umrandung gelegt und ragte mit dem Oberkörper so weit aus dem Wasser, dass ihre Brüste ganz zu sehen waren. Dabei spielte sie geschmeidig mit den Händen, sodass ihre silbern lackierten Fingernägel glitzerten.

»Halloo«, rief sie mit der Betonung auf der zweiten Silbe, wobei Edwin, während er die drei Stufen zum Pool hinaufstieg, sofort merkte, wie sich sein Glied versteifte, und zwar so rasant, dass er diesen Umstand nur dadurch überdecken konnte, indem er schnell ins Wasser sprang. Was dann folgte, kannte er nur aus James Bond-Filmen, in denen sich 007 immer mit irgendeiner Edeldame verlustierte, während der Bösewicht schon hinter der nächsten Ecke lauerte. Letzteres konnte Edwin im Augenblick gut verdrängen, wobei er schon wusste, dass er auf der Hut sein musste. Umso mehr genoss er das Bad mit Elena, das alles in den Schatten stellte, was er je erlebt hatte. Nicht, dass er Nora untreu geworden wäre, auch sie war eine bezaubernde Frau und er liebte sie sehr. Aber das hier war etwas anderes. Elena war wie eine Frau von einem anderen

Stern. Sie verstand es wie keine andere, Edwin zu elektrisieren. So demonstrativ und provozierend, dass sich der Zustand seiner Schwellkörper nicht etwa beruhigte, sondern weiter verhärtete. Und obwohl Elena dem Wasser ein angenehm duftendes Schaumbad beigefügt hatte, so konnte sie dennoch erkennen, dass ihre erotischen Finessen Wirkung zeigten. Sie schreckte auch nicht davor zurück, während sie mit ihm flirtete, ihn mit dem Fuß am Glied zu berühren. Und als sie merkte, dass er es zuließ, zog sie den zweiten gleich hinzu. Es gefiel ihr, ihn auf diese Weise zu stimulieren. Und Edwin ließ es geschehen. Er konnte gar nicht anders.

Nach dem Bad ging Elena zum zweiten Teil des Wellnessprogramms über, der darin bestand, Edwin eine Tantramassage zu geben, die als Höhepunkt eine Lingam-Massage vorsah, jene indische Massagetechnik, die sich genau auf solche Körperzonen konzentriert, die bei der klassischen Ganzkörpermassage meistens ausgespart werden. So eine Massage hatte Edwin noch nie erlebt, ganz zu schweigen davon, dass sie von Elena ausgeführt wurde. Nicht nur, dass ihre Hände genau wussten, was sie taten, vor allem wie sie es taten, raubte Edwin den Verstand. Hinzu kam, dass sie ihn mit dem gesamten Oberkörper massierte, sodass Edwin den Eindruck hatte, sie würde mit ihm schlafen. Mehr noch. Diese Massage war besser als Sex.

Immer wieder ließ sie ihre Hände voller Anmut über seine Schenkel gleiten, dann weiter über seinen Bauch bis hoch zum Hals, wobei sie ihre Finger spreizte und in seine Haut krallte, bis er stöhnte. Als sie schließlich sein Glied zwischen die Brüste nahm und mit ihrem mondänen Körper eine Art Schlangentanz vollführte, war Edwin im Rausch. Unermüdlich steigerte sie dieses Spiel, bis ihre Körper miteinander zu verschmelzen schienen. Wie eine Gazelle wand sie sich über seinem Becken, wobei sie mehr und mehr Druck ausübte, was Edwin rasend machte. Und irgendwann, als die Erregung so stark war, dass er sie nicht mehr ertragen konnte, ließ er los – er empfand Elena jetzt nicht mehr als Frau, sondern als höheres Wesen – und all seine Körpersäfte entluden sich in heftigen Fontänen, was Elena zutiefst befriedigte. Wie eine Nymphe, mit Brüsten und Händen, glitt sie über seinen Körper und ließ nicht eher locker, bis auch die letzten Zuckungen aufgehört hatten.

Nach dem Duschen, wobei jeder in getrennten Duschkabinen duschte, hüllten sich beide in weiße Bademäntel und Edwin bekam eine Viertelstunde Ruhe verordnet. Elena begleitete ihn in einen Ruheraum, der sich direkt an den Whirlpool- und Saunabereich anschloss. Von irgendwo her erklang dezent indische Musik.

Als Elena nach einer Viertelstunde zurückkam, hatte sie wieder ihren schwarzen Lederrock und das eng anliegende Oberteil an. In der Hand hielt sie eine durchsichtige Mappe mit bedrucktem Papier, weshalb Edwin unschwer erkennen konnte, dass es sich dabei um seinen Vorvertrag handelte. Sie wies mit der Hand auf einen kleinen viereckigen Teetisch, der neben den Liegestühlen in einer Nische stand, und beide setzten sich vis-à-vis in zwei Rattansessel.

Dann öffnete sich die Tür und ein hübsches, schlankes Mädchen mit Kurzhaarfrisur trat ein und servierte Tee. Sie war Anfang Zwanzig, hatte den Gang einer Tänzerin und ein eng anliegendes weißes Turndress an, das mit schwarzen Ying Yang-Symbolen bedruckt war.

»Irina?«, sagte Elena.

»Ja, Mistress«.

»Bitte erweise unserem Gast die besondere Aufmerksamkeit unseres Hauses. Ich möchte, dass er unsere Gastfreundschaft in vollen Zügen genießt!«

»Ja, Mistress«, antwortete Irina und lächelte. Sie musterte Edwin mit einem fast verlegenen Augenaufschlag und verschwand im nächsten Moment unter dem Tisch.

»Und ich wär hoch erfreut«, fuhr Elena unbeirrt fort, während Irina Edwins Bademantel öffnete, »wenn Sie unsere Gastfreundschaft erwidern würden. In Form einer Unterschrift unter unseren Vertrag.«

Edwin wollte etwas sagen, doch er brachte kein Wort heraus. »Vertrag?«, dachte er. »Was für ein Vertrag?« Er spürte Irinas Lippen. Wie in Trance starrte er Elena an, während Irinas hübscher Kopf in rhythmischen Bewegungen vor- und zurückschnellte. Er wollte doch das Patent an die Amerikaner verkaufen.

Elena beugte sich nach vorn, sodass ihre Brüste zum Vorschein kamen, und schaute ihm in die Augen.

»Geben Sie mir Ihr Jawort«, flüsterte sie.

Edwin war wie benommen. »Ich weiß nicht, ob ich das tun kann, ich meine, ich würde nichts lieber tun als das, aber ...«

»Aber was?« Elena wich zurück und gebot Irina auf der Stelle Einhalt.

»Soll das heißen, dass Sie ein Kostverächter sind?«, sagte sie forsch. »Wollen Sie unsere Gastfreundschaft ausschlagen?«

»Nein, nein«, erwiderte Edwin irritiert. »So ist das nicht. Ich schätze Ihre Gastfreundschaft sehr! Warum sollte ich sie ausschlagen? Mir bleibt doch gar nichts anderes übrig, als ...«

»... als zu unterschreiben?« vollendete Elena den Satz.

Edwin nickte.

«Das ist eine kluge Entscheidung«, sagte Elena zufrieden und befahl Irina, sich weiter um das Wohl des Gastes zu kümmern.

Währenddessen – Irina bemühte sich jetzt mit noch größerem Eifer – sah Elena Edwin wieder fest in die Augen und ihre Lippen verzogen sich zu einem lüsternen Lächeln.

»Sie sind sehr standhaft«, hauchte sie ohne den Blick von ihm zu wenden. »Das gefällt mir sehr.«

Edwin stöhnte.

»Küssen Sie mich, wenn es soweit ist!«, hauchte sie und ihr Mund rückte nah an den seinen. Inbrünstig fuhr sie sich mit der Zunge über die Lippen. Dann war es nur noch eine Sache von Sekunden. Hastig suchte Edwins Mund den ihren und sie versenkte ihre Zunge darin, was sein Stöhnen jäh erstickte.

Als Irinas Gastfreundlichkeitsbekundungen beendet waren und sie Edwins Bademantel wieder verschnürt hatte, so als sei dieser Ritus das Normalste von der Welt, erhob sie sich, warf Edwin noch einmal einen lächelnden Blick zu und verschwand rasch nach draußen.

»Sie haben noch etwas vergessen«, sagte Elena, als die Tür ins Schloss gefallen war.

»Was denn?«

»Na, die Unterschrift.«

»Ach so«, lachte Edwin verlegen.

»Die mündliche Zusage haben Sie mir ja bereits gegeben«, lächelte Elena, »aber ich bräuchte schon noch die schriftliche. Sie wissen doch, doppelt hält besser.«

»Ganz wie Sie meinen.«

Edwin unterschrieb den Vertrag, der als Vorvertrag so konzipiert war, dass er jederzeit davon zurücktreten konnte. Das bedeutete, der Vertrag hatte eigentlich nur symbolischen Wert.

»Dann bis heut Abend«, sagte Elena mit warmer Stimme. »Sie finden zurück auf Ihr Zimmer?«

»Ich denke schon«, antwortete Edwin verschmitzt. Elena lächelte und verließ das Gemach wie eine Fee aus 1001 Nacht. Auf dem Rückweg dachte Edwin darüber nach, wer Elena eigentlich war. War sie des Buddhas Mätresse? Oder seine Tochter?

Eine halbe Stunde später standen Elena und der Buddha vor Edwins Tür. Diesmal ging es den Gang entlang in die andere Richtung bis zum Fahrstuhl, der sie in die dritte Etage brachte.

Dort nahmen sie in einem typisch indischen Esszimmer Platz, an einem Vierertisch. Kaum hatten sie sich hingesetzt, servierten zwei Kellner das Essen. Es gab Hühnchen Kalkutta mit Reis und Joghurt und zum Nachtisch Mango-Eis. Dazu einen hervorragenden Wein, der Edwin an Murfatlar erinnerte. Der Knaller folgte gleich darauf, als ihm der Buddha Elena als seine Frau vorstellte, mit der er – Edwin – ja schon Bekanntschaft gemacht habe. Sie entpuppte sich, was Edwin vermutet hatte, als Russin. Wie er zu ihr gekommen war, verriet der Buddha jedoch nicht. Dafür versicherte er Edwin noch mal hoch und heilig, dass er es ernst meine, was die Anwendung seines Patents betreffe und dass er keinem Konzept größere Chancen einräume, als dem der Freien Energie. Denn Indiens Stromnetz sei total veraltet und es sei eigentlich ein Wunder, dass die Energieversorgung in solchen Riesenstädten wie Neu-Delhi, Bombay oder Kalkutta überhaupt noch am Laufen gehalten werden könne. Erst vor ein paar Wochen sei wieder mal das gesamte Stromnetz zusammengebrochen und alle hätten im Dunkeln dagesessen. Selbst er hätte Probleme bekommen, weil seine Solaranlage nicht annähernd den Energiebedarf decken könne, den er habe. Sie tauge bestenfalls als Notstromvariante. Was Edwin allerdings beeindruckte, waren seine klaren Vorstellungen darüber, wie er das Freie Energie-Konzept umsetzen wollte.

Doch schon am nächsten Tag, als die Besichtigung Kalkuttas auf dem Plan stand, bekam Edwin starke Zweifel. In Anbetracht der großen Armut, die an jeder Ecke unübersehbar war, konnte er sich beim besten Willen nicht vorstellen, dass das hier einmal das Land sein sollte, das sein Energiekonzept umsetzen könnte. Die Voraussetzungen waren einfach nicht gegeben. Indien als Land der aufgehenden Sonne? Ja. Aber als Land der Zukunft? Eher nein. Obwohl der Buddha meinte, das täusche. In den Ballungsorten wie Delhi, Bombay oder Bangalore gebe es Technologiezentren, von denen sich die Abendländler keine Begriffe machten. Er kenne Unternehmen, die schon mit Quantenrechnern arbeiteten und andere, große Wissenschaftseinrichtungen, für die das Resonanzprinzip bereits Standard sei. Sie hätten die Relativitätstheorie längst über Bord geworfen und würden mit den Schwingungsdimensionen des Universums umgehen wie der Bäcker mit dem Teig.

Nach der Stadtbesichtigung und einem zünftigen Mittagessen stand am Nachmittag wieder das Wellnessprogramm an. Diesmal ohne Irina, aber selbstverständlich mit Elena. Edwin tat es wieder genauso gut wie am Vortag, nur mit dem Unterschied, dass er merkte, wie sehr er aufpassen musste, dass Elena für ihn nicht zur Droge wurde und er sich nicht in sie verliebte. Von daher beschloss er, lieber am nächsten Tag abzureisen.

Auf dem Rückflug dachte Edwin darüber nach, wem er das Patent verkaufen sollte. Er entschied sich für die Amerikaner. Aber kaum hatte er diese Entscheidung getroffen, hörte er seine innere Stimme sagen, *dass du dich da mal nicht täuschst. Du weißt doch, dass man lieber einem Lügner oder Schwerverbrecher glaubt, wenn er nur wie ein Edelmann daherkommt, als dem Allmächtigen in Gestalt eines Bettlers* ... Er wusste, dass seine Entscheidung eine reine Verstandesentscheidung war, doch er konnte nichts dagegen tun. Es war, als ob ein höherer Wille ihn dazu zwang.

Central Electric Company, 3132 Easton Turnpike, Fairfield, U.S.A., 24. März 2014

Inzwischen war Gordon Fletcher damit beschäftigt, Cuttlers Anweisungen in die Tat umzusetzen. Was den Fall Richardson betraf, so verfügte Fletcher als zuständiger Sicherheitsberater des Unternehmens über spezielle Software, mit der er private Computer ausspionieren konnte. Von daher war es ihm ein Leichtes, Richardsons Laptop anzuzapfen und tatsächlich E-Mail-Kontakte zu alleinstehenden Frauen vorzufinden, die gut geeignet waren, eine entsprechende Cover up-Story einzufädeln. Besonders eine Dame erschien Gordon dafür wie geschaffen. Sie hieß Giselle Gardner und arbeitete bei der Zeitung. Richardson hatte sie gerade erst vor drei Monaten verlassen. Dabei waren von ihrer Seite viel Wut und Verbitterung im Spiel gewesen. Sie würde genug Gründe haben, sich an ihm zu rächen. Für diesen Zweck hatte Cuttler ein «Entschädigungsgeld«, um nicht zu sagen Bestechungsgeld, in Höhe von 50.000 Dollar bereitgestellt. Das würde reichen, da war sich Gordon sicher.

Die Woche darauf wurde der Vertrag mit Frau Gardner geschlossen und drei Tage später war Richardson in allen gängigen Zeitungen. Die New York Times schrieb:

Vize-Chef von Central Electric in Untersuchungshaft!

Connecticut – Der Vize-Chef der Central Electric Company, Edward Richardson, sitzt in Untersuchungshaft. Das bestätigte ein Sprecher der Bundespolizei der Nachrichtenagentur AP. Demnach hat die Landespolizei Connecticut den 52-jährigen Richardson gestern Abend aufgrund eines Haftbefehls festgenommen.

Richardsons Anwalt Davidson wies die Anschuldigungen in einer ersten Stellungnahme zurück. Die Vorwürfe seien falsch und frei erfunden. Allerdings bestätigte die Staatsanwaltschaft in Connecticut das Ermittlungsverfahren gegen den 52-jährigen Unternehmer wegen des Verdachts der Vergewaltigung. Ein Sprecher der Staatsanwaltschaft begründete die Verhaftung Richardsons mit Fluchtgefahr. Den Angaben zufolge soll der Beschuldigte seine langjährige Freundin nach einem Streit in ihrer Wohnung gewaltsam zum Geschlechtsverkehr gezwungen haben.

Edward Richardson ist seit 1998 Vize-Chef der Central Electric Company und zuständig für den Bereich alternativer Energien.

Der zuständige Staatsanwalt war ein guter Freund des Hauses, der schon viele ähnliche Verhandlungen erfolgreich geführt hatte. Er wusste, wie's ging. Gefälschte Papiere, selbst beigebrachte Hämatome und eine angebliche Mordwaffe ... So einfach war es, jemanden aus dem Verkehr zu ziehen. Ob Richardson schließlich für schuldig befunden wurde oder nicht, spielte keine Rolle. Ganz gleich, was er vorher gesagt oder getan hatte, nach dem Verfahren glaubte ihm kein Mensch mehr.

Damit war Richardsons Versuch, zumindest einen Teil der Central Electric Aktivitäten auf dem Strommarkt auf die Stromgewinnung aus Freien Energien umzustellen, gescheitert. Und Cuttler hatte sein Ziel erreicht: Das Thema Freie Energie war ein für alle Mal vom Tisch.

Allerdings wirbelte Richardsons Verhaftung Staub auf. Weit mehr, als Cuttler und Dyer lieb war. Nicht nur, dass der Reaktorunfall von Fukushima in der amerikanischen Öffentlichkeit Spuren hinterlassen hatte, auch eine gerade erst vor wenigen Monaten in mehreren Zeitschriften erschienene Dokumentation über alternative Energiequellen hatte dazu geführt, dass über dieses Thema jetzt diskutiert wurde. Zumindest in den Köpfen einiger Journalisten hatte sich etwas bewegt und der Name Richardson war durchaus ein Begriff, weil in den Medienberichten Central Electrics Bemühungen um alternative Energien gelobt wurden. Insofern sorgte Richardsons Verhaftung für reichlich Irritation. Ständig trafen Anfragen von Zeitungen und Rundfunksendern ein, die nicht zufriedenstellend beantwortet werden konnten. Stattdessen wurden die fragenden Journalisten mit nichtssagenden Floskeln abgespeist, was den Sturm der Nachfragen keineswegs beruhigte. Ganz im Gegenteil. Cuttler fühlte sich genötigt, für den kommenden Freitag eine Pressekonferenz einzuberufen. Er legte den Beginn auf 8 Uhr fest, in der Hoffnung, diese frühe Uhrzeit würde viele Journalisten davon abhalten, zu erscheinen. Doch schon eine halbe Stunde vor dem anberaumten Termin zeichnete sich ab, dass die angereisten Journalisten nicht in den für die Pressekonferenz vorgesehenen Konferenzraum passten. Stühle wurden aus umliegenden Räumen geholt und Tische gerückt, um dem Ansturm Herr zu werden. Cuttler hatte seinen Pressesprecher James Lieman geschickt nebst Gerald Dyer und Gordon Fletcher. Lieman war ein aalglatter Typ, der genau wusste, wie Medienwirklichkeit funktionierte. Er wusste genau, dass Zeit und Geld für ihn arbeiteten, denn beides haben Journalisten nicht. Informationen brauchen sie sofort oder spätestens in wenigen Stunden. Dann dreht sich das Medienkarussell schon weiter und das Unternehmen kommt ohne die Herausgabe der geforderten Informationen davon.

Darauf setzte Lieman. Eine Viertelstunde nach acht war es schließlich so weit und die Pressekonferenz konnte beginnen.

Zunächst verlas Lieman noch einmal die Anschuldigungen, weswegen Richardson in Untersuchungshaft saß. Dies sei sehr bedauerlich für das Unternehmen, das jetzt um seinen guten Ruf in der Öffentlichkeit fürchte. Es werde jedoch alles tun, um das Vertrauen, das die Bürger in Central Electric gesetzt hätten, zurückzugewinnen. Central Electric gehöre zu den weltgrößten Energiekonzernen und es werde sein Ansehen nicht durch den Fehltritt eines Vizepräsidenten beflecken.

Diese Äußerung versetzte die anwesenden Journalisten in Unruhe. Zunächst fragte der Redakteur der *Connecticut Post*, ob der Tatbestand überhaupt als gesichert gelte, worauf Lieman erwiderte, er gehe davon aus. Allein der Umstand, dass Fluchtgefahr bestehe, zeige, wie schwerwiegend die Vorwürfe seien. Lieman hatte gehofft, die Angelegenheit mit dieser knappen Antwort aus der Welt zu schaffen, doch auf einmal wurde er auch von den übrigen Journalisten bedrängt, wobei er nicht die beste Figur machte.

»Meine Herren«, sagte Lieman beschwörend. »Ob Herr Richardson schuldig ist oder nicht ... Darüber zu befinden ist Sache der Justiz und nicht Sache des Unternehmens. Schon gar nicht Sache der Öffentlichkeit.«

Das veranlasste einen Reporter von der italienischen Nachrichtenagentur ANSA zu dem Zwischenruf: »Gibt es denn schon einen Nachfolger?«, was Lieman verneinte, jedoch versicherte, man werde schnellstmöglich einen geeigneten Nachfolger finden. Worauf ein Reporter vom *Connecticut Public Radio* sagte, ihm sei zu Ohren gekommen, Richardson hätte sich in ganz besonderem Maße für die Nutzung der sogenannten Freien Energie eingesetzt. Und es hätte bereits ein Pilotprojekt gegeben, was jetzt, nach Richardsons Verhaftung, auf Eis gelegt worden sei.

Wieder kam Unruhe auf, diesmal weitaus heftiger als zuvor, was Lieman dazu nutzte, Zeit zu gewinnen.

»Ist dem so?« bohrte der Reporter, »oder unterliegen diese Dinge der Geheimhaltung?«

Ungehalten und mit einem Anflug von Zorn erwiderte Lieman: »Es gibt kein derartiges Pilotprojekt und deshalb kann es auch nicht der Geheimhaltung unterliegen.«

Doch Liemans ironisch gemeinte Bemerkung war bestenfalls dazu angetan, den Unwillen der Journalisten zu wecken. Es entstand ein Durcheinander, in dessen Verlauf sich herausstellte, dass bereits Gerüchte kursierten, Richardson sei wegen seiner progressiven Rolle bei der Suche nach sauberen Energielösungen gekippt worden. Und es war durchgesickert, dass es bereits erfolgreiche Testläufe mit Freie Energie-Maschinen gegeben hatte.

»Aber Sie werden doch nicht bestreiten«, hakte der Reporter nach, »dass es bei Central Electric Testläufe mit Freie Energie-Maschinen gegeben hat.«

»Das bestreite ich keineswegs«, meinte Lieman wieder gefasst, »Ganz im Gegenteil. Central Electric ist ja gerade für seine Innovationsfreudigkeit bekannt. Allerdings sind Freie Energie-Maschinen nicht dazu geeignet, auch nur annähernd für einen großtechnischen Einsatz infrage zu kommen. Damit können Sie vielleicht ein paar Glühbirnen zum Leuchten bringen, aber keine Großstadt wie Bristol oder New Haven.«

»Und warum«, wollte ein anderer Reporter wissen, »befassen Sie sich dann überhaupt mit Freier Energie, wenn sie gerade mal dazu taugt, ein paar Glühbirnen zum Leuchten zu bringen?«

»Um genau das herauszufinden, was wir herausgefunden haben«, antwortete Lieman glatt. »Freie Energie ist Zukunftsmusik ... Nicht mehr und nicht weniger. Was nicht heißen soll, dass wir unsere Vorhaben, die in diese Richtung gehen, aufgeben. Aber realistisch gesehen werden wir nach wie vor auf die konventionelle Energieerzeugung setzen.«

»Aber ich habe gehört«, warf ein Journalist vom *Fairfield Minuteman* ein, »dass es bei Central Electric Bestrebungen gegeben hat, ein deutsches Patent zur Freien Energieerzeugung anzukaufen.«

»Alles Gerüchte!«, rief Dyer zornig. Und Lieman setzte kopfschüttelnd hinzu: »Ich weiß nicht, wer solche Gerüchte in die Welt setzt. Ich kann Ihnen nur noch mal versichern, dass es zu keinem Zeitpunkt irgendwelche Absichten gegeben hat, solche Patente anzukaufen. Im Übrigen ist mir kein einziges Patent bekannt, das wirklich ausgereift wäre, um für uns in irgendeiner Weise von Interesse zu sein.«

Daraufhin entbrannte eine Diskussion, die zeigte, dass viele der anwesenden Journalisten von der Patentgeschichte gehört hatten. Ein Korrespondent von *Cox Radio* sprach von gezielter Desinformation und der Redakteur des Magazins Infinite Energy wusste sogar von einer Verschwörung gegen Richardson, weil der angeblich schon Vorverträge mit den Patentinhabern abgeschlossen hatte.

»Tut mir leid«, rief der Radio-Mann, »aber ich werde den Eindruck nicht los, dass hier ganz bewusst mit gezinkten Karten gespielt wird! Erst hieß es, Central Electric bemühe sich um ein tragfähiges Konzept bezüglich sauberer Energien, allen voran die Freie Energie. Und jetzt, nach der Verhaftung des Mannes, der dafür verantwortlich zeichnet, ist auf einmal keine Rede mehr davon ... Ich kann nicht glauben, dass das Zufall ist.«

Im Nu schlug die Stimmung um. Gereiztheit machte sich breit und Lieman blickte Hilfe suchend zu Dyer, der nicht weniger ratlos schien, wie der ganzen Situation beizukommen sei. Vor allem Gordon versetzte sie in Angst und Schrecken, denn er kannte den überaus kritischen Journalisten, der schon einmal mit einem Zeitungsbericht über die Beteiligung von Central Electric an der Palmölproduktion für Aufregung gesorgt hatte. In dem Artikel hatte er darüber berichtet, dass immer mehr Regenwald der Errichtung von Palmöl-Plantagen zum Opfer fällt. Nur, weil das Palmöl zur Herstellung von billigem Biosprit verwendet wird und als Kraftstoff für Blockheizkraftwerke, für die die Betreiber hohe Subventionen kassieren. Auf Kosten der Umwelt.

Lieman sah den Radio-Mann herausfordernd an. »Was wollen Sie damit sagen?«

»Ich habe mich doch klar und deutlich ausgedrückt, ganz im Gegensatz zu Ihnen, Mister Lieman.«

»Also wenn Sie glauben«, erwiderte Lieman bissig, »Sie könnten den Fall Richardson zum Anlass nehmen, gegen Central Electric einen Verschwörungsfeldzug zu starten, dann muss ich Sie leider enttäuschen. Das ist wie mit allen Verschwörungstheorien: Sie taugen bestenfalls zur intellektuellen Beruhigung. Zu mehr nicht.«

»Das mag ihre persönliche Meinung sein«, entgegnete der Journalist scharfzüngig. »Ich hab eher das Gefühl, Ihnen passt die Sache mit der Freien Energie nicht. Deswegen wird Richardson fallen gelassen wie eine heiße Kartoffel.«

Diese Bemerkung hatte gesessen wie der Schlag eines Boxers unter die Gürtellinie. Lieman suchte mit den Augen den Ausgang, der jedoch mit Journalisten verstellt war, ein Entkommen unmöglich. Auf diese Weise in die Enge getrieben, sagte er mit trotziger Stimme: »Meine Damen und Herren! Ich danke Ihnen für Ihre Aufmerksamkeit.«

Damit war die Pressekonferenz beendet und Lieman & Co. schickten sich an, das weiß gedeckte Podium zu verlassen. Jetzt war der Moment für die Fotografen gekommen und Gordon, der voran ging, hatte alle Hände voll zu tun – begleitet von anhaltendem Blitzgewitter –, für Lieman und Dyer eine Schneise Richtung Ausgang zu schlagen. Dabei wurden sie immer wieder von Journalisten bedrängt, die noch weitere Fragen stellten, die jedoch im Gedränge untergingen. Ohne einen weiteren Kommentar, wie Diebe in der Nacht, verließen die drei den Saal.

Die Messehalle drei war bis auf den letzten Platz gefüllt, als pünktlich um 20 Uhr die Aufzeichnung der Sendung *Pro und Kontra* begann. Ein Eröffnungsspot erklang und nachdem beide Kontrahenten vis-à-vis im Studio Platz genommen hatten, begrüßte Paul Linquist die Zuschauer, nannte das Thema des Abends – Energie aus dem Nichts? – und stellte die Gäste vor: »Auf der einen Seite – für Pro – Professor Thoralf Asmussen, theoretischer Physiker am CERN in Genf und auf der anderen – für Kontra – Professor Thomas Enghirn, Physiker und Neurochirurg an der Uniklinik Aachen.«

Zuerst hielt Asmussen sein Plädoyer, wobei er den Standpunkt vertrat, ohne Freie Energie gebe es keine Welt. Jeder Quantenmechaniker wisse, dass Energie immer und ausschließlich aus dem Vakuum erzeugt wird. Denn das Vakuum enthalte eine nicht schwingende Form von Energie, die alle möglichen Schwingungsmuster erzeugen könne. Schon Tesla habe vor 120 Jahren herausgefunden, dass das elektrostatische und magnetostatische Potenzial des Vakuums gefangene Energie darstellt. Damit sei das Vakuum so etwas wie ein allumfassender Akkumulator, in dem eine riesige Menge potenzieller Energie stecke. Solche Potenziale seien jedoch keine Kraftfelder, sondern Informationsfelder. Aber mit physikalischer Wirkung! Sie könnten jederzeit durch geeignete Kopplung in elektromagnetische Wellen umgewandelt werden. Seiner Auffassung nach organisierten nicht-physikalische feinstoffliche Felder die gesamte Raum-Zeit-Struktur der materiellen Welt.

Worauf Enghirn erwiderte, der ganze Wirbel um die Freie Energie sei in seinen Augen eine Modeerscheinung. Vor allem Esoteriker fänden Gefallen daran, was er als seriöser Wissenschaftler nicht nachvollziehen könne. Der Energieerhaltungssatz sage klar und deutlich aus, dass Energie weder erzeugt noch vernichtet werden kann. Er bezweifle ja nicht, dass es so etwas wie Vakuumenergie gebe. Aber sie wie ein Bierfass anzuzapfen, um damit den Energiebedarf ganzer Großstädte zu decken, halte er für ein Hirngespinst. Er habe absolut kein Verständnis für diejenigen seiner Kollegen, die überaus geistvolle Theorien über die Nutzung Freier Energie aufstellten. Solche Dinge gehörten seiner Meinung nach in Science Fiction-Romane oder ins Nachtprogramm privater Fernsehsender, aber nicht in die seriöse Wissenschaft.

Daraufhin entwickelte sich eine lebhafte Diskussion, wobei Asmussen dafür plädierte, die Begriffe Skalarfeld und Potenzial prinzipiell gleichzusetzen, während Enghirn bestritt, dass es so etwas überhaupt gäbe. Er wisse nichts davon, dass jemals elektrostatische Potenziale nachgewiesen wurden. Also sei darüber keine wissenschaftliche Aussage möglich.

Doch Asmussen erwiderte, dass dies noch lange kein Beweis dafür sei, dass es die Potenziale nicht gebe. Man könne sie nur nicht mit den üblichen Messinstrumenten nachweisen, weil Skalarfelder nicht auf die Elektronenschalen einwirkten, sondern lediglich auf die Atomkerne.

»Wissen Sie«, erzählte Enghirn, »ich habe im Laufe meiner beruflichen Praxis unzählige Experimente unter den Bedingungen des Hochvakuums gemacht. Und was ich darin vorgefunden habe, war immer das Gleiche, nämlich leerer Raum. Gut, ab und zu entsteht mal aus einem Photon, das sich verirrt hat, ein Elektron-Positron-Paar, das sich aber gleich wieder auflöst. Dahinter verbirgt sich nichts Spektakuläres. Höchstens Spekulatives!«

»Und wie erklären Sie sich dann«, gab Asmussen kontra, »dass das Unbewusste mitsamt seinen Archetypen nicht nur Bilder in unseren Gehirnen erzeugt, sondern auch die Materie selbst strukturiert!«

»Letzteres halte ich für hausgemachten Unsinn«, entgegnete Enghirn scharf. »Das würde ja bedeuten, dass wir durch gewöhnliche Hirnaktivität auf die Dinge um uns herum einwirken könnten. Das hieße, es gäbe keine Grenzen mehr zwischen Innen- und Außenwelt, zwischen Subjekt und Objekt. Alles wäre in Auflösung begriffen. Ja, dann könnte niemand mehr sicher leben!«

»Wissen Sie, Herr Professor Enghirn«, erwiderte Asmussen gelassen, »eine Gesellschaft bringt auch genügend Mörder und Gewaltverbrecher hervor, aber deswegen ist die Gesellschaft als Ganzes noch lange nicht gewalttätig. Deshalb wäre es unsinnig, aus Angst vor Gewalt keinen Fuß mehr auf die Straße zu setzen, nur weil man befürchten müsste, gleich an der nächsten Ecke überfallen, ausgeraubt oder niedergeschossen zu werden!«

»Aber die Naturgesetze, Herr Dr. Asmussen, sind nun mal unumstößliche Gesetze. Die werden Sie doch nicht infrage stellen!«

»Unsere Naturgesetze«, entgegnete Asmussen beherrscht, »gelten ohne Zweifel für den Bereich der physikalisch messbaren Wirklichkeit. Doch sie sind keine letzten Wahrheiten. Die Dinge selber haben ein Innenleben. Würden wir von einem Menschen nur seine messbaren Daten zusammentragen, nebst einer grafischen Abbildung desjenigen, dann hätten wir von ihm zwar ein recht umfassendes Bild seiner Erscheinung, aber nicht seines Wesens.«

»Meine Herren«, unterbrach Linquist, »ich möchte noch mal kurz auf die eben erwähnte Subjekt-Objekt-Beziehung zurückkommen, weil ich denke, dass das auch unsere Zuschauer interessiert: Wie steht es denn nun wirklich darum? Ist es immer noch so, dass man sagt: da draußen ist die Welt und hier sind wir, aber das eine hat mit dem anderen nichts zu tun?«

»Wie schon gesagt«, begann Enghirn nach einer kurzen Pause, »ich plädiere dafür, dass es eine strikte Trennung geben muss. Natürlich gibt es Wechselwirkungen, das bezweifle ich nicht. Aber die Vorstellung, ich könnte mit meinem Bewusstsein auf materielle Dinge einwirken, halte ich für ausgesprochenen Unsinn. Das ist Mystik. Mit Wissenschaft hat das nichts zu tun.«

»Das heißt«, ging Asmussen darauf ein. »Sie verbannen die Quantenphysik ins Reich der Mystik!«

Enghirn machte ein Gesicht wie eine Flunder und meinte entrüstet: »Also jetzt gehen Sie einen Schritt zu weit. Das habe ich nie behauptet.«

»Aber die Quantenphysik«, fuhr Asmussen fort, »ist doch im Grunde die Wissenschaft von der Subjekt-Objekt-Beziehung. Also von den Wechselwirkungen zwischen dem Beobachter, dem Prozess der Beobachtung und dem Objekt der Beobachtung. Und da nichts losgelöst voneinander betrachtet werden kann, gibt es keine wirkliche Trennung. Deshalb geh ich sogar noch einen Schritt weiter und behaupte, die Quantenphysik ist die Wissenschaft von der fundamentalen Natur des Bewusstseins!«

»Also jetzt mystifizieren Sie aber die Quantenphysik, Herr Dr. Asmussen. Und zwar ganz gewaltig!«

»Wieso?«, widersprach Asmussen. »Wenn zwei Beobachter unter denselben Bedingungen dasselbe Experiment machen, aber nicht dieselben Ergebnisse erhalten, dann ist doch sonnenklar, woran das liegt.«

»Die Randbedingungen sind nie gleich«, wendete Enghirn ein.

»Und das Bewusstsein der Beobachter ist nie gleich«, bemerkte Asmussen. »Warum zum Teufel klammern wir immer das Bewusstsein aus? Elektronen sind nicht nur Materieteilchen, sondern ebenso Informationsträger. Das beweist das Prinzip des 100. Affen.«

»Das Prinzip des 100. Affen?« wiederholte Linquist. »Ist das das, wo von einer Affeninsel zur andern so eine Art Geistfunke überspringt?«

Asmussen nickte und meinte: »Genau das ist es.«

»Wissen Sie noch, was da genau passiert ist?«

»Also ich weiß nur, dass auf einer japanischen Insel Versuche mit Affen gemacht wurden, denen man Süßkartoffeln in den Sand warf. Wobei die Affen total auf die Kartoffeln abfuhren, allerdings mit dem unangenehmen Effekt, dass sie immer Sand zwischen den Zähnen hatten. Bis einer von ihnen auf die Idee kam, die Kartoffeln in einem nahegelegenen Bach zu waschen. Was die gesamte Affenpopulation, 99 an der Zahl, nachahmte. Bis der 100. Affe seine Kartoffeln im Meerwasser wusch, wodurch die Kartoffeln salzig und irgendwie noch besser schmeckten. Was die anderen Affen wieder nachäfften. Und jetzt passiert's! Auch Affen auf einer 90 km entfernten Nachbarinsel verhielten sich auf einmal so. Sie liefen ohne Zögern ans Meer und wuschen dort ihre Kartoffeln.«

»Und wie erklären Sie sich das?«

Enghirn grinste und meinte: »Da vermute ich mal, dass einer der Affen rübergeschwommen ist und den Trick verraten hat.«

Asmussen schüttelte den Kopf. »90 Kilometer? Die würde vielleicht ein gut trainierter Schwimmer zurücklegen. Aber ein Affe?«

»Warum nicht auch ein Affe«, entgegnete Enghirn.

»Okay«, meinte Asmussen. »Dann glauben Sie halt an den schwimmenden Affen. Meine Erklärung ist eine andere.«

»Nämlich?«, wollte Linquist wissen.

Asmussen hielt einen Moment inne, wodurch sich alle Blicke auf ihn richteten. Dann sagte er:

»Ich will mit einer kleinen Geschichte antworten, die ich als Kind selbst erlebt habe und die mich maßgeblich geprägt hat dahin gehend, dass ich mich schon frühzeitig mit dem Phänomen des Bewusstseins befasst habe. Und zwar hatte mir mein Großvater auf seinem Bauernhof mal einen Ameisenhaufen gezeigt, der vielleicht einen Meter hoch und zwei Meter breit war. Das war für mich das Faszinierendste, was ich je gesehen hatte. Ich beobachtete die Ameisen stundenlang und stellte dabei fest, dass sie ihre Arbeit einteilten. Da gab es welche, die zum Aufbau des gemeinsamen Hauses herangezogen wurden, andere waren dazu da, Nahrung herbeizuschaffen und wieder andere gehörten zum Putztrupp und hatten die Aufgabe, alle Abfälle zu beseitigen. Und schon damals fragte ich mich, woher die Ameisen wussten, was sie zu tun hatten und wie sie sich verständigten.

Dann erzählte mir mein Großvater, dass es unter den Ameisen eine Königin gibt, die das Gehirn des Ameisenvolkes bildet. Sie hat eine Lebensdauer von mehreren Jahren, während alle anderen Ameisen wegen der schweren Arbeit schon nach wenigen Wochen sterben. Der Clou war, dass man die Königin lebend entfernen konnte, ohne dass das Volk das bemerkte. Doch sobald man sie tötete, ganz gleich, wie weit entfernt der Tatort war, dann kam sofort jede Arbeit am Bau zum Erliegen.

Später, während meines Studiums, beschäftigte ich mich wieder mit diesem Phänomen. Ich ahnte, dass beim Bau eines Ameisenhügels in den Tieren nicht nur ein eingegebenes Programm abläuft, sondern dass sie zur Verständigung über ein Kommunikationsnetzwerk verfügten, das sich keines unserer bekannten Informationskanäle bedient. Es musste eine Art Gruppenbewusstsein sein. Und als ich irgendwann davon erfuhr, dass die körpereigene DNA in Resonanz mit dem Vakuum steht, wurde mir schlagartig klar, dass die ameiseninterne Kommunikation nur über diese mikroskopische Ebene stattfinden konnte, gewissermaßen über den Raum selber.

Nicht anderes funktioniert das Prinzip des 100. Affen. Durch den 100. Affen kommt genug Energiepotenzial zusammen, sodass der innovative Gedanke auf alle anderen Affen überspringt.«

»In diesem Zusammenhang«, bemerkte Linquist, »fällt mir das Phänomen großer Erfindungen ein, die zeitgleich an verschiedenen Orten auf der Welt gemacht wurden. Die Erklärung dafür wäre dann die gleiche?«

»Sie sagen es«, bestätigte Asmussen. »Gedanken sind Schwingungen, also Energie. Deshalb verstehe ich nicht, warum wir mit aller Macht am materialistischen Weltbild festhalten.

Vermutlich, weil es unserem Ego besser gefällt. Wobei ... Ich für meinen Teil kann durchaus mit der Vorstellung leben, dass ich im Grunde nur aus Information bestehe. Aber vielleicht fühlt sich ja Professor Enghirn besser mit der Vorstellung, er bestünde aus Partikeln?«

Enghirn lächelte, weswegen Linquist die Frage aufnahm und weiterleitete: »Stimmt das, dass Sie sich mit der Vorstellung besser fühlen, aus etwas Habhaftem zu bestehen?«

»Um ehrlich zu sein«, erwiderte Enghirn, »die gegenteilige Vorstellung ist mir ziemlich suspekt. Da bleibe ich lieber bei meinen Leisten und halte mich an das, was substanziell ist. Ich kann mich auch schlecht vom Wort Brot ernähren oder von einer Idee von Brot.«

»Aber ohne die Idee von Brot«, konterte Asmussen, »könnten Sie keins essen ...«, womit er die Lacher auf seiner Seite hatte.

»Meine Herren«, versuchte Linquist, das Gespräch wieder auf das Thema zu lenken, »Energie aus dem Nichts wird von den meisten Wissenschaftlern als Quatsch bezeichnet. Doch allein der Umstand, das als Quatsch zu bezeichnen, erscheint mir zunächst einmal unlogisch, weil auch die Wissenschaft nicht weiß, was Energie überhaupt ist und wo sie herkommt. Oder wissen Sie's, Herr Professor Enghirn?«

Enghirn lehnte sich zurück, überlegte einen Moment und sagte dann: »Also zunächst einmal ist die klassische Definition die, dass Energie die Fähigkeit eines Systems ist, Arbeit zu leisten. Dadurch kann Energie zwischen verschiedenen Energieformen umgewandelt werden. Aber sie kann nicht erzeugt werden.«

»Damit weichen Sie der Frage aus«, bemerkte Asmussen klug. »Sie sagen immer nur, da ist eine Henne und da ist eine andere und da ist noch eine andere ... Geben Sie doch zu, dass die Henne aus dem Ei kommt.«

»Natürlich kommt die Henne aus dem Ei", echauffierte sich Enghirn. »Warum sollte ich das nicht zugeben? Und falls Sie, was ich vermute, mit dem Ei das Vakuum meinen, dann erlaube ich mir die Frage: Woher kommt denn wiederum das Ei?«

»Aus einer noch höheren Ebene«, erwiderte Asmussen gewandt, was Enghirn, der eine so schnelle Antwort nicht erwartet hatte, überraschte. Und da seine Mimik Ahnungslosigkeit ausdrückte, fuhr Asmussen fort.

»Das ist so wie bei einer Babuschka, wo in jeder kleineren eine noch kleinere steckt. Was die vereinfachte Erklärung dafür ist, dass das Universum eine hierarchisch-holografische Struktur hat. Wobei am Ende keine Babuschka mehr da ist, was vergleichbar wäre mit dem Nichtsein.«

»Jetzt wird's philosophisch«, ging Linquist dazwischen, »was ich zwar unheimlich interessant finde, aber ich denke, da verlassen wir ein Stück weit den Boden, auf dem wir uns bewegen. Kommen wir noch mal zurück zur Freien Energie, beziehungsweise zur Vakuumenergie: Wenn Sie sich zumindest darin einig sind, dass es sie gibt – und Dr. Asmussen hat ja bereits erwähnt, dass es eine virtuelle Form von Energie ist –, wäre es denn nicht denkbar, dass es die von den Indern und Chinesen beschriebene Chi-Energie ist?«

»Nichts liegt näher als das«, meinte Asmussen galant. »Heute nennen wir sie Nullpunktenergie.«

»Wieso Nullpunktenergie?«

»Weil am absoluten Nullpunkt, also bei 0° Kelvin – das sind minus 273 °C –, keine Bewegung mehr stattfindet. Demzufolge existiert nichts Materielles mehr.«

»Was dann?«

»Ein Feld. Eine nicht schwingende Form von Energie.«

»Und was soll man sich darunter vorstellen?«

»Am besten eine Saite«, antwortete Asmussen, »so wie in der Musik. Auch hier sind ja nicht die Töne das Elementare, sondern die jeweilige Saite, auf der sie gegriffen werden. Analog dazu ist der Raum selber das Elementare und je nachdem, mit welcher Frequenz – also Energie – und in welcher Dimension er schwingt, manifestieren sich die uns bekannten Materieteilchen.«

»Das würde ja bedeuten«, meinte Linquist verblüfft, »das Universum wäre ein riesiges Orchester.«

»So ist es«, bestätigte Asmussen. »Deshalb berührt uns auch Musik so. Weil sie uns an das erinnert, was wir selber sind.«

»Also ich bin total unmusikalisch«, gestand Enghirn, »und ich würde auch nicht behaupten wollen, dass mich Musik an mich erinnert.«

Diesmal hatte Enghirn die Lacher auf seiner Seite, wobei Asmussen nachhakte und meinte: »Okay, dann fehlt Ihnen einfach die Antenne dazu, was vielleicht bedauerlich ist oder nicht.«

»Auch das kann man sehen, wie man will«, entgegnete Enghirn selbstsicher.

»Aber könnten Sie sich denn trotz Ihrer Unmusikalität vorstellen«, stichelte Asmussen, »dass alle physikalischen Grundkräfte, also Elektromagnetismus, Kernkraft und Gravitation, im Grunde nicht verschieden sind, sondern dass sie lediglich Zustandsänderungen ein und desselben Feldes sind?«

Enghirn überlegte einen Moment und antwortete dann: »Zumindest, dass sie voneinander abzuleiten sind. Das hatte ja Einstein vor – mit seiner einheitlichen Feldtheorie. Die er aber später als fehlerhaft zurückgenommen hat.«

»Was eher als Indiz dafür zu sehen ist«, betonte Asmussen, »dass er sich durch die Ablehnung der Quantenphysik in eine Sackgasse verrannt hatte. Doch ohne die Erkenntnisse der Quantenphysik ist eine einheitliche Feldtheorie nicht möglich.«

»Herr Dr. Asmussen«, ereiferte sich Enghirn, »Sie können erzählen, was Sie wollen. Die Relativitätstheorie hat bis heute Bestand und ich sage Ihnen, dass sie auch noch in 100 Jahren bestehen wird.«

Asmussen lächelte. »So etwas Ähnliches hat ein gewisser Herr Honecker mal über die Berliner Mauer gesagt. Wenig später war sie weg.«

Ein Raunen ging durch die Reihen, während er hinzufügte: »Sie benutzen doch Einsteins Nimbus nur als Rettungsboot für Ihr altes Weltbild!«

»Meine Herren«, versuchte Linquist die Gemüter zu beruhigen, »ich denke, wir sollten erst mal klarstellen: Was heißt hier altes Weltbild? Und wenn ja, was wäre denn das Neue?«

Da Enghirn keine Anstalten machte, etwas zu erwidern, ging Asmussen auf die Frage ein, indem er sagte: »Mit dem alten Weltbild meine ich das dualistische. Denn der Dualismus führt uns genau dort hin, wo wir heute sind ...«

»Und wo sind wir heute?« verstand Enghirn nicht.

»In einer hoch technisierten Gesellschaft!«

»Äh«, machte Enghirn und schüttelte den Kopf. »Ich versteh' nicht, was daran so schlimm sein soll.«

»Das Schlimme daran«, erläuterte Asmussen, »ist, dass der Dualismus – also die Trennung von Ich und Welt – zu einer fortschreitenden Aufspaltung der Wissenschaft führt. Es gibt immer mehr Forschungszweige, Fachbereiche und Spezialgebiete und keiner hat mehr den Überblick – den Blick fürs Ganze. Die Folge ist, dass wir uns wer weiß wie schlau vorkommen mit unseren klingeltönenden Handys, spritfressenden Autos und donnernden Flugzeugen. Aber wahre Technologie funktioniert lautlos, umweltschonend und von selbst ... Im Grunde können wir das, was Handys können, schon längst. Und wir bräuchten nicht einmal Batterien oder Akkus, weil wir bereits über Biostrom in ausreichendem Maße verfügen. Noch dazu haben wir Bewusstsein. Warum nutzen wir das nicht? Stattdessen schmücken wir uns mit technischen Geräten, die letztlich Krücken sind, zugegebenermaßen sehr hübsche Krücken. Wir gehen also lieber an Krücken als einfach mal zu versuchen, auf eignen Beinen zu laufen.«

Dafür gab es verhaltenen Beifall aus dem Asmussen-Lager.

»Herr Dr. Asmussen«, meinte Enghirn trotzig. »Es ist aber nun mal so, dass wir auf unsere Handys angewiesen sind. Wir können nicht per Telepathie miteinander kommunizieren. Und selbst wenn mein Gesprächspartner solche Fähigkeiten hätte, ich habe sie nicht. Also verlass ich mich lieber auf mein Handy. Und Millionen Menschen, ja Milliarden, machen das genauso. Weil sie wissen, dass es funktioniert.«

»Wenn sie wüssten, dass es auch anders funktioniert«, entgegnete Asmussen, »würden sie's anders handhaben. Es weiß nur keiner, was aber nicht heißt, dass es grundsätzlich nicht geht. In der Tierwelt funktioniert's doch. Ich meine, die Tiere verständigen sich doch auch ohne Handys ganz gut. Warum also sollten wir das nicht können?«

»Ach, das ist doch naiv«, erwiderte Enghirn. »Dann bräuchten wir auch keine Sprache mehr. Also ... Ich bitte Sie!«

»Sehen Sie«, meinte Asmussen. »Ihre Überzeugung entspricht genau der Denkweise der Dualisten. Die sagen, hier ist der Mensch, dort ist die Welt. Und als Übersetzer zwischen Ich und Welt fungiert die Sprache – völlig logisch. Aber nach dem monistischen Weltbild ist der Mensch nicht nur Teil der Welt, sondern Mensch und Welt sind eins, weil alles eins ist. So einfach ist das!«

»Also ich muss sagen«, ging Enghirn darauf ein, »mit einer solchen Weltanschauung, die durchaus etwas Anheimelndes hat, können Sie sicherlich das Lager der Esoteriker beeindrucken, aber keinen eingefleischten Wissenschaftler.«

Asmussen lächelte und konterte mit einer Gegenfrage. »Wissen Sie eigentlich, Herr Professor Enghirn, dass Sie ein typischer Gralshüter sind?«

»Was wollen Sie damit sagen?« verstand Enghirn nicht.

»Also ich kenne die Gralshüter und die Gralssucher«, ging Linquist dazwischen. »Vielleicht können Sie, Herr Dr. Asmussen, kurz erklären, was es damit auf sich hat. Wer gehört zu den Gralshütern und wer zu den Gralssuchern?«

»Das ist ganz einfach zu erklären«, antwortete Asmussen. »Angenommen Sie fragen einen hochrangigen Wissenschaftler nach seiner Meinung zum Thema UFO-Abduktion ...«

»Bitteschön«, verzog Enghirn das Gesicht, »Was in Gottes Namen ist UFO-Abduktion?«

»Entführung«, stellte Asmussen klar. »Also Entführung durch Außerirdische ... Dann gibt es zwei Möglichkeiten. Entweder, er behauptet im Brustton der Überzeugung, dass es so was nicht gibt, das sei völliger Humbug. Oder aber er sagt ebenso überzeugt, so was gebe es uneingeschränkt und er wisse auch, seit wann, warum und wozu. Obwohl die Meinungen hier völlig auseinandergehen, ist die Geisteshaltung identisch. Solche Menschen sind Gralshüter. Sie halten ihr angelerntes Wissen für unumstößlich und ihre Sichtweise für die einzig richtige. Anders die Gralssucher. Bei ihnen wird man eine eher unverbindliche Aussage zu hören bekommen – ganz nach dem Motto Nichts Genaues weiß man nicht. Vielleicht äußern sich einige konkreter. Aber sie werden ihre Behauptungen eindeutig als persönliche Ansicht deklarieren.«

Enghirn warf Asmussen einen grimmigen Blick zu. »Dann deklariere ich hiermit meine Behauptung als persönliche Meinung, dass ich so etwas für ausgesprochenen Unsinn halte.«

»Und was ist mit den Menschen, die so was erlebt haben?« entgegnete Asmussen. »Sind die alle verrückt?«

Enghirn schüttelte den Kopf. »Das habe ich nicht behauptet. Es mag triftige Gründe für ihre Psychosen geben.«

«Und was ist mit all den Menschen, die paranormale Erlebnisse hatten? Sind das Ihrer Meinung nach alles Leute mit Psychosen?«

»Das ist ein sehr weites Feld, Herr Dr. Asmussen«, antwortete Enghirn selbstgerecht. »Ich könnte da aus meiner langjährigen Berufspraxis plaudern. Aber ich fürchte, das würde das Thema des Abends sprengen.«

»Das sehe ich auch so«, bemerkte Asmussen, »obwohl ich da einiges entgegenzusetzen hätte. Ein Kollege von mir betreibt ein Institut für Parapsychologie und Sie machen sich keine Begriffe davon, wie viele Leute täglich bei ihm anrufen, weil sie mit niemandem über das sprechen können, was sie erlebt haben.«

»Und das in einer wissenschaftlich so aufgeklärten Zeit wie heute«, stellte Linquist fest.

»Ja«, bestätigte Asmussen. »Gerade in einer wissenschaftlich so aufgeklärten Zeit. Und ich denke, das offenbart das ganze Dilemma. Warum öffnet sich die Wissenschaft nicht endlich und erkennt all die Dimensionen der Wirklichkeit an, die jeder Mensch im Alltag erfährt, auch wenn sie nicht messbar oder durch bestehende Theorien erklärbar sind.«

Linquist nickte zustimmend.

»Und warum«, fuhr Asmussen fort, »betreiben wir immer noch mit einem so riesigen Aufwand Grundlagenforschung, während die praktischen Nutzanwendungen stiefmütterlich hinterherhinken. Ich meine, nichts gegen Grundlagenforschung, die ist natürlich enorm wichtig, aber wir brauchen mindestens genauso dringend Innovationen, die für die Gesellschaft von praktischem Nutzen sind. Bestes Beispiel ist das Thema Freie Energie ... Das heißt, wir könnten mit einem Bruchteil des Geldes, das wir jahrein, jahraus für Grundlagenforschung ausgeben, Patente finanzieren, die uns dabei helfen, das Weltenergieproblem zu lösen. Was wir bis jetzt bekommen haben, sind minimale Verbesserungen und die Energiesparlampe.«

»Aber gerade die Energiesparlampe«, bemerkte Enghirn, »ist ein klassisches Beispiel für die Innovationsfreudigkeit der letzten Jahre.«

»Mit Sicherheit«, griente Asmussen. »Schließlich handelt es sich um nichts anderes als die Neonröhre, die ein gewisser Herr Tesla schon vor dem Ersten Weltkrieg erfunden hat. Jetzt baut man sie etwas kompakter, packt eine elektronische Zündeinheit rein und montiert das Ganze auf einen Schraubsockel.«

»Womit wir wieder beim Thema wären«, bemerkte Linquist. »Apropos Neonröhre. Woran hat es denn Ihrer Ansicht nach gelegen, dass sie nicht schon in den 1920er oder 1930er Jahren auf den Markt gekommen ist?«

»Ich denke«, ging Asmussen darauf ein, »das liegt auf der Hand. Zum einen, weil es bis in die 1960er Jahre noch kein wirkliches Energieproblem gab und zum anderen, weil es genügend Interessen gab, Glühbirnen zu verkaufen. Das war ein Massenartikel. Und wenn wir mal ehrlich sind, um Innovation ist es noch nie wirklich gegangen. Und wenn doch, dann immer nur unter der Devise: Wer nutzt, dem nützt. Der Telegraf wurde eingeführt, um Börsennachrichten in alle Welt zu versenden und nicht etwa, weil Otto Normalverbraucher dadurch Vorteile gehabt hätte.«

»Das stimmt«, bestätigte Enghirn, »aber am Ende kommt es dann doch dem Otto Normalverbraucher zugute.«

»Ja, sicher«, meinte Asmussen. »Meist 50 oder 100 Jahre später. Je nachdem, wie die Erfindung in die Zeit passt. Und man darf auch nicht glauben, dass sich immer das Praktikabelste oder Innovativste durchsetzt. Ganz und gar nicht. Bestes Beispiel ist die Unterhaltungsbranche. Hier wurde die gesamte digitale Übertragungstechnik lange vor ihrer Markteinführung von einem zentralen Forschungskonsortium standardisiert. Dabei interessierte niemanden, ob diese Standards wirklich die innovativsten waren oder nicht. Sinn der Aktion war lediglich, als erster die zukünftigen Spielregeln festzulegen, um Außenseiter aus dem Markt zu drängen.«

»Nur mal angenommen«, unterbrach Linquist, »ein einzelner Erfinder hätte ein Patent angemeldet, um Energie aus dem Vakuum zu erzeugen. Und er hätte sogar eine Firma gefunden, die sein Gerät herstellt – wie es funktioniert, sei mal dahin gestellt. Hätte er Ihrer Ansicht nach eine Chance auf dem Markt?«

»Nun«, begann Asmussen nach kurzer Überlegung. »Das ist eine sehr interessante, aber ketzerische Frage. Ich denke, dass es für einzelne Hersteller sehr schwierig wäre, aus eigener Kraft auf den Markt zu kommen. Meist gibt es zentrale Ideenschmieden, die mit entsprechend großem Budget zuwerke gehen. Und die wollen natürlich bei Markteinführung ihre eigene Technologie durchsetzen.«

»Und was wäre«, spann Linquist den Faden weiter, »wenn die herkömmliche Energieforschung dahinter käme, dass es möglich wäre, aus dem Vakuum Energie zu erzeugen?«

»Machen wir uns nichts vor«, lächelte Asmussen. »Sie hätte triftige Gründe, solche Ansätze im Keim zu ersticken. Warum, kann sich jeder denken.«

»Aber das ist doch eigentlich absurd«, stellte Linquist fest. »Während der Normalbürger sorgfältig seinen Müll trennt, Energie spart und versucht, das Maß der Umweltverschmutzung möglichst gering zu halten, heizen die Versorger weiter die Atmosphäre auf. Gleichzeitig wird das umweltbewusste Verhalten der Verbraucher mit ständig steigenden Strompreisen bestraft.«

»Ja, sicher«, bestätigte Asmussen, »aber solange die Profitinteressen der Öl- und Stromlobbyisten im Vordergrund stehen, wird sich daran nichts ändern. Und die sitzen in Brüssel beziehungsweise Washington. Das heißt, man wird dort nichts anderes beschließen. So einfach ist das.«

Dann näherte sich der Höhepunkt der Sendung, der in dieser Weise überhaupt nicht geplant war, sondern der sich ganz einfach daraus ergab, dass das Gespräch irgendwann auf das Thema Alternative Energiegewinnung kam, bei dem Asmussen die Kaltfusion ansprach. Worauf Enghirn meinte, bei diesem Begriff laufe es ihm nur kalt den Rücken runter. Das hätte eher etwas Mythologisches, was wunderbar zu Harry Potter passen würde, aber nicht in die seriöse Wissenschaft.

»Wieso?«, widersprach Asmussen. »Grundsätzlich basiert unser Universum auf einem einzigen Grundstoff, nämlich Wasserstoff. Alle anderen Stoffe sind durch natürliche Fusionsprozesse entstanden.«

»Ja sicher«, räumte Enghirn ein. »Aber unter extrem hohen Temperaturen, wie sie bei der Sternentstehung und bei der Herausbildung von Planetensystemen entstehen.«

»Das ist die gängige Lehrmeinung, die Sie an der Universität eingetrichtert bekommen haben. Aber haben Sie sie überprüft?«

Enghirn starrte Asmussen an, als wollte er ihm an die Gurgel springen.

»Wie sollte ich in der Lage sein, das zu überprüfen?« erregte er sich. »Das ist ja gerade Sinn der modernen Wissenschaft, dass ich mich als Einzelwissenschaftler auf die Errungenschaften von so und so vielen Wissenschaftsgenerationen stützen kann. Einfach, weil es wissenschaftlich überprüfbare Kategorien gibt, die empirisch nachvollziehbar sind.«

Asmussen lächelte. »Ich ahnte, dass Sie das sagen würden. Aber gerade da liegt der Hase im Pfeffer.«

»Was meinen Sie mit *gerade da liegt der Hase im Pfeffer?*«, echauffierte sich Enghirn. »Was wollen Sie gegen wissenschaftliche Kategorien einwenden?«

»Nichts«, meinte Asmussen lapidar. »Es kommt nur vor, dass Thesen, die als unumstößlich galten, weil sie schon von so und so vielen Wissenschaftsgenerationen übernommen wurden, mit einem Mal nicht mehr stimmen. Also warum sollte es nicht gehen, aus Blei Gold zu machen?«

Enghirn lachte. »Na klar würde es gehen, aus Blei Gold zu machen. Dazu bräuchten Sie allerdings einen Teilchenbeschleuniger, der mit einem enormen Energieaufwand eine verschwindend kleine Menge eines Elements in ein anderes umwandelt. Blei müssten Sie mit Neutronen beschießen, um die Protonen aus den Bleiatomen herauszureißen. Dieser Vorgang entspräche einer Kernfission, wobei sich das Blei in zwei Stoffe mit geringerem Atomgewicht umwandeln würde. Und das Ganze bei 12 Millionen Grad Hitze. Darunter geht nichts.«

»Und was würden Sie sagen, wenn ich Ihnen noch eine andere Möglichkeit zeige? Vielleicht mit Quecksilber?«

»Dann wären Sie ein Alchemist. Oder ein Scharlatan. Also ich kenn keine andre.«

Daraufhin zog Asmussen eine Pillendose aus verziertem Elfenbein hervor und zeigte Enghirn den Inhalt, ein gelbes Pulver, das wie zerstoßenes Glas aussah. Dann rief er ins Publikum: »Hat irgendjemand vielleicht ein Fieberthermometer bei sich, ein ganz normales Fieberthermometer?«

Tatsächlich erhob sich ein Mann in einer der vorderen Reihen und brachte ein kleines Fieberthermometer nach vorn.

»Keine Angst«, meinte Asmussen, »ich bürge dafür, dass sie Ihr Thermometer auf jeden Fall ersetzt bekommen.«

Während er das sagte, zerbrach er das Glas und goss das Quecksilber in einen Aschenbecher, der auf einem Beistelltisch neben ihm stand. Dann entnahm er der Pillendose ein paar gelbe Splitter und warf sie in den Aschenbecher. Daraufhin zischte es, eine chemische Reaktion setzte ein und das Podium und die ersten Zuschauerreihen konnten deutlich sehen, wie aus dem Aschenbecher Rauch aufstieg. Das Zischen und Dampfen dauerte vielleicht drei, vier Minuten. Dann nahm Asmussen sein Wasserglas, goss etwas Wasser in den Aschenbecher, wobei ein kurzes, leises Zischen zu vernehmen war und reichte ihn Enghirn.

»Bitte!«, sagte er verschmitzt. »Sie können den Inhalt jetzt rausnehmen.«

Enghirn starrte eine Weile in den Aschenbecher, griff schließlich hinein und warf ein winziges, hartes Klümpchen auf den Tisch. Zu seinem Erstaunen hatte es eine goldgelbe Farbe.

»Dieser kleine Klumpen ist Gold!« beteuerte Asmussen, wobei ein Raunen durch die Reihen ging. »Sie können damit zu einem Juwelier gehen und sich das bestätigen lassen.«

Enghirn hielt das Klümpchen vors Gesicht, drehte es zwischen Daumen und Zeigefinger und blickte misstrauisch drein.

»Also wenn das Gold ist«, sagte er ungläubig, »dann fress' ich 'n Besen.«

Worauf Asmussen ins Publikum rief: »Hat jemand von Ihnen vielleicht einen Besen mit?«

Gelächter.

»Oder anders: Ist jemand aus dem Publikum vielleicht Juwelier?«

Tatsächlich meldete sich auch diesmal ein Mann, den Asmussen auf die Bühne bat. Er hatte eine Lupe bei sich und versicherte, Juwelier zu sein. Er nahm das Goldklümpchen unter die Lupe, kratzte mit einem Taschenmesser daran und verkündete schließlich vor dem Publikum: »Also meines Erachtens handelt es sich hier um ...«, er machte eine kurze Pause und setzte dann hinzu, »das heißt, ich bin mir ziemlich sicher, dass es sich hier um echtes Gold handelt!«

Diesmal ging ein Raunen durch die Reihen, das noch stärker war als das vorherige, was Enghirn mit den Worten kommentierte: »Das ist ein alter Taschenspielertrick. Sie haben das Gold bereits in Ihrer Pillendose gehabt und es mit dem Pulver in den Aschenbecher geworfen!«

»Das zu behaupten, ist Ihr gutes Recht«, entgegnete Asmussen. »Doch warum sollte ich das tun?«

»Warum wohl«, zischte Enghirn. »Um mich als seriösen Vertreter der Wissenschaft mit Ihren simplen Taschenspielertricks zu diskreditieren! Was sonst? Sie haben doch das Gespräch überhaupt erst auf das Thema Kaltfission gelenkt. «

»Und woher sollte ich wissen«, konterte Asmussen, »dass Sie darauf einsteigen? Das war entweder Zufall – wenn Sie daran glauben – oder aber Schicksal.«

Enghirn sah Asmussen mit durchdringendem Blick an.

»Wollen Sie jetzt auch noch den Schicksalsbegriff zur Disposition stellen? Ich bitte Sie! Tun Sie's nicht.«

»Wieso eigentlich nicht«, erwiderte Asmussen. »Gerade solche Fragen sind doch die wirklich bewegenden.«

Enghirn verzog den Mund.

»Oder denken Sie, dass es Zufall ist, dass ausgerechnet wir beide uns heute Abend gegenübersitzen?«

Da Enghirn nichts erwiderte, fuhr Asmussen fort: »Was denken Sie denn, Herr Professor Enghirn, was Sie und ich – was uns beide – miteinander verbindet?«

»Ich denke, nicht allzu viel!«, spottete Enghirn.

»Da täuschen Sie sich!«, meinte Asmussen erhaben, da er diese Antwort erwartet hatte.

»Ich meine nicht das, womit wir beide unseren Lebensunterhalt verdienen. Ich meine das, was man gemeinhin das Schicksal nennt.«

»Ach hören Sie auf«, schimpfte Enghirn, »und verschonen Sie mich mit solchen Sachen! Ich bin, wie Sie gemerkt haben werden, weder ein Anhänger des Mystizismus, noch glaube ich an übernatürliche Dinge. Als wissenschaftlich denkender Mensch bin ich bis jetzt ganz gut ohne solchen Hokuspokus ausgekommen.«

»Ganz wie Sie meinen«, entgegnete Asmussen gefasst. »Dann wissen Sie sicher auch schon längst, was Sie die kommende Woche über tun werden.«

»Das kann man wohl sagen«, versicherte Enghirn. »Meine Zeit ist bis auf die letzte Minute verplant. Ich kann es mir nämlich nicht leisten, hochgestochenen Theorien nachzuhängen. Was für mich zählt, ist nur harte Arbeit, das können Sie mir glauben!«

»Das glaub' ich Ihnen gerne«, räumte Asmussen ein. »Aber was wäre denn, wenn Sie heute nach der Sendung nach Hause wollten und ihr Wagen springt nicht an?«

Daraufhin ging ein Gemurmel durch die Zuschauerreihen und auf Enghirns Gesicht zeichnete sich ein breites Grinsen ab. Dann sagte er herablassend: »Wissen Sie, wie groß die Chance ist bei einem drei Monate alten Mercedes E-Klasse, dass er nicht anspringt?«

»Das wissen Sie besser«, meinte Asmussen verschlagen, »Sie sind doch der Fachmann für Statistik!«

»Nun, ich würde schätzen, eins zu 268 Millionen?«

Wieder hatte Enghirn die Lacher auf seiner Seite.

»Mag sein«, sagte Asmussen gefasst, »aber falls es doch so kommen sollte, dann viel Spaß beim Straßenbahn fahren!«

Daraufhin fing Enghirn an zu lachen. Er sei, erklärte er, schon seit zwanzig Jahren nicht mehr mit der Bahn gefahren und die Chance, dass er dies ausgerechnet heute Abend tun würde, wäre sicher noch weitaus geringer, als dass sein Mercedes stehen bliebe.

Nun ging Linquist dazwischen, erinnerte daran, dass die Sendezeit gleich zu Ende sei, und bat darum, die Abschluss-Statements zu halten.

Als dies geschehen war, wurden die Zuschauer aufgefordert, abzustimmen. Das Ergebnis lautete: unentschieden! 50 Stimmen für Pro und 50 für Kontra.

Daraufhin erklang der Abspann, wobei drei hübsche Hostessen Blumen brachten. Je einen Strauß für Enghirn, Asmussen und Linquist.

Und während die Musik noch lief – die Kameras waren gerade abgeschaltet und die Zuschauer im Aufstehen begriffen –, hatte es einer besonders eilig. Es war Enghirn, der sich Hals über Kopf verabschiedete und zur Tür hinausstürzte.

Unten angekommen, war das erste, was er dachte, als er seinen Mercedes im fahlen Mondlicht auf der Straße stehen sah: alles in Ordnung! Da stand er. Weder abgeschleppt noch mit einer Knolle versehen, auch nicht mit zerstochenen Reifen.

Er stieg ein und war mit seinen Gedanken bereits zu Hause. Doch als er starten wollte, machte es nur klick, aber der Wagen sprang nicht an. Nichts, aber auch gar nichts geschah.

Enghirn versuchte es noch drei-, viermal. Immer dasselbe.

Blitzartig schoss ihm das Blut durch die Adern und ein bedrückendes Gefühl übermannte ihn, ja, er fühlte sich mit einem Mal so völlig hilflos, wie er es noch nie zuvor erlebt hatte.

Nein, das konnte nicht sein. Das gab es nicht! Genau das hatte ihm doch vorhin dieser blöde Asmussen eingeredet. Enghirn bekam Hitzewellen. Dann verlor er die Nerven und geriet in Panik.

Das war auch der Grund, warum er nicht daran dachte, dass er sich geschworen hatte, nie mehr mit der Straßenbahn zu fahren. Ihm fiel ein, dass er sein Handy nicht mithatte. Schnell sah er sich nach einer Telefonzelle um. Er fand keine.

Auch Passanten, die Enghirn um ein Handy bat, hatten angeblich keins dabei. Doch sie meinten, gleich um die Ecke, zwei, drei Haltestellen entfernt, sei ATU, eine große Autowerkstatt, die bis 24 Uhr noch geöffnet hätte.

Als Enghirn um die Häuserecke bog, sah er die Straßenbahn schon kommen. Bis zur Haltestelle waren es noch dreißig, vierzig Meter. Also rannte er, so schnell er konnte, der Bahn entgegen.

Dann ging alles sehr schnell. Wie von einem unbekannten Köder angezogen, lief Enghirn direkt auf sie zu. Als er nur noch wenige Meter von ihr entfernt war, stürzte er und schusselte der Länge nach unter die Fahrerkanzel. Der Fahrer versuchte noch eine Notbremsung, doch so schnell konnte er den Wagenzug nicht zum Stehen bringen. Da war es bereits passiert.

Am nächsten Abend hatten sich Asmussen, Linquist und die beiden Stallgatters verabredet, weil Paul von Asmussen derart beeindruckt war, dass er ihn gleich nach der Sendung zum Essen eingeladen hatte. Und auch Edwin wollte den Mann, der Quecksilber zu Gold verwandelt hatte, auf jeden Fall kennenlernen. Als würdiges Ambiente kam nur *Auerbachs Keller* in Betracht, jenes legendäre Restaurant, das in Goethes Faust eine wichtige Rolle spielt, weil dort der Hauptheld zusammen mit Mephisto auf einem Fass zum Fenster hinaus fliegt.

Kurz vor acht saßen Asmussen und die beiden Stallgatters schon auf ihren Plätzen, als Paul anrief und sagte, er käme ein paar Minuten später, bei der Aufzeichnung des sendefertigen Pro und Kontra-Gesprächs seien plötzlich technische Probleme aufgetreten. Erst kurz nach acht konnte Linquist das MDR-Studio verlassen. Mit etwas Glück fand er an der Thomaskirche einen Parkplatz. Doch an der Ecke zum Markt hätte er glattweg einen Zeitungsständer umgerannt, der zu den Auslagen eines Zeitungskiosks gehörte. Dabei fiel sein Blick unweigerlich auf die Titelseiten einiger Zeitungen.

»Eigenartig«, dachte Linquist, als er schon im Weitergehen begriffen war. »Was hatte da gestanden?«

Er überlegte. Es war ein Wort, ein einzelnes Wort, das ihn an etwas erinnerte. Er stoppte, machte kehrt und eilte zurück. Es war die Überschrift der Bildzeitung, vor der er wie gebannt stehen blieb und las:

Hirnexperte nach Sendung von Straßenbahn erfasst!

Der deutsche Hirnforscher Dr. Thomas Enghirn ist gestern Abend gegen 23 Uhr von einer Straßenbahn der Linie 13 erfasst worden. Enghirn befand sich auf dem Rückweg von einer Sendung des MDR-Fernsehens. Völlig unklar ist, wie es zu dem tragischen Unfall kommen konnte.

»Das kann nicht sein«, murmelte Linquist mehrmals vor sich hin. Er machte kehrt und ging weiter Richtung Mädler-Passage. Dort bog er ein und rannte die Treppen zu *Auerbachs Keller* hinunter.

Er durchquerte den Vorraum und blieb vor der großen Flügeltür noch einmal stehen. Ihm war unwohl zumute. Was um alles in der Welt wurde hier gespielt? Am liebsten wäre er wieder gegangen. Aber er konnte doch nicht einfach ... Schließlich gab er sich einen Ruck und betrat das Restaurant.

Es war proppenvoll. Das war das erste, was Paul registrierte. Eine ganze Weile stand er unschlüssig am Eingang und spähte in den Saal. Schließlich kam ein Empfangskellner, der sofort Bescheid wusste und Paul in den hinteren Teil des Kellers geleitete.

»Hierher!«, rief Nora und winkte. Paul ließ sich nichts anmerken, begrüßte alle freundlich und nahm direkt neben Asmussen Platz.

»Dann lasst uns anstoßen!« lachte Nora und hielt ihr Glas hoch. »So eine Runde kriegen wir so schnell nicht wieder zusammen!«

»Richtig!« strahlte Edwin. »Das muss gefeiert werden!« Daraufhin erhoben alle ihre Gläser und stießen an.

Der erste Teil des Abends verlief recht locker und amüsant. Jeder genoss das vorzügliche Essen und den edlen Wein. Vom Eingang her erklang Jazzmusik. Paul hatte es verstanden, das Thema technische Pannen so gut wie möglich auszusparen. Auch Asmussen hielt sich äußerst bedeckt, was den letzten Abend anging. Paul meinte nur, die Aufzeichnung sei fehlerhaft gewesen und ein paar Passagen hätten neu aufgenommen werden müssen. Dass die gesamten Sendevorbereitungen Geisterstunden glichen, weil fast alles verrückt spielte und so gut wie nichts mehr funktionierte, dass verloren gegangene Abschnitte plötzlich wieder aufgetaucht waren, aber dafür andere, gerade erst produzierte, wieder verschwunden waren, davon erzählte er nichts. Auch nichts davon, dass die Stelle mit der Transmutation herausgeschnitten wurde.

Musste er auch nicht. Denn Edwin unterhielt sich angeregt mit Asmussen übers Thema Vakuumenergie, wobei Nora einen ziemlich gelangweilten Eindruck machte. Das änderte sich erst, als Paul auf den Vorabend zu sprechen kam.

»Also ich muss sagen«, brachte er das Gespräch auf den Punkt, »Ihre Lehrvorführung in Sachen Transmutation war ja wirklich phänomenal!«

Asmussen winkte ab und meinte: »Ach, das ist eine meiner leichtesten Übungen.«

»Und das Klümpchen ist tatsächlich Gold?«

»Ich geh davon aus«, antwortete Asmussen gelassen. »Der Juwelier hat es ja bestätigt.«

Paul grinste.

»Wobei ich denke«, fuhr Asmussen fort, »das erste, was Enghirn heute machen wird, ist, zu irgendeinem Juwelier zu rennen und sich das noch mal bestätigen lassen.«

Bei dieser Anspielung stieg Paul das Blut zu Kopf, was er nur dadurch überspielen konnte, indem er die Geschichte für Stallgatters noch mal kurz erzählte. Nora zeigte sich beeindruckt.

In diesem Moment brachte der Kellner die Nachspeise. Stallgatters hatten Eis bestellt, Paul und Asmussen jeweils ein spezielles Fruchtdessert. Doch der Kellner hatte etwas völlig anderes auf dem Tablett. Er entschuldigte sich vielmals, aber auch beim zweiten Anlauf war es nicht besser: Die Desserts waren wieder vertauscht. Erst beim dritten Mal bekam jeder das, was er wollte.

»Das ist verzeihlich!«, meinte Asmussen entschuldigend. »Wenn man bedenkt, dass dieser Trottel nicht einmal zehn Prozent seines Gehirns in Anspruch nimmt. Da kann so was schon mal passieren.«

»Aber er ist Kellner«, schimpfte Nora. »Das ist nun mal sein Job! Und wenn er sich's nicht merken kann, dann muss er sich's halt aufschreiben!«

»Irren ist menschlich«, bemerkte Asmussen und schob sich einen Löffel Fruchtdessert in den Mund.

»Männlich ...«, betonte Nora und versuchte zu lächeln.

»Die Frage ist nur«, nahm Edwin den vorherigen Gedanken wieder auf, »was ist mit den übrigen 90 Prozent?«

»Ha«, machte Asmussen. »Schon, wenn der Mensch ein Drittel davon nutzen würde, wäre er vernünftig genug, sich nicht den Ast abzusägen, auf dem er sitzt!«

»Das ist wohl wahr«, warf Paul ein.

»Aber Uri Geller«, hielt Edwin entgegen, »konnte Löffel verbiegen!«

»Ich geb' ihm dreißig Prozent«, erwiderte Asmussen.

»Und Jesus?«

»Nun, er verfügte wohl so ziemlich über das, was menschenmöglich ist.«

»Doch vom Kreuz ist er nicht gestiegen«, meinte Paul hämisch, wobei ihm etwas Erdbeereis auf die Tischdecke tropfte.

»Aber nach drei Tagen auferstanden von den Toten!«

Paul sah Asmussen misstrauisch an.

»Und was das Löffelverbiegen angeht ...«, Asmussen nahm einen Schluck von seinem Wein, »im Grunde genommen ist es ganz einfach. Wenn man es kann!«

»Können Sie's?«, fragte Nora.

»Ich denke schon«, antwortete Asmussen mit einem versteckten Lächeln.

»Dann beweisen Sie's!«, forderte Paul. Die anderen nickten beipflichtend.

Asmussen griff nach Noras Suppenlöffel, der noch unbenutzt an seinem Platz lag, hielt ihn etwa in Augenhöhe und stierte mit schlafwandlerischem Blick darauf, bis er anfing, krumm zu werden. In null Komma nichts hatte er die Form eines Hufeisens angenommen.

»Klasse!«, flüsterte Nora vor Begeisterung. Darauf gab ihr Asmussen den Löffel zurück.

Ein Mann vom Nachbartisch, der die Vorführung mitbekommen hatte, lächelte und schüttelte dabei den Kopf. Edwin grinste, während Paul betreten dreinblickte.

»Also stimmt es wirklich, dass Sie mit Copperfield aufgetreten sind!«, rief Nora voller Bewunderung.

»Nun ja«, meinte Asmussen beschwichtigend, »er hat mal am CERN eine Vorführung gegeben. Dabei haben wir uns kennengelernt. Und irgendwann bin ich mal in seiner Show aufgetreten, hab' einige von meinen Tricks vorgeführt.«

»Recht überzeugend.« Paul zeigte sich beeindruckt. Und nach einer kurzen Denkpause setzte er hinzu: »Könnten Sie denn auch eine Schleife in den Löffel machen?«

»Nichts leichter als das«, versicherte Asmussen, nahm Noras krumm gebogenen Löffel und stierte ihn an. Mit einem Mal wurde er wieder gerade und der Stiel zog sich am Ende zu einer kleinen Schleife zusammen.

»Das glaub' ich nicht wirklich!«, stammelte Paul.

»Fantastisch!« schwärmte Nora. Edwin schüttelte nur den Kopf.

»Doch mit einer Katze oder einem Kaninchen«, stichelte Paul, »würde das garantiert nicht funktionieren.«

»Das würde ich nicht behaupten«, widersprach Asmussen. »Wenn ich auf physikalische Dinge einwirken kann, warum sollte ich dann nicht auch auf den Geist einwirken?«

Jetzt wurden alle hellhörig.

»Dann wirken Sie doch mal auf den Geist von irgendjemandem hier ein!« trumpfte Paul auf.

Asmussen sah Paul einen Moment abwägend an. »Ganz wie Sie wollen«, meinte er schlitzäugig. »Aber nur unter einer Bedingung!«

»Und die wäre?«

»Dass Sie nicht von mir verlangen, dass ich Ihnen erkläre, wie's geht!«

»Also los!«

»Sehen Sie unseren Kellner dort?« Seine Stimme klang jetzt etwas gedämpft.

»Gleich wird er zurück in die Küche gehen. Wenn er wieder rauskommt, werde ich ihn zu Fall bringen!«

Für einen Moment herrschte Schweigen. Dann sagte Paul: »Und wie wollen Sie das machen? Wollen Sie ihm ein Bein stellen?«

»Ich werde keinen Finger rühren!«, antwortete Asmussen.

Schon verschwand der Kellner in der Küche, um alsbald mit einem riesigen Tablett, auf dem mehrere Gerichte aufgetürmt waren, zum Vorschein zu kommen. Schnurstracks bog er in den Hauptgang ein und steuerte geradewegs auf den Nachbartisch zu, an dem zwei Pärchen saßen, die schon längere Zeit ungeduldig auf ihr Essen warteten. Nur wenige Meter von ihnen entfernt, just in dem Augenblick, als er an Asmussen vorbei war, erlitt der Kellner plötzlich einen Schwächeanfall, sackte zusammen und schlug unter lautem Gepolter der Länge nach zu Boden. Das Tablett samt Speisen und Getränken segelte durch die Luft und landete laut scheppernd unter dem Tisch, zu Füßen der beiden Pärchen, wo es den gesamten Inhalt, nebst Scherben von Geschirr entleerte.

Nora konnte einen jähen Aufschrei nicht unterdrücken, während Edwin fassungslos dreinblickte und Paul wie erstarrt dasaß und mechanisch den Kopf schüttelte. Von all den anderen Gästen, die bei dem Ausrutscher zugegen waren, dachte kein Einziger auch nur im entferntesten an die Möglichkeit, dass dieses Malheur gar nicht selbst verschuldet war, sondern dass es eine ganz andere Ursache hatte.

Nachdem sich der Kellner wieder aufgerappelt hatte und man sich unter vielerlei Be- und Entschuldigungen um die Reinigung des Schlamassels kümmerte – zwei weitere Kellner und der Restaurantleiter waren hinzugeeilt –, meinte Asmussen mit dem Lächeln eines Grandseigneurs: »Was der Vater essen wollte, unten auf der Erde rollte ... Sie haben es so gewollt!«

»Sie haben es so gewollt!« zischte Paul.

Vom Nachbartisch drangen Wortfetzen herüber. Eine der beiden Frauen wischte sich Soße von der Jacke, die andere versuchte, mit Salz Rotweinflecke aus ihrer Bluse zu entfernen.

»Alles Rotweinflecke«, schimpfte sie. »Die Bluse ist hin!«

»Warten Sie«, sagte Asmussen, wobei er aufstand und ihr einen Geldschein zusteckte. »Nehmen Sie das! Es war einzig und allein meine Schuld.«

Die Frau starrte Asmussen an: »Wieso war das Ihre Schuld? Was können Sie denn dafür, dass dieser Kellner so ein Volltrottel ist?«

»Das würde ich an Ihrer Stelle nicht behaupten«, sagte Asmussen freundlich. »Nehmen Sie das Geld!«

Als sich Asmussen wieder gesetzt hatte, meinte Paul: »Also im Vergleich zu Ihnen sind ja Copperfield und Slade die reinsten Waisenknaben.«

Asmussen lachte.

»Slade?« wiederholte Edwin. »Wer zum Teufel ist Slade?«

»Sie kennen Slade?« zeigte sich Asmussen überrascht, »Ich meine, Sie kennen die ganze Geschichte?«

»Sicher«, entgegnete Paul. »Als alter Leipziger sollte ich sie kennen. Ich war mir nur nicht sicher, was ich davon halten sollte.«

»Wovon?«, wollte Edwin wissen.

Asmussen nahm genüsslich einen Schluck von seinem Chardonnay, weswegen Paul sich dazu veranlasst sah, zu erzählen: »Ich glaube, es war in den 1870er Jahren ... Da fand hier in Leipzig der Prozess gegen Henry Slade statt. Ein Amerikaner. Er behauptete, die vierte Dimension zu beherrschen.«

Paul machte eine kurze Pause, wobei er Assmussen ins Visier nahm: »Er konnte in einen endlosen, in sich geschlossenen Faden mehrere Knoten schlagen, weswegen er mehrfach vor Gericht stand.«

»Wie jetzt?«, meinte Edwin. »Wegen Betrugs?«

Paul nickte.

»Doch in Leipzig«, fuhr er fort, »stellten sich namhafte Physiker hinter ihn. Darunter Fechner und Zöllner. Mit der Begründung, die Verknotung eines Endlosfadens sei in der vierten Dimension möglich.«

»Ist es auch«, bemerkte Asmussen. »Ich bin mir sicher, Slade wusste, wie's geht. Er hat ja noch ganz andere Sachen gemacht. Zum Beispiel vor versammelter Mannschaft ein Wort auf einen Zettel geschrieben, den Zettel zusammengerollt, in mehrere Kästen und Vitrinen gesteckt, die alle versiegelt und bewacht wurden, um einen Tag später nachsehen zu lassen, was auf dem Zettel steht.«

»Und?«

»Es stand ein ganz anderes Wort darauf.«

Einen Augenblick sagte keiner etwas. Dann meinte Nora: »Und so was geht?«

Asmussen machte eine bestätigende Geste: »Es erscheint uns wie Magie, weil wir nicht gelernt haben, unser Bewusstsein zu gebrauchen.«

Nora lächelte gezwungen.

»Der moderne Mensch lebt wie ein Automat, dem man ein Programm eingegeben hat, das ein Leben lang abläuft, bis er tot ist. Und er hat keine Ahnung, was er da eigentlich mit sich herumträgt. Wir nennen es Bewusstsein. Aber was das ist ...«, Asmussen machte eine Pause, weswegen Paul einhakte und den Satz vollendete: »... das wissen die wenigsten. Wobei Sie, Herr Dr. Asmussen, offenbar zu den Wenigen gehören, oder seh' ich das falsch?«

Asmussen lächelte. »Nun, ich mag zu den Wenigen gehören, die eine Ahnung davon haben. Mehr aber auch nicht. Wir machen uns keine Begriffe, was mit dem Bewusstsein alles möglich ist.«

In diesem Moment ging das Licht aus. Ein Raunen machte sich breit, begleitet von den überraschten Ausrufen einiger Gäste. Dann ebbte die Stimmkulisse ab und wurde zum verhaltenen Gemurmel. Alle warteten darauf, dass das Licht wieder anging.

Schließlich schaltete sich eine spärliche Notbeleuchtung ein, die den ganzen Keller in ein düsteres Schummerlicht tauchte.

Asmussen winkte den Kellner heran, der nach seinem Sturz zumindest körperlich immer noch einen intakten Eindruck machte, und bestellte eine weitere Flasche Chardonnay.

Augenblicklich wurde es wieder hell. »Ah!« kam es von allen Seiten und an einem Tisch wurde geklatscht.

»Unglaublich!« staunte Nora.

»Beeindruckend«, murmelte Paul.

Edwin schüttelte den Kopf: »Wie in Gottes Namen machen Sie das? – Ich meine, wenn ich das versuchen würde ... Bei mir würde's nicht funktionieren.«

»Man tut, was man kann«, meinte Asmussen verschmitzt. »Sie verraten mir ja auch nicht, wie Ihr Stromerzeuger im Detail funktioniert.«

Darauf leerte er sein Glas Chardonnay, stellte es zurück auf den Tisch und fügte nach kurzer Überlegung hinzu: »Nur so viel: Abgesehen von den Raumdimensionen gibt es ja noch verschiedene Schwingungsdimensionen ... Kennen Sie die?«

Paul und Edwin sahen sich an wie zwei Schüler, die der Lehrer gerade etwas gefragt hat, wovon sie keine Ahnung hatten. Edwin überlegte, ob er den Drehimpuls der Elementarteilchen erwähnen sollte, doch er ließ es und Asmussen fuhr fort: »Die Ägypter kannten sie unter dem Begriff Mer-Ka-Ba. Unter Mer verstanden sie zwei sich gegeneinander drehende Lichtfelder, die durch eine bestimmte Art der Atmung erzeugt wurden. Ka bezieht sich auf den Geist und Ba auf den Körper. Das heißt, sie konnten ihren Körper in eine höhere Schwingungsdimension versetzen. Das Prinzip ist denkbar einfach: Die 0. Dimension erzeugt einen Punkt, die erste eine Linie, die zweite eine Fläche und die dritte einen Körper. Das bedeutet, dass jeder von uns automatisch in der dritten Schwingungsdimension schwingt.«

»Augenblick«, unterbrach Paul. »Demnach ist die 0. Dimension das Vakuum?«

»Kann man so sehen«, meinte Asmussen. »Also alles potenziell Mögliche. Mathematisch gesehen liefert die Wurzel aus 0 die 1, wobei der erste Teilaspekt des Bewusstseins entsteht – der Punkt. Der erzeugt die Linie, die wiederum die Fläche und aus der Fläche wird der Körper. Beim Körper stellen Sie sich einfach einen Ball vor. Ein Punkt, den man mit einem blauen Stift auf den Ball malt, bleibt in der dritten Schwingungsdimension bestehen. In der Vierten beginnt sich der Ball um die eigene Achse zu drehen, wobei der Punkt einen blauen Kreis erzeugt. In der fünften Dimension kommt eine weitere Drehachse hinzu – durch eine 90°-Drehung in die Waagerechte. Dadurch entsteht auf der Balloberfläche eine Wellenlinie. In der sechsten Dimension erfolgt eine erneute

Drehung um 90° und die Wellenlinie wird noch verwobener. Ähnlich bei der siebenten bis neunten Dimension, sodass sich um den Ball herum eine blaue Schale bildet. Die zehnte bis zwölfte Dimension fügt noch eine oszillierende Wirkung hinzu – fertig!«

»Grandios!«, bemerkte Edwin. »Gehört hab ich davon schon. Vor allem die Analogie zur Musik ist verblüffend. Eine Oktave hat ja zwölf Töne.«

»Auch in den Mythen«, meinte Asmussen. »kommt die 12 oft vor. Ganz gleich, ob von zwölf Titanen die Rede ist, von zwölf Erzengeln oder Jüngern.«

Alle sahen Asmussen an.

»Aber um bei dem Beispiel mit dem Ball zu bleiben ... Wenn er alle Schwingungsdimensionen durchlaufen hat, dann befindet sich die blaue Farbe überall, sowohl innerhalb des Balls als auch außerhalb.«

»Das bedeutet«, schlussfolgerte Edwin, »dass im Vakuum jede Information, jeder Gedanke, an jede x-beliebige Stelle weitergeleitet wird.«

»So ist es«, bestätigte Asmussen. »Alles hängt mit allem zusammen.«

»Nur mal angenommen«, warf Paul ein, »einer von uns würde die Schwingungsfrequenz seiner Atomstruktur erhöhen ... Was würde passieren?«

Asmussen lächelte. »Nun«, meinte er bedächtig. »Im schlimmsten Falle bekäme er vielleicht Tinnitus, im besten Falle – und ich spreche hier gerade mal von der vierten oder fünften Dimension – würde er unsichtbar werden.«

»Fantastisch!« staunte Nora.

»Also Fakt ist eins«, sagte Paul halb flüsternd. »Auf diesem Planeten sind Dinge am Kochen, von denen sich der Normalsterbliche gar keine Begriffe macht!«

»Gar keine Begriffe?«, meinte Asmussen schlitzäugig. »Ich denke, das ist noch ziemlich untertrieben. Denn diese Dinge gehen weit über den Verstand hinaus!«

»Aha«, bemerkte Paul lakonisch, »fragt sich nur, über wessen Verstand?«

»Das kommt ganz darauf an«, entgegnete Asmussen und ein verstecktes Grinsen zog seinen Mund schief.

»Wie heißt es doch so schön … Lieber ein falscher Jemand als ein richtiger Niemand!«

»Dann machen wir doch mal Nägel mit Köpfen!« trumpfte Paul auf. »Also Sie, Herr Dr. Asmussen, sind der Jemand und alle anderen sind sozusagen niemand?«

Asmussen zögerte einen Augenblick. Er fühlte sich in die Enge getrieben, meinte aber dann gelassen: »Ist es nicht eher umgekehrt?«

In diesem Moment fing das Licht an zu flackern. Dann ging es für ein, zwei Sekunden ganz aus.

Als es wieder anging, war ein Stuhl in der Runde nicht mehr besetzt.

»Wo ist Asmussen?«, rief Paul außer sich. »Hat jemand bemerkt, dass er aufgestanden ist?«

Keiner antwortete. Alle starrten schweigend auf den leeren Platz.

McCarran Airport Las Vegas, USA, 21. März 2014

12 Uhr mittags betrat ein Mann mit schwarzer Reisetasche das Flughafengebäude des McCarran-Airports in Las Vegas. Forschen Schrittes passierte er die Abfertigungshalle und steuerte direkt auf die Flughafeninformation zu. Dort nahm ihn ein anderer in Empfang und geleitete ihn zum geheimen Flughafengelände, das sich direkt an den McCarran-Airport anschließt.

Auf dem Rollfeld standen mehrere Maschinen vom Typ Boeing 737. Sie trugen keine Embleme und auch nicht den Namen irgendeiner Fluglinie. Sie waren lediglich weiß, mit einem schlichten roten Streifen. Fast hätte man meinen können, sie gehörten zur Privatflotte eines Krösus der Kategorie «Rockefeller & Co.«.

Die beiden Männer stiegen in eine kleine Propellermaschine am Rande des Rollfeldes, die, wie man sehen konnte, zur selben Flotte gehörte. An Bord befanden sich außer dem Piloten noch zwei Offiziere. Sie trugen Uniformen der US Air Force und waren bewaffnet.

Als die Maschine abhob, lag Las Vegas bereits außerhalb des Sichtfeldes. Das einzige, was man weit und breit sehen konnte, war Wüste.

Schon nach einer reichlichen halben Stunde setzte der Pilot zur Landung an und die beiden Männer wechselten in ein Abteil ohne Fenster. Nachdem die Maschine zum Stehen gekommen war, stiegen alle – außer dem Piloten – um in einen Bus mit komplett abgeklebten Scheiben. Etwa zehn Minuten dauerte die Fahrt. Dann hielt der Bus und die Männer stiegen aus. Um sie herum, von Bergen eingeschlossen, stand ein Hangar neben dem anderen. Radaranlagen. Versorgungsgebäude.

Der Mann wurde zu einem Hangar geführt, der alles übertraf, was er je gesehen hatte. Mit einer Seitenlänge von wahrscheinlich hundert mal hundert Metern bedeckte er eine Fläche von einem Hektar! Zwischen diesem und dem nächsten Hangar verlief ein kurzes Stück Zaun. Es war aus stabilem Maschendraht, etwa drei

Meter hoch. Und auf einem großen Schild stand: *Anwendung tödlicher Gewalt autorisiert!*

Die vier Männer verschwanden nacheinander durch eine kleine Tür an der Vorderseite des großen Hangars. Dann ging es einen Gang entlang und mit einem Lift ein Dutzend Etagen unter die Erde. Die Fahrstuhlanzeige zeigte -12 an, als dem Mann das Schild wieder in den Sinn kam, das er gerade am Zaun gesehen hatte: *Anwendung tödlicher Gewalt autorisiert!* Das war etwas anderes als nur die Formulierung Achtung Lebensgefahr! – Schusswaffengebrauch! Hier wurde nicht vor Militärübungen gewarnt, die einem Eindringling rein zufällig das Leben kosten könnten, sondern damit war klar, jeder, der diese Grenze überschritt, durfte gezielt erschossen werden.

Der Fahrstuhl hielt bei -13 und die Männer befanden sich plötzlich auf einer Etage, die an eine moderne Büroetage erinnerte. Da saßen unzählige Mitarbeiter an Schreibtischen, Computern und vor riesigen LCD-Monitoren.

Zügig ging es weiter. Erst rechts, dann links, dann einen Gang entlang, bis die vier vor einer elektronisch gesicherten Tür stehen blieben. Einer der beiden Offiziere schob eine Chipkarte in den Schlitz daneben, ein leichtes Klicken ertönte und die Tür öffnete sich. Nachdem alle den neuen Bereich betreten hatten, schloss sie sich wieder. Das Gleiche wiederholte sich noch zweimal an anderer Stelle, bis man schließlich in einen relativ kleinen Raum gelangte, der ein großes Fenster hatte, durch das man nach draußen sehen konnte. Was man sah, war die Oberfläche. Man sah die Hangars, die Berge und den blauen Himmel. Davor saß an einem Schreibtisch ein stattlicher Mann. Grau meliert, etwa Mitte 50. In Uniform.

»Herr Oberst? Robert Lazal!« sagte der Offizier mit der Chipkarte.

»Bitte, Herr Lazal, nehmen Sie Platz!« begrüßte ihn der Oberst freundlich, wobei er sich erhob und mit einer bestimmenden Handbewegung auf zwei bequeme Drehsessel wies. Dann gab er Lazals Begleitern ein Zeichen, sich zu entfernen.

»Herr Lazal«, sagte er gefällig, als die anderen gegangen waren. »Ich freue mich ganz besonders, dass Sie gekommen sind!« Dabei setzte er sich in den anderen Sessel, schob die Lehne zurecht und fügte hinzu: »Mein Name ist Pitkoff und ich will hoffen, dass wir Sie bald auf der Area begrüßen können!«

Lazal machte eine beschwichtigende Geste.

»Doch zunächst muss ich mich entschuldigen«, fuhr der Oberst fort, »dass wir Sie in einem Flugzeug und in einem Bus mit abgeklebten Scheiben hierher gebracht haben. Aber Sie müssen unsere Vorsichtsmaßnahme verstehen! Solange Sie keinen Vertrag mit uns unterschrieben haben, dürfen wir Ihnen weder die genaue geografische Lage noch irgendwelche Details der Anlage anvertrauen.«

»Ich verstehe«, entgegnete Lazal.

»Aber nun zu Ihnen, Herr Lazal! Wir wissen, dass Sie, bevor Sie zur NASA gingen, mit Victor Grebennikow in Kybischew zusammengearbeitet haben.«

Lazal nickte.

»Und wir wissen, warum Sie bei der NASA gekündigt haben. Ich meine natürlich die wahren Hintergründe! Ganz abgesehen davon, dass Ihnen die dortige Aufgabe nicht annähernd den Freiraum bieten konnte, den Sie gebraucht hätten, um Ihre unkonventionellen Ideen zu verwirklichen.«

Lazal nickte abermals.

»Aber zurück zu Grebennikow«, sagte der Oberst. »Was wissen Sie über den sogenannten Hohlraumstruktur-Effekt? Sie haben doch mit Grebennikow an der technischen Umsetzung gearbeitet, oder?«

»Das ist richtig«, antwortete Lazal. »Der Effekt entsteht durch hexagonale Strukturen an den Unterseiten von Chitinflügeln.«

»Und diese Strukturen lösen antigravitative Effekte aus?«

Lazal nickte. »Dabei kommt es sogar zu lokalen Zeitanomalien. Ich habe selber gesehen, dass Testobjekte oberhalb dieser Strukturen anfingen zu schweben und zeitweise unsichtbar wurden.«

»Interessant.«

»Allerdings müssen sich die sechseckigen Wabenstrukturen zu einem Ende hin konisch verjüngen, also eine Form mit immer kleiner werdendem Querschnitt annehmen.«

Pitkoff nickte. »Und wie erklären Sie sich das?«

»Offenbar erzeugen Hohlräume und bestimmte geometrische Formen ein eingeschränktes Vakuum, wodurch es zu einer Abschirmung des äußeren Neutrinoflusses kommt. Und diese veränderte Struktur des Vakuums verändert dann die Grundbedingungen für das physikalische Geschehen.«

»Verstehe ... Also stimmt es tatsächlich, dass Grebennikow mit seinem Grawitolot von Kuibyschew nach Nowosibirsk geflogen ist?«

Lazal nickte. »Die Plattform erzeugte eine Art Gravitationskokon um sich herum, der sie von der Erdgravitation isolierte. Was zur Folge hatte, dass sie zeitweise unsichtbar wurde.«

Pitkoff nickte zufrieden.

»Also Herr Lazal«, sagte er feierlich, »wir schätzen Ihre Fähigkeiten sehr. Deshalb haben wir Sie auch für unser Eliteprogramm vorgesehen. Dieses Programm ist das geheimste, das es auf diesem Planeten gibt! Und nicht nur das. Es ist auch mit Abstand das kostenintensivste.«

Er machte eine kurze Pause und setzte dann hinzu: »Um Ihnen nur einen Vergleich zu nennen: Das Apollo-Programm wäre dagegen ein Sparprogramm.«

Lazal versuchte, sich beeindruckt zu zeigen und verzog die Augenbrauen.

»Wir nennen es *HPAC*. Was das bedeutet, werden Sie später noch erfahren.«

Im weiteren Verlauf des Gesprächs wurde Lazal darauf hingewiesen, über alles, was er nun zu sehen und zu hören bekäme, zu schweigen. Und nachdem er einen Sicherheitseid geleistet hatte, verließen er und Pitkoff das Zimmer. Draußen gesellten sich die zwei Offiziere hinzu und alle gelangten auf demselben Weg, den sie gekommen waren, wieder an die Oberfläche. Dort stiegen sie in einen Bus mit geschwärzten Seitenscheiben. Etwa eine halbe Stunde dauerte die Fahrt auf einer Schotterstraße. Dann erreichten sie einen Ort namens Papoose Lake. Durch die Frontscheibe des Busses konnte Lazal gerade noch das Schild vorbeiziehen sehen. Area S-4 stand darunter. Diese Anlage bestand aus Gebäuden und Hangars, die in die Berge hineingebaut, getarnt und bestens bewacht waren. Überall standen schwerbewaffnete Wachen.

Der Bus hielt und sie verschwanden durch eine Stahltür ins Innere eines Berges. Wieder ging es mit einem Fahrstuhl in die Tiefe und danach durch verschiedene Gänge bis zu einer Tür. Dahinter tat sich erneut ein Bereich auf, der an die üblichen Büroetagen erinnerte. Da und dort waren Mitarbeiter zu sehen, die alle ein Abzeichen mit der Aufschrift *HPAC* trugen. Auch Lazal erhielt diese

Identifikationsmarke mit dem diagonalen hell- und dunkelblauen Streifen.

Danach musste er eine Reihe medizinischer Tests über sich ergehen lassen. Man wollte wissen, ob er auf bestimmte Substanzen allergisch reagierte. Was das für Substanzen waren, erfuhr er allerdings nicht. Anschließend führte ihn Pitkoff in einen Informationsraum und legte ihm einige Ordner vor. Dann ging er hinaus.

Als er die Tür hinter sich schloss, bemerkte Lazal darauf ein Poster, auf dem eine typische fliegende Untertasse abgebildet war. Darunter stand: Sie sind hier. Während sich Lazal noch wunderte, unter was für Witzbolde er hier geraten war, die offenbar ein Faible für derartige Scherzartikel besaßen, warf er kurzerhand einen Blick in den ersten Ordner. Was er nun sah, trieb ihm augenblicklich das Blut in den Kopf und er konnte für Sekunden nicht denken. Es war eine fliegende Untertasse, fast so eine wie an der Tür. Aber die hier sah erschreckend echt aus. Er blätterte weiter und fand noch weitere großformatige Hochglanzfotos von exotischen Flugobjekten. Ein beklemmendes Gefühl machte sich in ihm breit.

Lazal hatte jetzt den Eindruck, dass der Raum, in dem er sich gerade befand, wahrscheinlich als erste Informationsstelle für jeden Neuankömmling auf S-4 diente, ganz gleich, ob er Mathematiker, Biologe oder Physiker war.

Als Pitkoff nach etwa fünf Minuten wieder hereinkam, musterte er Lazal mit einem kurzen Blick und sagte dann: »Wissen Sie, Herr Lazal, es gibt Dinge, die sind so unglaublich, dass man sie nie für wahr halten würde! Es sei denn ...«, Pitkoff machte eine Pause.

»Es sei denn, man steht ihnen leibhaftig gegenüber«, ergänzte Lazal.

»Noch ist das nicht der Fall, Herr Lazal. Aber bitte folgen Sie mir!«

Daraufhin wurde Lazal in Begleitung Pitkoffs und zweier Wachleute in einen der Hangars geführt, die in den Berg gebaut waren. Als er durch das riesige Eingangstor ging, sah er ein großes diskusförmiges Objekt mitten in der Halle stehen. Lazal traute seinen Augen nicht. Das war also die Erklärung für die fliegenden Untertassen, die immer wieder am Himmel gesehen werden, dachte er für den Bruchteil einer Sekunde. Doch dann verwarf er diesen Gedanken schnell wieder. Sicher hatte das Militär bereits einen Flugzeugtyp konstruiert, ohne irgendeinen äußerlich sichtbaren Antrieb.

Trotz alledem, was er zuvor auf S-4 gesehen und gelesen hatte, er konnte dies noch nicht als geltende Wirklichkeit akzeptieren. Ja, er ertappte sich dabei, nach banalen Ausflüchten zu suchen. Für einen Moment kam ihm in den Sinn, dieses UFO könnte bloß eine Attrappe sein. Doch je näher er kam, um so haltloser wurde dieses Argument. Noch trennten ihn zehn, zwanzig Meter, doch er konnte erkennen, dass die Außenhaut aus mattpoliertem Metall war, am ehesten Aluminium. Es sah nicht so aus, als wäre das Ding schon irgendwann mal in Betrieb gewesen, sondern eher wie ein soeben fertiggestelltes, fabrikneues Produkt. Vielleicht verstärkte diese Beobachtung Lazals Eindruck, hier ein nagelneues Versuchsobjekt des US-Militärs vor sich zu haben. Denn wenn es aus dem All gekommen wäre, hätte es zumindest Spuren der atmosphärischen Hitze aufweisen müssen. Aber davon war nichts zu sehen.

Eine Gangway, die bis an die Außenhaut heranreichte, führte zum Eingang des metallischen Diskus.

»Kommen Sie!«, meinte Pitkoff ermunternd und stieg vorweg die Stufen hinauf. Lazal folgte ihm.

Als sie oben angelangt waren, registrierte er gleich neben der Tür eine kleine Flagge der Vereinigten Staaten. Er strich kurz mit der Hand über die glatte Metalloberfläche. Sie fühlte sich irgendwie fremdartig an. Er musste an die Siliziumkacheln der Spaceshuttles denken, die er in Cape Canaveral gesehen hatte. Dagegen wirkte diese Außenhaut wie aus einem Guss. Das Material war ihm jedoch nicht bekannt. Es musste etwas völlig Neuartiges sein.

»Haben Sie eine Ahnung, woraus dieses Material besteht?«, fragte Pitkoff verschlagen.

»Keine Ahnung ...«

»Ich weiß«, lachte er, »dass Sie kein Werkstoffexperte sind, Herr Lazal. Deshalb haben wir Sie auch einem ganz anderen Aufgabengebiet zugeteilt, wo Sie all Ihre Fähigkeiten unter Beweis stellen können!«

»Und das wäre?«

Pitkoff sah Lazal abschätzend an. Dann sagte er, als wäre es das Selbstverständlichste von der Welt: »*HPAC* ist die Abkürzung für Humanoid Piloted Alien Craft. Und dieses Projekt hier nennt sich *Snowbird*. Sie werden zum Back-Engineering-Team gehören!"

»Aha«, entfuhr es Lazal, »und was bedeutet Back-Engineering?«

»Im Prinzip genau das, was der Name besagt, nämlich Zurückkonstruieren. Das heißt, Sie werden die einzelnen Schritte der Konstruktion dieses Flugobjekts zurückverfolgen!«

Lazal sah Pitkoff ungläubig an.

»Es geht darum«, fuhr der Oberst fort, »die einzelnen Komponenten zu zerlegen und demzufolge die Funktionsweise abzuleiten. Der nächste Schritt wäre dann, dieses Fluggerät mit irdischen Werkstoffen und Techniken nachzubauen. Dabei wird Ihre ganz spezielle Aufgabe sein, tatkräftig mitzuhelfen, das Antriebssystem zu entschlüsseln.«

Lazal wollte etwas sagen, aber es blieb bei dem Vorsatz. Denn während er die Untertasse von der Seite betrachtete, machte er eine merkwürdige Beobachtung. Von hier oben sah das Objekt viel höher aus und wirkte nicht mehr so schlank. Das war so, als ob er in einen Zerrspiegel sehen würde. Lazal wunderte sich zwar, schenkte aber diesem Umstand keine weitere Beachtung. Schließlich, so sagte er sich, hängt die Form eines Gegenstandes, sofern es keine Kugel ist, oft stark vom Blickwinkel ab. Ihm fiel die B-2 ein, der Tarnkappenbomber, der aus mancher Perspektive wirklich wie eine platte Flunder aussieht, aus anderen Blickwinkeln jedoch einen regelrecht voluminösen Eindruck macht.

Sie betraten das Innere. Alles war wie aus einem einzigen Stück gemacht, nirgendwo gab es Ecken oder Kanten. Da waren keine Nähte oder Fugen, nichts, was an irgendein irdisches Produkt erinnerte. Auf dem Mitteldeck befanden sich Sitze, die so angepasst waren, dass sie sich ganz harmonisch und übergangslos einfügten und mit dem Raumschiff völlig verschmolzen. Lazal konnte auch hier nicht die kleinsten Ansätze, keinerlei Flansche, Säume, Nähte oder irgendwelche Nieten erkennen. Diese Perfektion war erschreckend!

Doch Lazal hatte keine Gelegenheit, sich hier länger aufzuhalten. Pitkoff führte ihn sogleich ins Unterdeck, dort, wo sich die Antriebsaggregate befanden.

Andächtig betrachteten beide die Anlage.

»Das hier ist der Antimateriegenerator«, erklärte Pitkoff. »Und hier haben wir den Antigravitationsverstärker. Das heißt«, korrigierte er sich, »insgesamt sind es drei. Die beiden anderen sind hier drüben.«

Dabei wies er mit der Hand auf zwei Gebilde, die an übergroße Gasflaschen erinnerten.

»Die Funktionsweise ist noch unklar. Zumindest konnte bislang noch niemand das zugrunde liegende Prinzip ergründen. Wir wissen nur, dass als Energiequelle ein ziemlich exotisches Element verwendet wurde. Wahrscheinlich das Element 115, also ein außerordentlich schweres, das alle bisherigen Elemente an Masse in den Schatten stellt! Dieses Element befindet sich im Innern des Reaktors, einer Halbkugel am unteren Ende der zentralen Säule. Dort wird es mit Protonen beschossen und in das noch schwerere Element 116 umgewandelt. Dabei entsteht auch Antimaterie, die innerhalb des Reaktors mit normaler Materie zusammentrifft und dabei Energie freisetzt. Was dann geschieht, wissen wir nicht. Wir wissen nur, dass der absolut verlustfrei arbeitende Energieumwandler eine um hundertachtzig Grad längsverschobene, also gegenphasige Gravitationswelle erzeugt, wodurch die Wirkung der umgebenden Schwerkraft aufgehoben wird.«

»Ah ja«, sagte Lazal, während er alles um sich herum scharfsinnig beobachtete. Aufmerksam registrierte er jedes auch noch so unscheinbare Detail.

Im oberen Bereich war offenbar die eigentliche Steuerzentrale untergebracht. Dort befand sich die 'Brücke', gewissermaßen das Nervenzentrum des Schiffs, mit allen Systemen für die Navigation.

Auf der oberen Hälfte entdeckte Lazal noch eine Erhebung, auf der ihm rechteckige, dunkle Abschnitte auffielen. Ob es Fenster waren oder andersgeartete Öffnungen, konnte er nicht erkennen. Er bemerkte einige Techniker auf dem Hauptdeck, die sich gerade an diversen Konsolen zu schaffen machten.

Ansonsten war der Diskus innen leer. Nur in der Mitte zog sich eine vertikale Säule durch die Decke, hinunter zum Reaktor.

»Ist ... dieses Flugobjekt schon von Piloten geflogen worden?«, fragte Lazal.

»Noch nicht oft genug«, antwortete Pitkoff.

»Obwohl keiner eine Ahnung von der Funktionsweise des Antriebs hat?«

»Wer einen Führerschein besitzt«, entgegnete der Oberst, »muss noch lange nicht wissen, wie der Motor funktioniert.«

Lazal musste grinsen.

»Haben Sie einen Flugschein?«, fragte Pitkoff beiläufig.

»Nein«, antwortete Lazal. »Das heißt ...«, fügte er zögernd hinzu, »doch, für Segelflieger.«

»Na prima! Dann können Sie hier getrost ein paar Klassen überspringen. Ich meine, Sie müssen das Ding nicht fliegen. Wir haben erfahrene Piloten, die vorher Testflieger bei der NASA waren. Nur, wenn Sie wollen!«

Bei dieser Vorstellung wurde Lazal mulmig.

»Aber belassen wir's erst mal bei dieser Stippvisite«, lachte Pitkoff, der Lazals Gesichtsausdruck unschwer zu deuten verstand. »Ich denke, Sie haben einen Eindruck bekommen und wissen nun, worum es geht.«

Daraufhin kehrten beide ins Oberdeck zurück und stiegen die Treppe wieder hinunter.

Noch bevor die beiden Wachmänner auf sie zukamen, blieb Pitkoff stehen und sagte in vertraulichem Ton zu Lazal: »Sie wissen, dass das UFO-Thema hochsensitiv ist. Das heißt, jedes Wort zu viel könnte für den Betreffenden unangenehme Folgen haben!«

»Was heißt unangenehme Folgen?« hakte Lazal nach.

»Wie Sie bemerkt haben dürften, gibt es einen betriebsinternen Sicherheitsdienst. Das bedeutet, jeder Mitarbeiter wird grundsätzlich 24 Stunden rund um die Uhr bewacht! Und es gibt Agenten des OFI, des Büros für Bundesnachforschungen, die das Umfeld von klassifizierten Personen ausforschen, die angeworben werden.«

Kaum hatte er den Satz beendet, wurden sie von den Sicherheitsleuten in Empfang genommen und nach draußen begleitet.

Mit dem Bus ging es zum Ausgangsort zurück und von da aus mit dem Lift wieder unter die Erde. Vor Pitkoffs Tür machten die Wachmänner halt und der Oberst betrat mit Lazal das Zimmer. Dort legte er ihm einen Vertrag vor, der Lazal zu einem der autorisiertesten Mitarbeiter der Area machen sollte. Das Honorar war dementsprechend. Doch bevor es zur eigentlichen Vertragsunterzeichnung kam, musste Lazal noch einige ungewöhnliche Dokumente unterschreiben.

Seine neuen Arbeitgeber verlangten von ihm, dass er seine gesamten Bürgerrechte sozusagen am Eingang abzugeben hatte. In einer Fußnote des Vertrages war diese verfassungswidrige Forderung von einer Ausnahmebestimmung des Präsidenten der Vereinigten Staaten von Amerika legalisiert. Ab dem Zeitpunkt der

Vertragsunterzeichnung sollte sich Lazal auch der uneingeschränkten Überwachung aussetzen. Dazu gehörte, dass er sein Telefon freigeben und sich mit unangemeldeten Haus- beziehungsweise Fahrzeugdurchsuchungen einverstanden erklären musste.

»Sie erhalten *Special Compartmented Information*, eine der höchsten Sicherheitsfreistellungen überhaupt!« offerierte ihm Pitkoff.

»Der Sinn der Sache ist, den Zugang zu bestimmten Informationen nur auf den Personenkreis zu beschränken, der diese Informationen zur Erfüllung seiner Aufgaben unumgänglich benötigt. Das heißt, wer eine Top-Secret-Clearance besitzt, ist noch lange nicht befugt, Einsicht in jede streng geheime Verschlusssache zu nehmen. Jeder Bereich hat ein eigenes Codewort und erfordert getrennte Anweisungen, Indoktrinationen und Eide.«

»Gibt es jemanden, der über alle Passwörter verfügt?«

»Dazu ist das gesamte System zu komplex.«

Nachdem Lazal den Vertrag seines Lebens unterzeichnet hatte, erschien eine Sekretärin in gewagtem Kostüm und brachte auf einem Tablett zwei Gläser Champagner. Mit einem Lächeln überreichte sie das eine Pitkoff und das andere Lazal. Dann verschwand sie wieder durch eine Tür im hinteren Teil des Raumes.

»Willkommen im Club«, meinte der Oberst mit funkelnden Augen und erhob sein Glas.

Lazal erwiderte die Geste, wobei seine Hand vor Ergriffenheit zitterte, was er jedoch geschickt überspielte.

Nun war er dort. Inmitten der Area 51. In einer No name-Region, die es offiziell gar nicht gab, deren Vorhandensein jede Behörde bestritt und von der er wusste, dass sie von einer Regierung innerhalb der Regierung verwaltet wird. Der einzige Wermutstropfen: Eine Rückkehr ins normale Leben war nunmehr ausgeschlossen.

2

Bereits eine Stunde später, kurz nach 17 Uhr, kam Lazal wieder in Las Vegas an. Vom Flughafen bis zu seiner Dienstwohnung nahe der Tropicana-Avenue war es nur ein Katzensprung. Er ging den Weg zu Fuß. Dabei musste er noch einmal daran denken, was ihm einer der Sicherheitsmänner auf dem Rückflug erzählt hatte. Die Area, so hatte der ihm erklärt, liege ungefähr zweihundert Meilen nördlich von Las Vegas, am Groom Lake, versteckt hinter hohen Bergzügen. Diese Sperrzone umfasse ein Gebiet von vierzig mal vierzig Kilometern und werde um jeden Preis gemieden. Niemand sei befugt, in den Luftraum über diesem Gebiet einzudringen, das wegen seiner rechteckigen Form bei Fliegern unter anderem Red Square – das Rote Quadrat – genannt wird. Ganz gleich, wer die Grenze überfliege, er müsse damit rechnen, im Extremfall abgeschossen zu werden! Seit dem 11. August 1961 sei diese Zone offiziell gesperrt.

Lazal war selber erstaunt, dass er sich dieses Datum gemerkt hatte. Vielleicht, weil zwei Tage später, am 13. August 1961, zwischen Ost- und Westdeutschland eine Mauer errichtet worden war.

Noch mit diesen Gedanken beschäftigt, wurde Lazal gewahr, dass er schon seit einigen Minuten an einer prachtvollen Mauer entlang lief, die entweder zu einem Friedhof oder zu einem Park gehörte. Und direkt vor ihm die Luxorpyramide. Nun waren es nur noch wenige Meter und er hatte sein neues Zuhause erreicht, ein wunderschönes weißes Haus im Jugendstil. Darin bezog er ein luxuriöses Zweizimmerappartement mit Veranda und direktem Blick auf die Pyramide.

Doch gleich nachdem er sich eingerichtet hatte, verließ er das Haus. Das Wetter lud förmlich zu einem Stadtbummel ein. Es war ein wunderschöner Sonntag, die Sonne hing als goldgelber Feuerball dicht über dem Horizont und der Himmel war klar und blau. Beglückt schlenderte Lazal den Strip entlang, wie der Las Vegas Boulevard genannt wurde, und ließ sich im bunten Strom der Menge treiben. Irgendwann knurrte sein Magen und erinnerte ihn daran, dass er heute noch nicht zu Abend gegessen hatte.

Gleich an der nächsten Ecke erspähte er ein Buffet mit Freisitz und sogar einen freien Tisch. Er setzte sich und bestellte ein Dinner für 9,99 Dollar. Während er auf das Essen wartete und seine Blicke über den Boulevard schweiften, musste er unwillkürlich an seine Jugendzeit in Vegas denken. Das war jetzt über 25 Jahre her. Damals hatte sich seine Mutter von seinem Vater scheiden lassen und war nach Deutschland ausgewandert, wo sie einen Deutschen heiratete. Das war für ihn – Lazal – ein schwerer Schlag gewesen, zumal er noch einen Zwillingsbruder hatte, an dem er sehr hing, für den jedoch die Mutter das Sorgerecht bekam.

Lazal und sein Vater waren dann nach Los Angeles gezogen. Seitdem war Lazal nicht mehr in Las Vegas gewesen.

Jetzt, 25 Jahre später, war die Stadt nicht mehr wiederzuerkennen. Alles hatte sich verändert, alles war größer, bunter und perfekter geworden. Das einzige, was geblieben war, das waren die Spieler, die damals schon zu Tausenden die Straßen und Spielkasinos füllten.

Heute – so hatte Lazal im Reiseführer gelesen – kommen jedes Jahr 30 Millionen Besucher nach Las Vegas. 6 Milliarden Dollar werden dabei verbraten, eine utopische Summe. Alles nur für den perfekt inszenierten Traum vom schnellen Glück.

Diese Oase in der Wüste Nevadas war Lazal schon immer wie ein kitschiger bunter Traum vorgekommen. Eine Illusion inmitten des Alltags, die mit dem normalen Leben nicht viel gemein hatte. Und ähnlich verhielt es sich mit der Area, nur mit dem Unterschied, dass beide Wirklichkeiten völlig verschieden waren.

Aber was spielte das für eine Rolle, dachte Lazal. Für all die Zocker, die hier ihr großes Glück versuchten, war das die Wirklichkeit. Nichts anderes. Wahrscheinlich flackerten die Neonlichter an 365 Tagen im Jahr rund um die Uhr, begleitet vom ununterbrochenen Rattern der Spielmaschinen und dem Rollen der Roulettekugeln.

Als Lazal gegessen und bezahlt hatte, ging er weiter den Strip entlang und kam aus dem Staunen nicht mehr heraus: Da war das Treasure Island, von dem er schon gehört hatte, in dessen Lagune regelmäßig eine Piratenschlacht tobt. Dann das Mirage Resorts, vor dem abends ein künstlicher Vulkan Feuer speit und gleich neben der Luxorpyramide stand jetzt eine mittelalterliche Burg, das Excalibur Casino. Gegenüber der wohl verrückteste Prunkbau, das New York-New York, ein Supercasino als Skyline von New York. Beides kannte Lazal noch nicht. Nicht zu vergessen das legendäre Caesars Palace, der Nachbau des antiken Rom und das Grand Hotel mit eigenem Vergnügungspark und über fünftausend Zimmern!

Erst kurz vor Mitternacht kehrte Lazal in sein Appartement zurück. Beim Anblick der beleuchteten Luxor-Pyramide – für ihn Sinnbild der Geheimnisse des alten Ägypten – fragte er sich, welche Geheimnisse ihn wohl auf der Area erwarten würden. Vielleicht gab es welche, von denen er noch gar keine Ahnung hatte. Mit diesen letzten Gedanken legte er sich schlafen. Die Nacht war kurz, denn schon am nächsten Morgen um acht Uhr begann sein erster Arbeitstag auf der Area. Um sieben Uhr musste er auf dem Flughafen sein.

3

Lazal war pünktlich da. Und der erste Arbeitstag sollte auch gleich zu einem Mammuttag werden. Ein anstrengendes Programm war zu absolvieren. Jeder Abteilung musste ein Antrittsbesuch abgestattet werden. Er wurde wichtigen Leuten vorgestellt, erhielt Einweisungen und spezielle Informationen, die außer ihm nur einer Handvoll Mitarbeitern zugänglich waren. Außer dem internen Wachpersonal, Pitkoff und zwei OFI-Leuten war auch ein FBI-Mann zugegen. Bis zum späten Nachmittag ging dieser offizielle Rundgang. Dabei bekam Lazal überhaupt erst mal eine Vorstellung davon, wie groß die Area war.

Direkt durch den Groom Lake hindurch verlief eine gigantische Piste als heller Streifen in nordsüdlicher Richtung. Lazal war sich sicher, hier könnten durchaus zwei Shuttles gleichzeitig und hintereinander landen.

Nach dem Rundgang lernte er die Techniker kennen, die ebenfalls dem Projekt *Snowbird* zugeordnet waren. Er bekam – soweit man wusste – alles erklärt, was er am Vortag in Begleitung Pitkoffs nur flüchtig gesehen hatte. Erst abends um halb zehn verließ er die Halle.

Dabei wurde er Augenzeuge eines ungewöhnlichen Spektakels. Es war schon dunkel geworden und Lazal hielt Ausschau nach dem Bus. Er stand bereits da, aber Lazal sah, dass der Fahrer noch nicht drin saß. In diesem Moment tauchten hinter den kleineren Hangars die Positionslichter eines Flugobjekts auf, dessen Konturen nur schwer zu erkennen waren. Mit einem Mal hob das Objekt ab und blieb in etwa hundertfünfzig Metern Höhe über dem Gelände in der Luft stehen. Nachdem es eine Weile so schwebte, stellte sich ein orangefarbenes Leuchten ein, das langsam immer heller wurde, bis das Objekt schließlich ganz in rotes Licht gehüllt war. Es dauerte etwa zwei, drei Sekunden, bis das Leuchten volle Helligkeit erreichte. Jetzt erst hörte Lazal Fluggeräusche. Doch sie stammten nicht von dem Leuchtobjekt, sondern von mehreren Hubschraubern, die in unmittelbarer Nähe des Schauplatzes kreisten. Mehr konnte Lazal nicht sehen.

»He, Sie!«, rief eine Stimme. »Kommen Sie, wir wollen hier nicht übernachten!«

Es war ein Wachmann, der Lazal mit zwingender Geste signalisierte, dass er einsteigen sollte. Denn inzwischen hatte sich der Busfahrer mit vier weiteren Mitarbeitern samt Wachpersonal eingefunden.

Auf der Rückfahrt ließ Lazal das Gesehene nicht in Ruhe. Wie viele Projekte gab es hier eigentlich? Ihm fielen die UFO-Sichtungen in Belgien ein. 1990 waren über Lüttich dreieckförmige Flugobjekte gesichtet worden. Von Tausenden Menschen! Diese angeblich leise summenden 'Fliegenden Dreiecke' sollen utopische Flugeigenschaften an den Tag gelegt haben und in der Lage gewesen sein, unbewegt in der Luft zu verharren, um dann in nicht nachvollziehbarer Weise zu beschleunigen und am Himmel zu verschwinden. Die belgische Luftwaffe hatte seinerzeit diese Vorfälle bestätigt. Piloten, die zu Verfolgungsjagden gestartet waren, hatten beobachtet, wie Strahlen von der Unterseite der Objekte ausgingen, ohne dabei den Boden zu erreichen. Sie wirkten angeblich wie in der Luft abgeschnitten, wie feste Säulen aus Licht.

Auf eine Andeutung Lazals hin kam er mit seinem Nebenmann ins Gespräch, der ihm beiläufig erklärte, dass er eine Special Operation gesehen hätte. Er erzählte ihm auch, dass die Hubschrauber, die bei jeder Operation dabei sind, nur eine Aufgabe haben: nämlich das geheime Flugzeug sofort abzuschießen, falls sich der Pilot dazu entschließen sollte, die Area zu verlassen.

Die folgenden Tage brachten viele neue Einsichten und Erkenntnisse. Aber nicht nur in technischer Hinsicht. Unterm Strich bekam Lazal mit – und das beunruhigte ihn sehr –, dass ein starker psychischer Druck auf allen lastete, die am *Snowbird*-Projekt beteiligt waren. Auf je einen Wissenschaftler kamen drei Wachleute. Unterhaltungen waren weitgehend verboten und Einschüchterungen standen auf der Tagesordnung. Lazal wurde überallhin begleitet. Sogar auf der Toilette war ein Sicherheitsmann zugegen. Und das, obwohl in jedem Winkel Überwachungskameras hingen. So schwand seine anfängliche Euphorie dahin wie Eis in der Sonne.

Hier konnte weiß der Geier was geschehen. Keiner würde es je erfahren. Lazal musste an die Gerüchte denken, dass viele Kinder Jahr für Jahr für alle denkbaren und undenkbaren Versuchszwecke hierher verschleppt würden. Angeblich sollte auch das Aids-Virus von hier stammen. Er bekam mehr und mehr ein schlechtes Gewissen, litt an Schlafstörungen, Verfolgungswahn und Depressionen. Er schlich sich zu einem Psychologen, der ihm Psychopharmaka verschrieb und ihm dringend riet, eine Auszeit zu nehmen. Doch Lazal allein wusste, dass das nicht möglich war. Selbst wenn, man würde ihn dann nur noch mehr beschatten als vorher. Wie er es auch drehte und wendete, er blieb isoliert und von der Außenwelt abgeschnitten.

Nach sechs Wochen konnte er diese Atmosphäre keinen Tag länger ertragen. Für kein Geld der Welt. Er schmiss den Job hin und kündigte. Doch wie bei jedem anderen Vertrag gab es Kündigungsfristen. Zudem unzählige Klauseln und Sicherheitsvorschriften. Lazal begriff, dass er viel zu tief in einem Netz von Sicherheitsbestimmungen und Ausnahmeregelungen verstrickt war. Man ließ ihn nicht gehen. Er war zu einem viel zu hohen Sicherheitsrisiko geworden.

Ein erster Versuch, zu entkommen, scheiterte kläglich. Lazal kam nicht einmal dazu, seinen Flug in die Freiheit zu buchen. Schon beim Betreten des McCarran-Flughafens wurde er von zwei OFI-Leuten abgefangen und zurückgeschickt. Er wusste, dass er rund um die Uhr bewacht wurde. Und er wusste ebenso, dass er in Las Vegas nicht die Spur einer Chance hätte, irgendwo unterzutauchen.

Dann ergab sich unverhofft eine neue Fluchtmöglichkeit, die Lazal für äußerst aussichtsreich hielt. Denn das Back-Engineering-Team bekam einen Ausflug nach Las Vegas gesponsert, zu einer Varieté-Veranstaltung ins Treasure Island. Da Lazal wusste, dass in Vegas Tausende Schauspieler unterwegs waren, die nicht alle dort wohnten, sondern von denen der größte Teil ständig auf Axe war, spielte er mit dem Gedanken, dort unterzutauchen, sich in irgendwelchen Utensilienkoffern oder Kisten zu verstecken und auf diesem Weg, außer Landes zu gelangen. Damit dieser Plan funktionierte, musste er es irgendwie schaffen, mit ein, zwei Schauspielern Kontakt aufzunehmen, ihnen zu erklären, worum es ging und sie dazu zu bewegen, ihm zu helfen. Ein Versuch war es auf jeden Fall wert.

4

An einem schwül-heißen Maiwochenende wurden Lazal und seine drei Kollegen nach Las Vegas geflogen. Mit einem Taxi fuhren sie bis zum Treasure Island Hotel, das direkt am Las Vegas Boulevard liegt. Kurz vor 20 Uhr war das Nachtleben bereits voll im Gange und das Casino war fast voll. Nur vereinzelt gab es noch ein paar freie Plätze. Lazal und seine Kollegen nahmen nebeneinander in der ersten Reihe des Parketts Platz. Dann begann die Vorstellung.

Zunächst kam ein Clown mit gelber Melone in karierten Hosen und Lackschuhen auf einem ganz gewöhnlichen Fahrrad auf die Bühne geradelt. Zu den Klängen eines Foxtrotts beschrieb er zunächst einen Kreis. Dann ließ er, nur auf dem Hinterrad fahrend, die Füße oben kreisen und schraubte währenddessen das Vorderrad ab, trudelte damit in die Kulissen und setzte schließlich seine Fahrt fort, indem er die Pedale mit den Händen kurbelte.

Auf einem hohen Metallmast, oben ein Sattel und unten ein kleines Rad, rollte eine üppige Blondine im silbernen Trikot auf die Bühne und fuhr im Kreis. Jedes Mal, wenn der Clown ihr begegnete, stieß er Begrüßungsrufe aus und nahm mit den Füßen die Melone ab.

Zum Ende der Darbietung rollte ein etwa zehnjähriger Bengel mit Greisengesicht herein und flitzte auf einem winzigen Zweirad, an dem eine gewaltige Autohupe befestigt war, zwischen den Erwachsenen hindurch. Nachdem die Artisten unzählige Achten gefahren waren, rollten sie unter Trommelwirbel ganz nah an die Rampe heran, sodass die Zuschauer in den ersten Reihen erschrocken zurückwichen. Dann ertönte das Kommando »Ab!« und die drei sprangen von ihren Rädern, verbeugten sich, wobei die Blondine dem Publikum Kusshände zuwarf und der Liliput seiner Hupe quäkende Töne entlockte.

Das war gewissermaßen der Auftakt, denn auf der Bühne erschien nun der Conférencier des Abends, ein großer Kerl von typisch amerikanischem Zuschnitt mit schwarzem Frack und weißen Zähnen, der einen der besten Zauberer der Welt ankündigte, der schon die unglaublichsten Dinge vollbracht hätte.

»Meine Damen und Herren!«, rief er in klassischer Cabaret-Manier. »Hier ist der große Baldini!«

Im nächsten Moment erschien Baldini, ein eher kleiner Mann mit südländischem Aussehen.

Er begrüßte das Publikum und versetzte es umgehend in Erstaunen, indem er behauptete, einem Finanzdirektor aus der siebenten Reihe wäre soeben seine goldene Taschenuhr abhanden gekommen, die er unterm zugeknöpften Jackett in der Westentasche an einer festgeschlungenen Kette getragen hätte.

Der Betreffende griff sich unwillkürlich an den Bauch, wobei alle Anwesenden, die das sehen konnten, ein »Ah« hören ließen und der Mann ächzte beifällig.

»Aber Sie haben Glück im Unglück«, rief Baldini. »Denn ich weiß, wer Ihnen die Uhr entwendet hat!«

Während er das sagte, stellte er sich vor Lazal hin und sah ihn mit durchdringendem Blick an. Dann fuchtelte er mit seinen Fingern vor Lazals Augen herum und zog auf einmal hinter seinem linken Ohr die goldene Taschenuhr hervor.

Ein Raunen ging durch den Saal und Baldini schritt mit der Uhr auf den Finanzdirektor zu.

»Ihre Uhr?«, fragte er mit breitem Grinsen und gab ihm sein Eigentum zurück.

Nun gut, dachte Lazal. Diese Kunststückchen gehören zum Einmaleins eines jeden besseren Zauberers. Selbst wenn er zwei, drei Kaninchen aus seinem Zylinder gezaubert hätte, wäre das nichts Besonderes gewesen. Doch es ging weiter. Als Nächstes bat der Zauberer eine Dame mit einem Tattoo auf die Bühne. Es war, wie zweifelsfrei zu erkennen war, ein großer bunter Schmetterling, der den gesamten Rücken der Dame zierte. Der Zauberer vollführte einige geschmeidige Handbewegungen, wobei er ein schwarzes Seidentuch über den Schmetterling warf, und augenblicklich war das Tattoo vom Rücken der Dame verschwunden und stattdessen flatterte ein echter Schmetterling von der Bühne in den Saal. Ein Raunen ging durch die Reihen, Köpfe reckten sich. Der Zauberer verließ die Bühne, fing den Schmetterling, der sich auf eine Lampe an der hintersten Bankreihe gesetzt hatte, wieder ein und kehrte zur Dame ohne Tattoo zurück. Dort umhüllte er sie und den Schmetterling mit dem schwarzen Tuch, stieß dabei einen Schrei aus und schon im nächsten Moment war das Tattoo wieder an seinem Platz und der Schmetterling verschwunden.

Baldini blickte ins Publikum, das unter dem Eindruck des wieder aufgetauchten Tattoos verblüfft schwieg. Eine Frau neben Lazal flüsterte begeistert: »Klasse!« Erst dann gab es rasenden Beifall.

Als wieder Ruhe eingekehrt war, schnippte Baldini mit den Fingern und griff aus der Luft ein Kartenspiel, mischte es und ließ es als langes Band schwungvoll hin- und herschnellen. Eine ganze Weile tanzten die Karten wie von unsichtbarer Hand geführt durch die Luft, bis er schließlich den Mund weit aufsperrte und eine Karte nach der anderen verschluckte, was ihm ungeheuren Beifall einbrachte.

Dann zeigte er ins Parkett und erklärte: »Das Kartenspiel, meine sehr verehrten Damen und Herren, befindet sich jetzt unter Ihnen. Bei einem Herrn in der 13. Reihe.«

Er machte eine wohlbedachte Pause und die Zuschauer ließen neugierig ihre Blicke schweifen.

»Und zwar bei Herrn Biedermann, um genau zu sein. Es steckt zwischen einem Kontoauszug von Lehman Brothers und einer gerichtlichen Vorladung in Sachen Steuerhinterziehung.

Im Saal entstand auf einmal Bewegung, die Zuschauer reckten die Hälse und schließlich holte ein Mann, der tatsächlich Biedermann hieß, knallrot vor Scham, das Kartenspiel aus der Jackentasche.

»Alter Hut«, tönte es vom Rang. »Der gehört mit dazu.«

»Meinen Sie?« entgegnete Baldini. »Dann gehören Sie auch dazu, denn Sie haben das Kartenspiel in der Tasche.«

Im Rang kam Bewegung auf und eine aufgeregte Frauenstimme rief: »Stimmt! Er hat's – hier! Hier ist es!«

»Die gehören alle dazu!«, rief eine Stimme und Baldini erwiderte: »Nun gut. Dann gehören eben alle dazu – das gesamte Publikum!«

Zunächst begriff noch keiner im Saal die Tragweite dieser Behauptung. Doch schon einen Augenblick später kam Unruhe auf, weil ein jeder in seinen Taschen wühlte und tatsächlich ein Kartenspiel hervorholte. Auch Lazal fand in seiner Jackentasche ein Kartenspiel, das sich von dem seines Nachbarn in keiner Weise unterschied.

»Geht das auch mit Dollarnoten?« ertönte wieder die Stimme, die Baldini des Betrugs bezichtigt hatte.

»Nichts leichter als das«, meinte Baldini. Und mit einer einladenden Geste streckte er seine Hände in die Höhe und gab das Kommando: »Auf die Plätze ... fertig ... los!«

Bei los! rumste es, so als wäre irgendwo im Haus ein Geschoss eingeschlagen und sofort flatterten unzählige Papierscheine von der Decke auf das Publikum herab. Sie drehten sich, segelten zur Seite und landeten zunächst auf den Rängen. Dann erreichte der Geldregen die Parkettreihen und die Zuschauer haschten nach den Scheinen. Hunderte von Händen reckten sich, hielten die Scheine gegen die Bühnenbeleuchtung und jeder konnte sehen, dass sie echt waren. Hinzu kam der typische Geruch frisch gedruckten Geldes, der keinen Zweifel aufkommen ließ. Es handelte sich um nagelneue Einhundertdollarscheine! Verblüffung und Ausgelassenheit erfasste das Theater. Überall hörte man erstaunte Rufe und fröhliches Gelächter. Viele hatten sich auf die Sitze gestellt, um die Scheine abzufangen, andere krochen zwischen den Sitzreihen herum und stopften sich die Taschen voll, wieder andere stritten sich um die Scheine, obgleich ständig neue von der Decke fielen. Die allgemeine Erregung nahm schließlich überhand und bald schien der ganze Saal kopfzustehen.

Diesen Moment nutzte Lazal, der auch ein paar Dollarscheine eingesteckt hatte, um im Schutze des Tumults das Theater unbemerkt zu verlassen.

Schnell hatte er herausgefunden, wo sich die Umkleidekabinen der Schauspieler befanden. Da mehrere Veranstaltungen gleichzeitig stattfanden, waren fast alle Darsteller auf der Bühne, außer zwei, die Lazal vertrauenswürdig erschienen und denen er kurz entschlossen sein Ansinnen vortrug. Sie hatten auch sofort eine Idee, wer für den Schmuggel infrage käme. Der Mann hieße Leonardo, sei Italiener und hätte immer drei große Koffer bei sich. Ihres Wissens würde er heute Abend abreisen. Mit dem Auto. Er hätte einen großen Bus.

Das klang alles sehr gut. Noch dazu sollte er bereits in einer knappen Stunde mit seinem Auftritt fertig sein. Wenn alles so klappte, dachte Lazal, dann hätte er eine gute Chance, zu entkommen, auch wenn er nicht wusste, wie schnell die Kollegen sein Verschwinden melden würden.

Sie meldeten es ziemlich schnell. Und für die Sicherheitsleute war es ein Leichtes, über Lazals Handy herauszufinden, wo er steckte. Es war ein jämmerliches Gefühl, als er aus Leonardos Koffer stieg. Er musste an die Kontrollen an der innerdeutschen Grenze denken, wo es auf den Transitwegen genauso zugegangen war. Und nun? Nun durfte er wieder endlose Erklärungen abgeben und Belehrungen über sich ergehen lassen. Doch schon eine Woche später verlief wieder alles in den gewohnten Bahnen. Äußerlich. Innerlich war Lazal mehr denn je dazu entschlossen, von hier weg zu kommen.

So hatte er über einen Dritten, er hieß Edelman, erfahren, dass es in Hangar 13 eine Türe gab, die nach draußen führte. Von dort käme man über einen Hinterausgang direkt in die Wüste. Früher sei dort eine Laderampe gewesen, aber irgendwann hätte ein Erdrutsch den Zugang erschwert, weswegen das Gebiet gesperrt wurde. Das klang alles plausibel und Lazal hatte vor, gleich Montagmorgen diesen Weg zu erkunden.

Da er montags immer erst mittags mit der Arbeit anfing, hatte er einen halben Tag Vorsprung, wichtige Stunden, in denen niemand auf die Idee käme, ihn zu suchen. Schon kurz vor acht machte er sich auf den Weg zum Hangar 13. Dort positionierte er sich etwa zehn Meter entfernt von der Türe, die Edelman beschrieben hatte. Lazal vergewisserte sich noch einmal, dass es auch die richtige Tür war und dann, in einem Moment, wo er sich sicher war, dass ihn niemand beobachtete, ging er direkt darauf zu, drückte die Klinke herunter, die Tür öffnete sich und er verschwand schnell im Innern.

5

Um ihn herum war völlige Dunkelheit und ein angenehmer, sehr intensiver Duft lag in der Luft – eine Mischung aus Lavendel und Rosmarin. Für Sekunden war Lazal wie benommen. Vielleicht waren es auch Minuten, denn er hatte für einen Moment das Zeitgefühl verloren. So verharrte er eine ganze Weile auf der Stelle, und erst als der Duft verflogen war und Lazal wieder klar denken konnte, schaltete er die Taschenlampe seines Handys ein. Dabei zuckte er vor Schreck zusammen, denn im ersten Moment sah er sich von mehreren Personen umstellt. Doch diese Personen waren nichts anderes als er selber. Offenbar befand er sich in einem langen Gang mit Spiegelwänden. Auch an der Decke und am Boden waren Spiegel angebracht, und zwar so, dass Lazal keine Kanten oder Fugen erkennen konnte. Erst jetzt fiel ihm auf, dass noch etwas anderes in diesem Spiegelkabinett nicht stimmte. Er sah nie sein Gesicht, sondern immer nur seinen Hinterkopf. Noch dazu entstand der Effekt des Spiegels im Spiegel, sodass Lazal eine unendliche Folge seiner selbst vor sich hatte, die in die gleiche Richtung blickte. Aber nur, wenn er seinen Kopf zur Seite drehte. Direkt vor ihm war niemand. Nur die Tiefe des Gangs, die er etwa zehn Meter überblicken konnte, so weit das Licht seiner Lampe reichte. So lief er eine Weile geradeaus, wobei ihm rechts und links zwei Reihen seiner Spiegelbilder folgten, die genau dasselbe taten. Je nachdem, wohin er schielte, sah er eine unendliche Folge seines rechten beziehungsweise linken Profils.

Für einen Moment geriet Lazal in Panik. Wirre Gedanken schossen ihm durchs Hirn. Wo in Gottes Namen war er hier reingeraten? Was, wenn er hier nie wieder raus käme? Das Ganze erweckte in ihm den Eindruck einer psychedelischen Folterkammer.

Um nicht weiter denken zu müssen, lief er immer geradeaus den Gang entlang, ohne in der Raumgeometrie eine Änderung zu bemerken. Es gab weder Abzweigungen noch irgendwelche Öffnungen in den Wänden oder Anzeichen dafür, dass sich dahinter eine Tür befand. Auch fand er nirgendwo einen Lichtschalter oder irgendwelche Berührungsdisplays. Dann passierte etwas Unheimliches! Lazal fiel ein, dass er bis jetzt nicht auf die Idee gekommen war, das Material der Wände zu begutachten. Einfach deshalb, weil ihm klar zu sein schien, dass es aus Spiegelglas bestand. Doch wie erschrocken war er, als er die Spiegelwand berühren wollte und seine Hand ins Leere griff!

Nun gut, dachte Lazal, als sein Puls wieder Normalfrequenz erreicht hatte. Wenn es so ist, wie es ist, dann müsste ich meinen unmittelbaren Nachbarn berühren können. Also streckte er noch einmal seine rechte Hand aus und berührte den anderen mit den Fingern. Lazal spürte sofort, dass sein Ebenbild echt war. Er überlegte. Da der Gang eine Breite von etwa zwei Metern hatte und er mit ausgestreckten Armen die scheinbaren Spiegelwände berühren und sogar einige Zentimeter durchdringen konnte, musste es möglich sein, die Hände seiner Nachbarn zu ergreifen. Schon streckte Lazal beide Arme aus, wobei er sah, dass die anderen dasselbe taten. Er versuchte, die Nebenmänner noch etwas an sich heranzuziehen, sodass er deren Hände fassen konnte, was ihm tatsächlich gelang. Jetzt konnte er zu beiden Seiten die Reihen seiner Doppelgänger erblicken, die sich alle an den Händen hielten. Diese Situation hatte etwas derart Makabres, aber ebenso Verbindendes und Erhebendes, dass Lazal zuerst nicht wusste, ob er nur verblüfft oder schockiert sein sollte.

Dass Letzteres nicht der Fall war, hatte damit zu tun, dass Lazal durchaus das Phänomen kannte, das er gerade durchlebte. Theoretisch zumindest. Dabei handelte es sich um das Phänomen des Hypertorus, bei dem Licht den Torus in zwei Richtungen durchläuft. Dies, so dachte Lazal, hätte ihm jedoch auch vor und hinter sich eine unendliche Reihe seiner Person bescheren müssen. Da dem nicht so war, so schlussfolgerte er weiter, mussten hier noch andere Mechanismen wirken. Doch ganz gleich, welche, sie hatten herzlich wenig mit klassischer Physik zu tun.

Gerade als ihm diese Gedanken durch den Kopf schossen, gewahrte er mit einem Mal eine Abzweigung des Ganges im rechten Winkel zur Peripherie. Kurz entschlossen ging Lazal diesen Gang entlang und nun sah er, dass in regelmäßigen Abständen weitere Gänge abzweigten. Bald bestand kein Zweifel mehr, dass er sich inmitten eines Labyrinths befand, dessen Ausmaße er noch nicht absehen konnte.

Nachdem er eine Stunde lang umhergeirrt war, ohne ein System zu erkennen, hatte er den Eindruck, wieder am Ausgangspunkt angekommen zu sein. Diesmal legte er dort ein Zellstofftaschentuch hin und ging den Weg erneut bis zu der Stelle, wo der Gang im rechten Winkel abzweigte. Doch diesmal endete der Gang abrupt. Allerdings konnte Lazal erkennen, dass sich am Ende eine Öffnung im Boden befand, die eine Treppe vermuten ließ. Als Lazal an der Stelle ankam, fand er tatsächlich eine Treppe vor. Er leuchtete mit der Lampe nach unten und sah, dass die Stufen in halsbrecherischem Winkel in die Tiefe führten. Das Glas, aus denen sie bestanden, unterschied sich vom Material der Böden und Decken. Es war offenbar verspiegeltes Farbglas, leicht smaragdgrün, sodass man die einzelnen Stufen besser erkennen konnte. Dennoch musste Lazal beim Hinabsteigen höchste Konzentration aufbringen. Ein einziger Fehltritt, das war ihm klar, konnte unter diesen Umständen sein sicheres Ende bedeuten. Selbst die alleinige Besteigung eines Sechstausenders wäre nicht wesentlich gefährlicher. Hier unten würde ihm niemand helfen können. Das Antennensymbol seines

Handys zeigte keinen einzigen Balken. Nur Notrufe. Und die konnte er sich ja wohl sparen.

Lazal trat durch die Öffnung, den Lichtkegel auf die Stufen gerichtet. Etwa drei, vier Meter stieg er langsam nach unten. Doch mit einem Mal stoppte er. Ihm war, als hätte er etwas gehört. Wahrscheinlich ein Geist, dachte er noch, aber mehr, um sich zu zerstreuen. Er wusste selber, dass auch solche Undinge im Bereich des Möglichen lagen. Just in dem Moment fing das Licht seines Handys an zu flackern. Dann, mit einem Mal, ging es ganz aus und Lazal bekam einen solchen Schreck, dass er das Gleichgewicht verlor und nach unten rutschte. Darauf folgten ein Schrei und ein kurzes dumpfes Poltern. Dann war es still.

Lazal fand sich am Boden liegend wieder. Sein Handy lag etwa drei vier Meter von ihm entfernt, die Lampe war an. Er verspürte einen leichten Schmerz im Gesäß und im rechten Knie, was in Anbetracht seines Sturzes eine Bagatelle war. Normalerweise hätte er sich sämtliche Knochen brechen können. Langsam, denn der Schreck saß ihm noch in den Gliedern, rappelte er sich auf und nahm seine Lampe wieder an sich, die jetzt einen viereckigen Raum erhellte, von dem insgesamt sechs Gänge abzweigten.

Lazal nahm ohne zu überlegen den Gang geradeaus. Schon nach einigen Metern zeichneten sich im spärlichen Lichtkegel weitere Treppenstufen ab, die nach unten führten. Doch während er nach unten stieg kam es ihm so vor als würde er gar nicht nach unten steigen, sondern eher nach oben. Lazal musste an die Bilder von M. C. Escher denken, von denen er in seiner Studienzeit so angetan war. Sie befassten sich fast ausschließlich mit der Geometrie des Raumes oder besser: mit der Illusion des Raumes an sich. Dabei sah er das Bild *Treppauf, treppab* vor sich, das eine Treppe zeigte, die weder einen Anfang noch ein Ende hatte und die weder nach oben noch nach unten führte. Lazals Knie zitterten. Er musste an Sarah denken, an seine verstorbene Frau. Er hörte sie auf einmal sprechen, so als käme sie von ganz weit her, aus einem schier endlosen Tunnel. Ganz leise nur. Dann kamen ihm Tränen und er fing plötzlich an zu schreien und wie ein Wahnsinniger gegen die Wand zu schlagen. Zuerst mit den Fäusten, dann mit den Füßen. Es war sinnlos. Völlig erschöpft sackte er zusammen und blieb schluchzend, mit dem Gesicht nach unten, auf dem Boden liegen.

»Diese Verbrecher«, stammelte er. Er begriff, dass er einen kapitalen Fehler begangen hatte, einen Fehler mit katastrophalen Folgen, der nicht mehr rückgängig zu machen war. Er hatte die Situation total unterschätzt, war naiv gewesen wie ein Kind, das Räuber und Gendarm spielt, nur mit dem Unterschied, dass dies kein Spiel war, sondern bitterer Ernst. Nun saß er in der Falle und vielleicht würde er nie mehr hier rauskommen, nie mehr das Tageslicht sehen und in spätestens vier Tagen tot sein. Diese Gewissheit machte ihn ohnmächtig. Es war das Unabänderliche dieser Tatsache, das sich wie ein Messer in seine Seele schnitt. So hatte er sich das Ende nicht vorgestellt. Lebendig begraben! Damit hatte er sich abzufinden. Nicht früher oder später. Sondern jetzt. Er musste das akzeptieren, ob er wollte oder nicht.

Er spürte, wie Angst in seinem Körper hochkroch und sich um seinen Hals legte wie eine tödliche Schlinge. Es war jene unbeschreibliche Angst vor dem Tode, die jeden befällt, dem es ans Leben geht.

Zwar gibt es eine Theorie, die besagt, Angst könne nur durch das Objekt der Angst besiegt werden. Die Angst vor Spinnen zum Beispiel durch Berühren einer Spinne, die Angst vorm Fliegen durch eine Flugausbildung. Aber die Angst vor dem Tod? Durch den Tod? War man in Anbetracht des eignen Todes überhaupt zu einer anderen Ahnung fähig, als der des Todes?

Diese Gedanken durchlebte Lazal nun in schier endlosen, verzweifelten Sekunden. Doch danach schlug seine Angst um in Wut. Man nahm also einfach in Kauf, ihn hier drin verrecken zu lassen, damit die Wahrheit nicht ans Licht kam. Was waren das nur für Schweine. Das waren keine Menschen.

Er musste an die Besatzung eines gekenterten russischen Atom U-Bootes denken, die man im Nordmeer genauso verrecken ließ, nur um keine unliebsamen Fragen beantworten zu müssen. Nur aus Furcht vor Verantwortung, aus Angst vor der Wahrheit.

Doch dann sagte er sich, egal, was passiert, du wirst es überstehen. Du musst dir immer wieder sagen, egal, was passiert, du wirst es überstehen. Das war der einzig wichtige Gedanke. Lazal fiel seine Jugendfreundin Jutta ein, die um einiges älter war als er. Sie hatte den Krebs überwunden, einfach so, indem sie sich gesagt hatte, dass das, was geschieht, nicht ihr geschieht, sondern dass es einfach nur geschieht. Damit hatte sie ihren Zustand entpersonifiziert und ihm jegliche Bedrohlichkeit und Schwere genommen.

Was würde er tun, wenn er am Verdursten war? Er hatte davon gehört, dass man durchs Trinken des eignen Urins noch ein paar Tage länger überleben kann. Und so kreisten seine Gedanken weiter um ein Zentrum, das im Innersten so schwarz war wie ein schwarzes Loch, aus dem es kein Entkommen gab. Eine ganze Weile lag er da, wie gelähmt, seine Blicke starr auf den Boden gerichtet. Der Lichtkegel der Lampe verlor sich irgendwo in der Tiefe des Raumes.

Irgendwann nach einer viertel Stunde, vielleicht war es auch eine halbe, denn die Zeit schien nicht mehr zu existieren. Also nach einer unbestimmten Zeitspanne vernahm Lazal ein kurzes, dumpfes Geräusch, so als hätte jemand in einem weit entfernten Raum eine Tür zugeschlagen. Danach herrschte wieder absolute Stille. Lazal sah ein, dass es sinnlos war, einfach nur apathisch rumzuliegen und auf das Ende zu warten. Er musste etwas tun, auch wenn es noch so abwegig erschien. Vielleicht war gerade das sein Ausweg.

Doch gerade, als er sich aufraffen wollte, ließ das Licht seiner Lampe rapide nach, wurde zusehends schwächer. Einmal noch flackerte es auf. Dann war es dunkel.

Es dauerte eine ganze Weile, bis diese Dunkelheit von Lazal Besitz ergriff. Wie ein schwarzes Tuch legte sie sich auf seine Seele und hüllte sie ein. Selbst die finsterste Nacht war nicht finster genug, um annähernd diese Dunkelheit zu beschreiben. Absolute Schwärze herrschte. Ohne Gnade. Ohne Hoffnung. Denn worauf sollte er noch hoffen? Auf ein Wunder?

Lazal ertappte sich dabei darauf zu hoffen, dass sie ihn hier rausholen würden. Vielleicht wollten sie ihm nur einen Schreck einjagen. Sie konnten ihn doch nicht einfach so verrecken lassen. Doch gleich darauf wurde ihm bewusst, dass das Ganze kein Spiel mehr war und sie sehr wohl konnten. Das war immer noch das Einfachste. Keine Erklärungen, keine Rechtfertigungen. Wo kein Kläger, da kein Richter. So einfach ist das.

Doch mit solchen Gedanken, das wusste Lazal, fegte er seine Hoffnungen weg wie der Wind ein welkes Blatt. Noch dazu machte er sich abhängig vom Außen. Und darauf konnte er keine Sekunde bauen. Also musste er den Blick nach innen richten. Die Dunkelheit würde ihm reichlich Gelegenheit bieten. Ist es nicht so, dass

Blinde einen ausgesprochenen Sinn für all das entwickeln, was nicht sichtbar ist? Ihre Stärke liegt doch gerade darin, viel mehr auf Feinheiten zu achten, die bei Betrachtung mit bloßem Auge verloren gehen.

Demzufolge musste er aus der Not eine Tugend machen. Erst recht, wenn ihm nicht mehr viel Zeit blieb.

Also setzte Lazal, als er sich an die Dunkelheit gewöhnt hatte, in kleinen Schritten einen Fuß vor den anderen und tastete sich auf diese Weise immer geradeaus den Gang entlang. Irgendwann passierte es dann, was ganz natürlich war, dass er in der völligen Dunkelheit die Orientierung verlor und plötzlich neben sich die Wand spürte, die sich jetzt auf einmal wie eine richtige Wand anfühlte. Zumindest erweckte sie diesen Eindruck. Lazal dachte daran, dass die Vorstellung von Festigkeit nur ein physikalisches Konstrukt ist – keinesfalls real. So wie die Illusion von Farbe nur durch Licht entsteht und dadurch, dass unser Verstand jeden Tag bestimmte Farben wahrnimmt und sie – zum Beispiel beim Grün des Rasens – als immanenten Bestandteil wertet. Farblosen Rasen gibt es für den Verstand nicht. Doch im Grunde ist der Rasen farblos. Das Grün entsteht erst, wenn seine Oberfläche Licht mit grünem Spektrum reflektiert. Nicht anders, so vermutete Lazal, verhielt es sich mit der Wand neben ihm. Jetzt, wo kein Licht mehr da war, waren die Spiegeleffekte verschwunden und die Wände hatten materielle Gestalt angenommen.

Unglaublich, dachte er, als er mit der Hand über die ebene Oberfläche fuhr. Dieses Labyrinth, davon war er jetzt überzeugt, war magisch. Es hing auf irgendeine Weise mit seinem Bewusstsein zusammen. Doch auch diese Erkenntnis half ihm nicht wirklich weiter. In mühseliger Kleinarbeit tastete er die Wände ab, Meter für Meter. Immer auf der Suche nach Auffälligkeiten an der Oberfläche. Jedoch vergebens. Zwar hatte er einmal sogar eine Stelle entdeckt, die durch zwei eingearbeitete Fugen den Eindruck erweckte, auf irgendeine Weise beweglich zu sein. Aber auch hier: nichts. Das zerrte gewaltig an den Nerven. Hinzu kam der Durst.

Nach vielen Stunden vergeblichen Suchens ging er schließlich völlig erschöpft zu Boden. Kurz darauf überrumpelte ihn tiefer Schlaf.

6

Als Lazal erwachte, wusste er zuerst nicht, wo er war. Er blinzelte mehrmals, immer wieder, aber ganz gleich, ob er die Augen öffnete oder schloss, es blieb stets dunkel. Er begriff nicht, woran das lag. Für Sekunden war er verwirrt und wie benommen. Schon übermannte ihn ein Gefühl von Panik und er wollte schreien. Doch dann, mit einem Schlag, war er wach und die Wirklichkeit hatte ihn wieder.

Eine ganze Weile blieb er noch liegen, um sich an die Dunkelheit zu gewöhnen. Es gelang nur schwer. Wie lange mochte er geschlafen haben? Es kam ihm ewig lange vor. Er drückte den Beleuchtungsknopf seiner Armbanduhr und las: Mittwoch, 28. Mai 2014. Aber was spielte das noch für eine Rolle.

Fürchterliche Gedanken quälten ihn und trieben ihm das Blut durch die Adern. Und wieder kam die Angst. Er konnte nichts dagegen tun. Es war die Angst vor dem Ende, jene maßlose Angst vor dem Tod.

Lazal wollte Sarahs Namen rufen, doch kein Laut kam über seine Lippen. Irgendetwas schnürte ihm die Kehle zu. Reflexartig streckte er die Hand zur Seite, tappte jedoch ins Leere. Ein Schauer durchfuhr ihn. Wo war Sarah?

Wieder überfiel ihn diese fürchterliche Angst. Diesmal noch schlimmer als zuvor. Jetzt fühlte er sich ausgestoßen, völlig isoliert und allein gelassen. O Gott, dachte er. Wenn schon sterben, dann nicht so. Um Himmels willen nicht allein.

Instinktiv drückte er noch mal den Beleuchtungsknopf seiner Armbanduhr und erst jetzt nahm er wahr, dass dieses spärliche Licht auch eine Wirkung auf den umgebenden Raum hatte. Zwar nur eine ganz minimale. Aber immerhin, er konnte mit einem Knopfdruck tatsächlich etwas bewirken. Für ein, zwei Sekunden tauchten Umrisse auf, die Lazal beim ersten Mal noch nicht zu deuten wusste. Auch beim zweiten Mal konnte er nicht wirklich etwas erkennen. Zu schnell waren ein paar Konturen auf- und sofort wieder untergetaucht. Aber er war sich jetzt sicher, etwa ein, zwei Meter neben sich irgendetwas auf dem Boden wahrgenommen zu haben. Lazal schnallte seine Armbanduhr ab und drückte noch einmal den Beleuchtungsknopf. Dabei stockte ihm der Atem. Das, was dort lag, war ein menschlicher Körper. Wie ein Toter lag er da.

Das Ganze hatte etwas derart Gespenstisches, dass Lazal beim Versuch, mit dem Uhrdisplay das Gesicht der Person zu beleuchten, vor Schreck zurückwich. Als er noch einmal den Lichtknopf betätigte, hätte er fast einen Schrei ausgestoßen, aber auch diesmal versagte ihm die Stimme. Dieser Mensch, der da lag, war Sarah.

Lazal war außer sich. Was ging hier vor? Dann kam wieder die innere Stimme, die sagte: Bleib ganz ruhig, das war nicht real, alles wird vorbei gehen, alles wird gut. Doch sofort gewann sein Verstand wieder die Oberhand, der sagte: Aber es war Sarah, eindeutig Sarah. Wie kam sie hierher? Lazal rappelte sich auf und trat instinktiv einen Schritt zurück. Dabei spürte er hinter sich die Wand. Voller Entsetzen stemmte er sich mit dem Rücken dagegen, als wollte er in sie eindringen und sich heimlich davonstehlen. Doch ein Schauder überkam ihn, als er spürte, wie die Wand hinter seinen Schultern nachgab. Es war nicht viel, aber deutlich genug, um sicher zu sein, dass es keine Einbildung war.

Und mit einem Mal regte sich in ihm ein unklarer Gedanke, so etwas wie ein Hoffnungsschimmer. Das konnte kein Zufall sein. Er drehte sich um und drückte mit beiden Händen gegen die Stelle. Und tatsächlich! Der obere Teil der Wand ließ sich nach hinten verschieben. Lazals Herz raste. Wie ein Süchtiger, der nach seinem Stoff lechzt und mit zitternden Händen die Nadel führt, so nahm er all seine Kräfte zusammen und stemmte sich gegen die Wand. Schon hatte er sie eine Handbreit verschoben, dann schließlich so weit, wie seine Ellenbogen reichten. Und mit einer letzten Kraftanstrengung, getrieben vom Mut der Verzweiflung, schaffte er es, die Wand gänzlich nach hinten zu schieben, bis er plötzlich keinen Widerstand mehr spürte. Seine Arme stießen ins Leere, sein Kopf gegen die Wand und dann gab es ein höllisches Getöse. Es war das Geräusch von einstürzenden Steinen. Mehr bekam er nicht mehr mit, denn dann schwanden ihm die Sinne und er rutschte zusammen wie ein nasser Sack.

7

Als Lazal wieder zu sich kam, war sein erster Gedanke: Du bist jetzt tot. Er wusste nicht, warum er das dachte und er wusste auch nicht, was geschehen war. Er wusste nur, dass es so war. So und nicht anders. Aber es war nicht so.

Denn er spürte, dass er lebte. Er spürte festen Boden unter sich und allmählich kehrte die Erinnerung zurück.

Sein Kopf schmerzte, was Lazal einleuchtete, weil er mit der Stirn gegen die Wand gestoßen war. Aber da war noch ein Druckschmerz in der Brust, den er sich nicht erklären konnte. Er rappelte sich auf und griff instinktiv an die Stelle, wobei er merkte, dass in seiner linken Hemdtasche irgendetwas steckte, worauf er die ganze Zeit gelegen hatte. Lazal öffnete die Tasche und ertastete ein festes, viereckiges Teil, er hatte nicht die leiseste Ahnung, was das sein sollte. Erst als er die Uhrbeleuchtung einschaltete, erkannte er, was es war. Es war der Ersatzakku für sein Handy! Er hatte ihn bei seinem Einzug in die Tropicana Avenue in das Hemd gesteckt – und seitdem nicht mehr daran gedacht.

Geschickt wechselte er den Akku, was nur ging, indem er seine Uhr abschnallte und sie zwischen die Füße klemmte. Auf diese Weise konnte er den Displayknopf drücken und gleichzeitig beim Hantieren etwas sehen. Während er das Handy einschaltete, fasste er den Entschluss, ab jetzt nur noch das Beleuchtungsdisplay als Lichtquelle zu verwenden. Licht war hier drin höchstes Gut und Stromsparen demzufolge oberstes Gebot. Wusste der Geier, wie lange er hier noch herumirren würde.

Der Lichtschein tauchte die Wände in gespenstischen Glanz, zu schwach, um einen Rundumblick zu erhaschen, aber stark genug um zu erkennen, dass er sich jetzt in einer Art Halle befand, die vielleicht fünf, sechs Meter hoch war. Lazal schaltete das Display noch ein zweites und drittes Mal ein, bis er Umrisse erkennen konnte. Doch das Bild aus Licht und Schatten, das sich nun in seinem Kopf zusammenfügte, war so unwirklich, so surreal, dass er es sich zunächst nicht erklären konnte. Etwa zwei, drei Meter von ihm entfernt lag Sarah wie eine Puppe reglos auf der Erde. Und irgendetwas schien mit der Halle in der gegenüberliegenden Ecke passiert zu sein. Staubwolken schwebten in der Luft und verschleierten die Sicht. Während Lazal darauf zusteuerte, ließ er in kurzen Abständen das Display aufblitzen und sah, dass in der Ecke offenbar ein Loch im Boden klaffte. Was war geschehen?

Das vermeintliche Loch war der akkurate Zugang zu einer Treppe, die noch einmal zehn Meter weit nach unten führte. Als Lazal unten angekommen war, befand er sich in einem flachen Korridor. Fußboden, Wände und Decke waren offenbar aus getöntem Glas, alles poliert und spiegelblank, als hätte eine Reinigungsfirma eben erst das Terrain verlassen. Von hier aus führten mehrere Gänge in verschiedene Richtungen. Zwei nach Nordost bzw. Nordwest, zwei andere nach West bzw. Ost und zwei weitere nach Südost bzw. Südwest, wobei die Treppe genau die Südachse bildete. Auch konnte er erkennen, dass die beiden Nordtangenten strahlenförmig geradeaus verliefen.

Lazal bekam für einen Moment weiche Knie. Offenbar befand er sich jetzt in einem neuen Labyrinth, das sich unter dem alten Labyrinth befand. Und während er noch darüber nachsann, was das eine mit dem anderen zu tun hatte, machte er sich weiter auf den Weg durch die Dunkelheit, wobei er sich zunächst gestattete, das Display aller zwei, drei Meter einzuschalten, um einen Eindruck von den Räumlichkeiten zu erhaschen.

Etwa zwanzig Meter weiter zweigten rechts und links Seitengänge ab, die vermutlich die Längstangenten verbanden. Lazal ließ sich jedoch davon nicht beirren. Er ging weiter geradeaus in nordwestliche Richtung. Nach weiteren fünfzig Metern erreichte er erneut eine Treppe, die wieder in einen Vorraum führte, der dem ersten glich, wie ein Ei dem anderen. Man hätte meinen können, wieder den ersten Korridor betreten zu haben.

Doch das war erst der Anfang. Diesmal nahm er den nordöstlichen Gang und gelangte abermals nach etwa siebzig Metern über eine herabführende Treppe in einen Vorraum, der wieder genauso aussah wie die beiden anderen. Und nach weiteren siebzig Metern fand er wieder den gleichen Korridor vor.

Lazal verstand das nicht. Bis jetzt war er immer geradeaus gegangen – nach Norden. Das hatte zumindest sein kleiner Uhrenkompass angezeigt. Wieso war er dann wieder am Ausgangspunkt angekommen? Das konnte nicht sein. Während er noch darüber nachdachte, was der Grund dafür sein könnte, setzte er seinen Weg in nördliche Richtung fort.

Doch auch nach weiteren drei Treppen, die abwärts in entsprechende Korridore führten, war ein Ende nicht abzusehen.

Lazal musste an die Sage vom Minotaurus denken, dieses stierköpfige Mischwesen, das in einem Labyrinth eingesperrt war und dem alle sieben Jahre sieben Jünglinge und sieben Jungfrauen geopfert wurden. Keiner konnte aus dem Labyrinth entkommen. Außer Theseus, der den Minotaurus tötete. Er fand jedoch nur den

Rückweg, weil er auf dem Hinweg einen Faden hinter sich hergezogen hatte.

Lazal machte sich Vorwürfe. Warum musste er auch so hoch hinaus? Immer musste er sich mit Dingen beschäftigen, die völlig abnorm waren. Das hatte er nun davon. Es ist eben bequemer, jeden Abend vor dem Fernseher zu sitzen und sich berieseln zu lassen, als unbequeme Fragen zu stellen und die Nase in Dinge zu stecken, die einen eigentlich nichts angingen.

Reflexartig sah er auf die Uhr und schaltete das Display ein. Die Digitalanzeige zeigte 19.58 Uhr. »Gleich kommt die Tagesschau«, bemerkte er bitter. Und er wünschte sich nichts sehnlicher, als jetzt zu Hause vor dem Fernseher zu sitzen und ...

Plötzlich unterbrach er seinen Gedankengang, weil er in seiner Hosentasche einen kleinen, spitzen Gegenstand gefunden hatte. Es war ein Bleistift.

Dieser Bleistift erschien Lazal wie der rettende Strohhalm, an den er sich klammern konnte. Ob er es wert war, würde sich zeigen. So beschloss er zunächst, die Strecke, die er gekommen war, zurückzugehen und dabei jeden durchlaufenen Korridor mit einem Kreuz zu markieren, und zwar genau an der Stelle, wo der jeweilige Gang abzweigte. Dies tat er siebenmal und jedes Mal kennzeichnete er den entsprechenden Gang, den er gegangen war.

Doch wie groß war sein Entsetzen, als er die letzte Treppe emporstieg, diejenige, die zur Halle hätte führen müssen und ... weder herumliegende Steine noch eine Halle vorfand. Stattdessen erwartete ihn erneut ein spiegelblanker Korridor, von dem aus wie gewohnt sechs Gänge abzweigten.

Zuerst wollte das Lazal nicht wahrhaben. Noch glaubte er, er hätte sich verzählt. Aber auch nach der nächsten Treppe das gleiche Bild: Wieder ein identischer Korridor mit sechs abzweigenden Gängen und von der Halle keine Spur. Sie war nicht mehr da, so als wäre sie nie da gewesen.

Allerdings hatte Lazal zunächst übersehen, dass anstelle der Halle wieder ein Korridor zum Vorschein gekommen war und kein Gang, wie es nach dem bisherigen Schema hätte sein müssen. Als es ihm schließlich auffiel, war er überzeugt davon, dass der Korridor, der sich anstelle der Halle anschloss, eine Schnittstelle darstellte zu einer nächsthöheren Ebene, die – würde er seinen Weg analog der ersten Etage fortsetzen – in die entgegengesetzte Richtung führte.

Daher versuchte er es jetzt mit der Gegenrichtung, und zwar genau mit dem Gang, der rechts neben der Treppe abzweigte und in nordwestliche Richtung führte. Doch auch auf dieser Etage kam er nach sieben abwärts führenden Treppen in einen Korridor, von dem aus ein Ende ebenso wenig abzusehen war wie beim darunter liegenden.

Lazal dachte an den *Prinz von Persien*, ein Computerspiel, das er als Student mit Begeisterung gespielt hatte. Dort ging es darum, als Prinz ein Labyrinth mit insgesamt 13 Levels zu durchqueren und am Ende den Sultan zu besiegen, ehe man die Prinzessin befreien konnte. Aber der Grund, weswegen Lazal dieses Spiel einfiel, war der, dass es einen Trick gab, sich im Labyrinth zurechtzufinden. Und zwar mittels vier verschiedener Tasten, mit denen man nach vorn, hinten, oben oder unten blicken konnte. Damals hatte er sich im Traum durch die Gänge gehen sehen, nicht ahnend, dass er einmal wirklich in einem Labyrinth landen würde. Dieser Albtraum war nun Wirklichkeit geworden. Nur, dass er hier meist gar nichts sah, sich auch keiner Tricks bedienen konnte und auch nur ein Leben zur Verfügung hatte.

Lazal entschied, wie beim ersten Mal umzukehren und denselben Weg wieder zurückzugehen.

Doch als er den Korridor erreichte, von dem er losgegangen war, fehlte an der betreffenden Stelle das Kreuz. Noch hoffte er auf ein Versehen. Doch bald stellte sich heraus, dass keiner der Gänge markiert war. Demnach befand er sich in einem anderen Korridor, der mit dem ersten nichts gemein hatte. Oder aber: Irgendjemand hatte die Markierung inzwischen entfernt. Doch sowohl die erste als auch die zweite Möglichkeit war ein Ding der Unmöglichkeit.

Fast wäre Lazal an dieser Stelle verzweifelt. Und das, obwohl ihm klar war, dass man genau das bezweckte. Wer auch immer dieses Labyrinth angelegt hatte, es gehorchte nicht den klassischen Gesetzen. Im Grunde war er längst davon überzeugt, dass die Kette der Merkwürdigkeiten nur eine Ursache haben konnte: Dieses Labyrinth war vierdimensional!

Lazal wusste, dass der vierdimensionale Raum der Bewusstseinsraum war, zu dem man nur übers eigne Bewusstsein Zugang hatte. Mit den Sinnen ließ sich dieser Raum nicht erschließen. Also musste Lazal eine Möglichkeit finden, mittels seines Bewusstseins auf die Wirklichkeit einzuwirken, dahin gehend, dass er hier wieder raus kam. Noch wusste er nicht wie. Aber irgendetwas gab ihm die Zuversicht, dass er es herausfinden würde, solange er fest daran glaubte und klaren Kopf bewahrte!

Aber wie? Um einen Sachverhalt zu wissen, ist das eine, ihn zu durchleben das andere. Auf jeden Fall, das war Lazal bewusst, durfte er sich nicht von den Widrigkeiten beeindrucken lassen. Am Ende verbarg sich dahinter nur ein Trick. Und wenn er sich nicht mehr auf seine Sinne verlassen konnte, dann musste er sich eben auf seine Intuition verlassen. Aber auch das war leichter gesagt als getan. Jemandem, der Blutkrebs hat, zu sagen: Bleiben Sie ganz ruhig und heilen Sie sich mittels Ihrer Imagination, ist sicher richtig, aber man muss das erst mal bewerkstelligen. In einer ähnlichen Situation befand sich jetzt Lazal. Seine Intuition hatte ihm gesagt, wieder in die erste Etage zurückzukehren und immer geradeaus in Richtung der Halle zu gehen. Doch nach genau dreißig abwärts führenden Treppen schwanden ihm die Kräfte. Er machte halt und kehrte um. Tatsächlich waren alle Kreuze, die er auf dem Hinweg an entsprechender Stelle gemacht hatte, wieder verschwunden. Doch das wunderte ihn nicht mehr. Er trottete weiter, bis ihm allmählich die Puste ausging. Er hatte nämlich völlig außer Acht gelassen, dass er jetzt alle Treppen hinaufsteigen musste. Folglich wurde die restliche Strecke zu einer Strapaze, die seine physische Leistungsfähigkeit bei Weitem überstieg. Nur noch auf allen vieren kriechend, sich mühsam dahinschleppend, erreichte er schließlich den vermeintlichen Ausgangspunkt.

Aber schon auf den letzten Metern zeichnete sich im Licht des Displays etwas schier Unfassbares ab, das Lazal auch noch den letzten Funken Verstand raubte, ja er traute seinen Augen nicht: Vor ihm auf der Treppe, die nach oben führte, lagen heruntergestürzte Steine. Es war genau die Treppe, die zur Halle führte. Ja, da oben war die Halle!

Wie ein Wildgewordener, von übermenschlichen Kräften getrieben, stolperte er mit seinem Display voran über die Trümmer die Stufen hinauf. Was er sah, begriff er nicht. Aber es gab keinen Zweifel. Er befand sich wieder in der Halle. Er entdeckte die viereckige Aussparung in der Wand, die Stelle, wo er irgendeinen Auslösemechanismus betätigt hatte. Und als er daran vorbei war, begann in Lazal das unbeschreibliche Gefühl hochzukriechen, das einen befällt, wenn man sich in die Enge getrieben fühlt. Man könnte es Panik nennen, aber das wäre nicht der richtige Ausdruck dafür. Es war noch etwas anderes, noch viel Schlimmeres, nämlich die unüberwindbare Angst davor, durchzudrehen.

Das Ganze hatte jetzt Ausmaße angenommen, die nicht mehr beherrschbar waren. Er spürte, dass er keine Kontrolle mehr darüber hatte, was er tat. Er war dem Wahnsinn nahe! Hätte er jetzt Gelegenheit gehabt, sich von irgendwo in die Tiefe zu stürzen, er hätte keine Sekunde gezögert, er hätte es getan. Aber hier gab es nur Gänge und Korridore. Und Treppen!

Schon hatte er den Gedanken gefasst, sich von der Hallentreppe zu stürzen, als plötzlich der Gedanke auftauchte: Du wirst es nicht tun! Alles, was du hier erlebst, ist nicht real.

Minuten später, nachdem er sich soweit beruhigt hatte, dass er wieder klar im Kopf war, sank er – wieder in derselben Ecke – vor Erschöpfung zu Boden und in tiefen Schlaf.

8

Das Erwachen ähnelte dem des Vortages: genauso beängstigend und frustrierend. Wieder dauerte es einige Zeit, bis sich die düstere Wirklichkeit in sein Bewusstsein projizierte. Außerdem fühlte er sich schlapp und ausgelaugt. Sein Mund war trocken und er hatte unsagbaren Durst.

Er dachte daran, dass jetzt Freitag sein müsste, was bedeutete, dass er bestenfalls noch diesen Tag zur Verfügung hatte, um den Ausgang zu finden, vielleicht noch den halben Samstag. Dann würden seine Kräfte so weit geschwunden sein, dass ... Er dachte den Gedanken nicht zu Ende, sondern hievte sich stattdessen auf die Beine. Dann ließ er zweimal hintereinander das Display aufflackern, um sich zu orientieren. Dabei ertönte das jämmerliche Geräusch, das immer dann ertönt, wenn der Akku schwächelt. Deshalb beschloss Lazal ein absolutes Batteriesparen, was bedeutete, nur noch für das Markieren der Gänge und das Passieren der Treppen das Display einzuschalten. Also nur dann, wenn es unumgänglich war oder im Notfall. Die Distanz zwischen den Treppen legte er von nun an im Dunkeln zurück, wobei er jeden Schritt abzählte. Das waren genau 139, wobei kurz vor dem Erreichen der Treppen, etwa ab Schritt 130, noch ein kurzer Lichtschein zulässig war. Das reichte zum Vorwärtskommen, denn die räumlichen Gegebenheiten wiederholten sich in sturer Regelmäßigkeit.

So machte sich Lazal wieder auf den Weg in den Anfangskorridor, wo er den Entschluss fasste, zunächst noch einen Blick in den West- bzw. Ostgang zu werfen. Aber auch hier die gewohnte Szenerie: Korridore, Treppen und Gänge ohne Ende – so hatte es zumindest den Anschein. Deswegen kehrte er nach jeweils dreißig durchlaufenen Etagen zum Ausgangspunkt zurück. Weiter wäre er auch gar nicht gekommen, denn er spürte, dass er am Ende seiner Kräfte war. Entsetzlicher Durst quälte ihn. Der Hunger war nur eine Randerscheinung und das Knurren des Magens nur lästige Quengelei.

Lazal ließ sich auf den Boden fallen. Wie lange er dort liegen blieb, wusste er nicht. Es mochte eine Stunde oder auch mehrere Stunden gewesen sein. Das einzige, woran er sich danach noch erinnern konnten, war, dass sich der Boden keinesfalls kühl anfühlte, ja eher warm. Und irgendwann war sogar eine wohlige Wärme entstanden, die ihn so lange verharren ließ, bis er wieder in der Lage war, aufzustehen. Und ein merkwürdiger Zwang trieb ihn an, weiterzumachen.

So beschloss er, noch einmal den Weg wie am Anfang zu gehen, um zu überprüfen, ob die Halle dann abermals verschwinden würde. Und tatsächlich tat sie das. Wieder war der entsprechende Korridor an ihrer Stelle und er fand auch das Kreuz rechts neben der Treppe am Nordwestgang. Nun hatte Lazal folgenden Einfall: Er wollte, ohne den Gang zu betreten, die Treppe wieder hinuntergehen und nachsehen, ob die Gänge unten markiert waren. Aber sie waren es nicht. Daraufhin ging er noch einmal in den Nordwestgang, kehrte diesmal bereits nach der dritten Treppe um und ... musste erneut feststellen, dass das Kreuz am Eingang nicht mehr da war. Nun verwunderte es auch nicht, dass der Nordwestgang in der ersten Etage markiert war. Aber diesmal ging Lazal nicht hinein. Denn wahrscheinlich, so dachte er, würden dort auf dem Rückweg sämtliche Markierungen wieder verschwunden und die Halle zurückgekehrt sein, was ihn keinen Millimeter weiter brächte.

Daher nahm er zunächst den Südwestgang, der zwar wie der Südostgang von der Halle wegführte, aber was wollte er machen? Er musste alle Möglichkeiten ausprobieren, auch wenn sie noch so abwegig erschienen.

Auch hier erwartete ihn die gewohnte Galerie von Treppen, Gängen und Vorräumen. Aber schon beim nächsten Korridor bog er in den Südostgang ab. Er hatte nämlich auf dem Glasfußboden eine Skizze gemacht und herausgefunden, dass es von jedem Korridor aus möglich war, in jede beliebige Richtung zu gelangen, also auch in die Gegenrichtung. Dabei sah er jeden Korridor als ein eigenes System an. Insofern entsprach der Südostgang, in dem er sich jetzt befand, exakt dem Nordkurs, der zur Halle führte.

Allerdings, und das war Lazal klar, waren alle möglichen Wege, die zur Halle führten, unmöglich in der Kürze der Zeit auszukundschaften; auch nicht in Monaten. Und selbst dann wäre die Anzahl dieser Wege sogar bei nur dreißig Etagen in jeder Richtung immer noch utopisch. Allein bei dreißig abwärts führenden Treppen hätte er sich theoretisch in einer Tiefe von über dreihundert Metern befinden müssen.

Doch darüber dachte Lazal nicht weiter nach. Im Moment ging es um nichts anderes als ums Überleben, einzig und allein darum. Da war es ganz egal, wie groß, wie hoch oder wie auch immer dieses Labyrinth beschaffen war, Hauptsache, er kam da wieder raus.

So hatte er sich zunächst zum Ziel gesetzt, auf einem nordwestlichen Parallelweg zur Halle zu gelangen. Aber auch dieses Unterfangen scheiterte nach dreißig durchlaufenen Vorräumen, weil es demoralisierend war und kein Ende abzusehen.

Auf dem Rückweg wie zuvor das gewohnte Szenario: Die Kreuze an den markierten Gängen waren verschwunden und der Ausgangspunkt war nicht mehr der, der er war, sondern ein anderer.

Keuchend ließ sich Lazal auf den Boden fallen. Mühsam schnappte er nach Luft. Nur mit allergrößter Anstrengung konnte er sich noch einmal aufrappeln und seinen Körper die letzten Stufen hinaufschleppen. Dort blieb er, das Gesicht nach unten, auf dem Boden liegen.

Eine ganze Zeit lang verharrte er in dieser Haltung, seinen Gedanken nachhängend. Der Durst war jetzt so stark, dass Lazal kurz davor war, seinen Urin zu trinken.

Bis hierhin hatte er immer noch an eine Rettung geglaubt. Aber nun, unter diesen Umständen?

Was hier vor sich ging, spottete jeder Beschreibung. Das war völlige Verarschung! Täuschung! Doch diese Art von Täuschung hatte nichts mit Optik zu tun. Sie beruhte auf etwas ganz anderem.

Sie spielte sich nur in seinem Kopf ab, ja, die Dinge waren so angelegt, dass sie ein völliges Bewusstseinschaos anrichteten, ein Wirrwarr, das allen Regeln der Vernunft zuwiderlief. Dies waren seine letzten Gedanken, dann übermannte ihn der Schlaf.

9

Es war Samstag, als Lazal matt und kraftlos den Weg über den Südostgang einschlug, sich mühsam vorwärts schleppend, kaum mehr fähig, mehr als zehn, fünfzehn Meter ohne Pause zurückzulegen. Er fing an, wirres Zeug zu reden. Wie ein Betrunkener taumelte er den Gang entlang. Doch nach etwa sechzig Metern, kurz vor der nächsten Treppe, spürte er plötzlich seine Beine nicht mehr und klappte zusammen. Der Angstschweiß brach ihm aus und er dachte, das sei das Ende. Nun würde es nicht mehr lange dauern, wahrscheinlich nur noch ein paar Stunden, dann wäre er an der Reihe und ...

Mit einem Mal riss ihn etwas jäh aus diesem Gedankengang heraus. Er wusste zunächst nicht, was. Aber irgendwie hing es mit dem Display seines Handys zusammen, das sich, kurz bevor er zu Boden gegangen war, versehentlich eingeschaltet hatte. Erst jetzt tauchte das Bild aus seinem Unterbewusstsein wieder auf und nahm vor seinem geistigen Auge Gestalt an. Noch einmal zeichneten sich die Konturen am Ende des Ganges ab. Aber es waren nicht die gewohnten. Da war etwas. Da war etwas anders gewesen als bisher.

Auf einmal konnte er seine Beine wieder bewegen. Mit einem Ruck raffte er sich auf und schaltete das Display ein. Und tatsächlich! Er sah eine Treppe. Aber es war eine andere, mit viel weniger Stufen, die in einen anderen Raum führte.

Mit seinem Display vorweg und mit weit aufgerissenen Augen, taumelte Lazal der Treppe entgegen, sodass er erkennen konnte, dass er sich in einem großen Gewölbe befand. Und in der Mitte stand etwas. Etwas Großes, Rundes. Noch konnte er es nicht genau ausmachen. Aber nachdem er die letzte Stufe passiert hatte, vernahmen seine Ohren ein wohlbekanntes Geräusch. Zuerst dachte er, er hätte Halluzinationen, doch je näher er kam, um so deutlicher wurde es. Und als er nur noch wenige Meter davon entfernt war, gab es keinen Zweifel mehr. Das, was er hörte, war das Plätschern von Wasser ... Und das Gebilde in der Mitte war nichts anderes als ein Brunnen!

Lazal war im Rausch. Völlig benommen, ja wie von einem riesigen Magneten angezogen, stürzte er auf den Brunnen zu. Dabei rutschte er aus und flog der Länge nach hin. Den Schmerz spürte er nicht. Jetzt hatte er nur noch einen Gedanken: Wasser! Nur dieses eine Bedürfnis! Trinken! Und er trank, wie er noch nie im Leben getrunken hatte. Aus den hohlen Händen ließ er das kostbare Elixier in sich hineinlaufen.

Augenblicklich kehrten seine Kräfte zurück. Er spürte förmlich, wie er zu neuem Leben erwachte. Doch mit einem Mal wurde ihm speiübel und er musste sich übergeben. Aber kaum war der Magen leer, verspürte Lazal noch größeren Durst. Also trank er wieder. Und wieder übergab er sich. Das Ganze wiederholte sich etliche Male und wurde zur Tortur. Es dauerte eine reichliche Stunde, bis er es geschafft hatte, das rettende Element in sich hineinzufüllen.

Als Lazal schließlich erschöpft zusammensackte, hielt er sich noch einen Moment am Brunnenrand fest und fuhr dabei unwillkürlich mit der Handfläche über das Material, das sich wie Glas anfühlte. Er tastete nach seinem Handy, um noch einmal den Brunnen zu beleuchten, der ihm so unverhofft das Leben gerettet hatte. Er hielt das Display in Höhe des Beckenrandes und konnte so erkennen, dass der Brunnen die Form eines Kreises hatte. Der Durchmesser betrug ungefähr drei, vier Meter. Die Umrahmung bildete ein etwa ein Meter breites Rundbecken, wahrscheinlich aus Farbglas. Das Innere schien massiv zu sein, wobei an der Außenseite vier Löwenköpfe angebracht waren, aus deren Mäulern jeweils ein dünner Wasserstrahl in das Außenbecken sprudelte. Jeder Kopf blickte dabei in eine andere Himmelsrichtung. Der Brunnen selber stand – Lazal traute seinen Augen nicht –, ja er schwebte etwa einen halben Meter über dem Boden. Einen Sockel gab es nicht. Doch nach all dem, was Lazal die letzten Tage durchlebt hatte, wunderte ihn auch das nicht mehr. Er musste an Edelman denken, der ihm die ganze Sache mit Block 17 eingebrockt hatte. Dass es dort ein Tor gäbe, das direkt in die Wüste führe – ohne jegliche Kontrolle. Nun gut, dachte Lazal, wenn er mit Wüste den Jordan oder das Jenseits gemeint hatte, dann ... Ja, dann war Edelman alles andere als edel. Dann war er ein Spitzel, der ihn aufs Glatteis führen wollte. Aber er – Lazal – hatte doch Leute durch die Tür gehen sehen, durch die er selber gegangen war. Er war sich hundertprozentig sicher, dass es die richtige Tür war. Allerdings hatte er keine Ahnung, was im Innern von Block 17 vor sich ging. Es hieß immer nur, keiner wisse es wirklich. Selbst Edelman hatte sich in Schweigen gehüllt. Natürlich wusste Lazal, dass man sich auf der Area auch mit Bewusstseinskontrolle befasste. Er hatte sogar davon gehört, dass man in einem Distrikt bereits mit Quantenrechnern arbeitete. Doch er wusste nicht, inwieweit man auf diesem Gebiet vorangekommen war, vor allem, was die neuronale Anbindung anging. Dann fiel ihm ein, dass er gleich am Anfang, als er jene geheimnisvolle Tür geschlossen und einen eigentümlichen, aber sehr angenehmen Duft eingeatmet hatte, für einen Moment, wie benommen war, so als stünde er unter Drogen. Was wäre, wenn das, was er hier durchlebte, nur eine virtuelle Wirklichkeit war, die ihm eingepflanzt wurde ...

Lazal verwarf den Gedanken wieder. Er konnte sich das beim besten Willen nicht vorstellen.

Und so lauschte er noch eine ganze Weile dem Plätschern des Brunnens, das ihn auf seltsame Weise beruhigte. Eigenartig, dachte er, als er noch einmal das Display auslöste. Das Wasserspiel inmitten dieses großen Raumes und die breite Treppe vermittelten für den Augenblick das Gefühl von Gegenwart. Schon allein das Plätschern des Wassers erweckte den Eindruck von Leben. Es war, als würde jeden Moment jemand die Treppe herunterkommen.

Und tatsächlich vernahm er ein Geräusch, das vom Gang jenseits der Treppe zu kommen schien. Aber es wiederholte sich nicht, und da Lazal jetzt große Müdigkeit überkam, legte er sich neben die Treppe in die Ecke und schlief sofort ein.

10

Nach erholsamem Schlaf zeigte seine Uhr Sonntag, den 1. Juni 2014, 17:21 Uhr an. Zu diesem Zeitpunkt machte er sich daran, das Brunnengewölbe genauer zu erkunden. So stellte er fest, dass von da aus nur ein einziger Gang weiterführte. Aber dieser Gang endete abrupt nach etwa siebzig Metern. Folglich ging Lazal den Weg wieder zurück, in der Hoffnung, irgendeine Abzweigung zu finden, die er vielleicht übergangen hatte. Aber es gab keine. Stattdessen geriet er erneut in die zur Genüge erprobten Treppenaufgänge. Um nicht Gefahr zu laufen, sich darin aufs Neue zu verirren, kehrte er zum Brunnengewölbe zurück.

Eigenartig, dachte er. Dieser Brunnen rettet mich vorm Verdursten, aber wozu? Damit ich hier drin verrotte? Es muss irgendwo anders weitergehen!

Also begann Lazal zunächst damit, den Fußboden zu untersuchen. Doch der war präzise verlegt, ohne irgendwelche Anzeichen von Hohlräumen. Auch die Wände offenbarten keine Auffälligkeiten, nichts, was auf irgendwelche Ungereimtheiten hindeutete, keine Nischen, keine Rillen oder Fugen.

Schließlich war auch der Ersatzakku leer, sodass Lazal nun ganz und gar im Dunkeln saß. Doch das machte im Prinzip keinen Unterschied zu vorher, nur dass er jetzt nicht mehr die Möglichkeit hatte, bei Bedarf die Displaybeleuchtung einzuschalten. Das Ganze war also mehr ein psychologisches Problem, das er jedoch geschickt löste, indem er so tat, als hätte er weiterhin, wenn er es wollte, das Handy zur Verfügung. Allein diese Sicht der Situation nahm ihr das Bedrohliche.

Doch so richtig konnte er sich an den Gedanken nicht gewöhnen, auch wenn er wusste, dass das aufs Konto seines Verstandes ging, der sich gern an Gewohnheiten klammert. Nun konnte er sich nur noch auf seinen Tastsinn verlassen. Und auf sein Gehör.

Doch wozu sollte das Gehör hier nütze sein, dachte Lazal. Um dem Plätschern des Brunnens zu lauschen und der Stille?

Und während er noch darüber nachdachte, wie absurd dieser Gedanke war, kam ihm mit einem Mal eine eigenartige Melodie in den Sinn. Merkwürdig, dachte er. Immer wieder diese Melodie? Konnte es sein, dass er sie von irgendwoher kannte? Ja, jetzt war er sich sicher. Das war eine bekannte Volksliedmelodie. Er kam nur nicht auf den Namen.

Im nächsten Moment blieb Lazal abrupt stehen. Das, was er die ganze Zeit hörte, das war *Am Brunnen vor dem Tore*, aber nicht in seinem Kopf, sondern da draußen. Da war Musik!

Schon eilte er den Gang entlang in die Richtung, aus der die Musik kam. Und je mehr er sich dem Ende des Ganges näherte, um so deutlicher wurde sie, vor allem das Dröhnen der Bässe. Nun bestand kein Zweifel mehr, Lazal befand sich kurz vor dem Ausgang.

Als er noch zwei, drei Meter vom Gangende entfernt war, spürte er von oben her einen kühlen Luftzug. Offenbar befand sich dort eine Öffnung in der Decke.

Und genauso war es. Von hier aus gelangte Lazal in einen darüber befindlichen Gang, der in relativ steilem Winkel nach oben führte. Je höher und je weiter er kam, um so lauter dröhnte die Musik. Und obwohl am Ende des Tunnels kein Licht zu sehen war, so wuchs in Lazal die Zuversicht, dass es nur der Ausgang sein konnte, auf den er zusteuerte. Und mit jedem weiteren Meter, ja mit jedem Schritt wurde diese Ahnung zur Gewissheit. Dann, mit einem Mal, öffnete sich eine Tür und Lazal wurde in grelles Scheinwerferlicht getaucht. Vom Licht geblendet, mit zusammengekniffenen Augen, trat er einen Schritt zurück.

»Kommen Sie raus, Lazal«, ertönte eine Stimme, die er kannte. »Das Spiel ist vorbei!«

Es war die Stimme Pitkoffs.

Erst als sich Lazal einigermaßen an die Helligkeit gewöhnt hatte, trat er zögerlich einen Schritt nach vorn. In einem lichtdurchfluteten Büroraum von der Größe eines geräumigen Appartements saß Pitkoff in Begleitung zweier OFI-Leute vor einem großen Wandmonitor.

»Setzen Sie sich«, sagte er gefällig und wies mit der Hand auf einen weißen Ledersessel.

»Das glaub ich jetzt nicht wirklich«, murmelte Lazal. Für einen Moment war er fassungslos. Er musste unwillkürlich an die Sendung *Verstehen Sie Spaß?* denken, die vor Jahren mal im Fernsehen lief, wo Kandidaten in die unglaublichsten Szenen verwickelt wurden. Wo Autos verschwunden und wieder aufgetaucht waren oder ganze Hoteletagen. Doch im Vergleich zu dem hier war das geradezu lächerlich. Kopfschüttelnd ließ er sich in den Sessel fallen und meinte: »Wollen Sie mir jetzt allen Ernstes erzählen, dass ich mir das alles nur eingebildet habe?«

»Genau das will ich Ihnen erzählen, Lazal«, antwortete Pitkoff mit einem süffisanten Lächeln.

»Und das Labyrinth?«

»... ist fast ausschließlich eine virtuelle Konstruktion. Nur das Grundgerüst existiert wirklich.«

»In Block 17?«

Pitkoff nickte.

»Alles andere wird von mehreren Quantenrechnern simuliert. Was der eine oder andere durchlebt, hängt ganz davon ab, wie gut er unbewusste Bewusstseinsanteile realisiert, also ins Bewusstsein rückt. Block 17 ist nichts anderes als ein riesiger Cyberspace-Salon. Und natürlich der Beweis dafür, dass die Welt ein Spiegel ist. Ein Spiegel der inneren mentalen Zustände. Irgendwann, Lazal, werden Leute in Las Vegas ein Haufen Geld dafür bezahlen, um das zu durchleben, was Sie gerade durchlebt haben. Sie werden sich nicht mehr an Bundgee-Seilen in die Tiefe stürzen, sondern in die Tiefen ihres eignen Unbewussten.«

»Und was ist, wenn sie es nicht überleben?«

»Das wird man nie ganz ausschließen können«, meinte Pitkoff herablassend. »So wie das eine oder andere Bundgee-Seil auch mal reißt oder der Betreffende hart aufschlägt.«

»Und wie war das in meinem Fall?« Lazal sah Pitkoff scharf an.

Der überlegte einen Augenblick und sagte dann vertrauensvoll: »Wir hatten Sie immer unter Kontrolle.«

Lazal rang sich ein kurzes Lachen ab. »Das beruhigt mich ganz und gar«, sagte er bissig. »Und was ist mit den Nebenwirkungen?«

»Dazu kann ich Ihnen nichts sagen«, antwortete Pitkoff. »Da müssten Sie Professor Yukoshima fragen. Er ist der Leiter des Programms. Ich bezweifle allerdings, dass er Ihnen Auskunft erteilen wird. Soweit ich weiß, hat er die höchste Sicherheits-Clearence. Da stehen Ihre Chancen ziemlich schlecht.«

Lazal schwieg.

»Ich kann Ihnen nur eins empfehlen: Pfeifen Sie drauf und wirbeln Sie nicht weiter Staub auf, Lazal. Noch sind Sie ein hochgeschätzter Mann. Also kehren Sie an Ihren Platz zurück. Hören Sie damit auf, jedes Mal davonzulaufen, wenn es brenzlig wird. Und bedenken Sie: Andere würden wer weiß was geben, um an Ihrer Stelle zu sein.«

Lazal kniff den Mund zusammen und schüttelte den Kopf. Diese Predigt kam ihm irgendwie bekannt vor. Auch Karola, seine Ex-Frau, hatte ihm immer vorgeworfen, nicht das zu tun, was andere Männer in dieser oder jener Situation getan hätten. Und was wäre, dachte er weiter, wenn man wirklich versucht hätte, ihm eine Gehirnwäsche zu verpassen. Er spürte in sich hinein. Doch was da an Emotionen hochkam, reichte aus, um ihn selbst davon zu überzeugen, dass zumindest der Drang, hier weg zu wollen, ungebrochen war. Ja, er war sogar noch stärker als zuvor.

»Und auf welche Weise«, wollte Lazal wissen, »haben Sie mein Bewusstsein angezapft?«

Pitkoff lächelte fies.

»Sie meinen, ob es irgendwelche Nachwirkungen gibt?«

Lazal sah Pitkoff in die Augen.

»Nun«, fuhr der wohlwollend fort, »wir verfügen über Quantenrechner, die in der Lage sind Realsimulationen genauestens zu berechnen. Außerdem wurden Ihre Emotionen über WLAN-Transmitter verstärkt und gesteuert.«

»Wollen Sie damit sagen, dass Sie ...«

»Wir wollen damit sagen«, ging Pitkoff dazwischen, »dass wir uns erlaubt haben, Ihr zentrales Nervensystem zu kontemplieren – über einen Neurochip und mittels gewisser Neurotransmitter.«

Lazal starrte Pitkoff entgeistert an. Er war außerstande, etwas zu sagen. Er musste an die Sache mit der Treppe denken, die sich plötzlich im Hallenboden aufgetan hatte und an Sarah, die wie eine Puppe dort gelegen hatte.

»Aber es war real!«, rief er außer sich.

Pitkoff schüttelte den Kopf.

»Und was ist mit dieser Wunde hier?« Lazal griff sich an die Stirn. »Diese Wunde habe ich, weil mich ein Stein am Kopf getroffen hat.«

»Nun, wir waren schon der Ansicht, dass wir Ihnen ein paar Unannehmlichkeiten zumuten können.«

»Ein paar Unannehmlichkeiten?« Lazal war entsetzt. »Sie hätten mich töten können!«

»Nichts hätte Sie töten können«, sagte Pitkoff entschieden.

Lazal wurde wütend. »Ich werde mich an anderer Stelle über Ihre obskuren Machenschaften beschweren!«

»Ach hören Sie auf, die beleidigte Leberwurst zu spielen!« entgegnete Pitkoff forsch.

»Haben Sie Quantenphysik studiert oder ich? Wenn Sie Quantenphysik studiert haben, wie es in Ihren Unterlagen steht, dann müssten Sie ebenso gut wie wir wissen, dass nichts in diesem Universum real ist.«

»Natürlich weiß ich das«, schrie Lazal. Aber der Stein, der mich an der Stirn trifft, haut mir ein Loch in den Kopf ...«

»Aber wir können bestimmen, ob, wie und wo er Sie trifft, begreifen Sie das endlich!«

Lazal hielt einen Moment inne, und als er sich wieder beruhigt hatte, sagte er: »Also gut. Dann sind wir sozusagen quitt, oder?«

»Sozusagen«, antwortete Pitkoff zufrieden. »Aber eine Bitte hätte ich noch.«

Lazal blickte fragend auf.

»Ich bitte Sie, über das, was Sie hier erfahren haben, absolutes Stillschweigen zu bewahren.«

»Ich denke, das versteht sich von selbst«, entgegnete Lazal.

»Die beiden OFI-Leute werden Sie nach oben begleiten.«

»Nach oben?«, fragte Lazal überrascht. »Ich dachte, wir sind oben.«

»Nichts ist so, wie es scheint, Lazal«, sagte Pitkoff mit seinem süffisanten Lächeln. »Das müssten Sie doch jetzt gelernt haben.«

Lazal wollte noch etwas erwidern. Doch dann stand er auf und verließ mit den OFI-Leuten den Raum.

11

Die Tage danach zog wieder Normalität ein und Lazal hatte im Rahmen des Snowbird-Projekts eine Menge zu tun. Das Antriebssystem der Flugscheibe war so gut wie entschlüsselt und es ging im weiteren Verlauf der Forschungen jetzt um die technische Realisation, besonders, was die Befüllung des Antimaterie-Generators betraf. Aber auch die Fortschritte, die man gemeinsam im Team machte, konnten Lazal nicht von seinem Entschluss abbringen, der Area den Rücken zu kehren.

Wenn es überhaupt noch eine Chance gab, den Sicherheitsleuten zu entkommen, dann nur auf dem täglichen Transportweg vom Flughafen zur Area.

Aus dem Flugzeug konnte er nicht abspringen, also kam nur die Busstrecke nach Papoose Lake infrage. Deshalb beobachtete Lazal nun jeden Tag aufmerksam die Fahrt des Busses. Es ging hauptsächlich durch recht unwegsames Wüstengelände. An einer ganz bestimmten Stelle fuhr der Bus eine lange Kurve um einen zerklüfteten Berg herum. Zwischen ihm und der Straße klaffte ein Abgrund, der offenbar von einem Fluss herrührte, der sich in der

Tiefe dahinschlängelte. Vom Bus aus sah man ihn nicht. Eine Abzäunung fehlte.

Jenseits des Berges setzte sich die Wüste fort, aber in der Ferne konnte Lazal etwas erkennen, das wie eine Siedlung aussah.

Am Tag darauf versuchte er, an der bewussten Stelle etwas von dem Fluss zu erhaschen. Er wollte wissen, wie tief der Abgrund war und ob es eine Möglichkeit gäbe, irgendwo nach unten zu gelangen. Diesmal klappte es. Für den Bruchteil einer Sekunde konnte er den Fluss sehen und abschätzen, dass die Kluft überwindbar war. Ja, er machte sogar so etwas wie einen Pfad aus, der offenbar nach unten führte.

Am nächsten Tag vergewisserte er sich noch einmal und fand bestätigt, was er am Vortag gesehen hatte. Damit stand sein Entschluss fest: Er wollte am nächsten Abend bei einsetzender Dämmerung einen Bus nehmen und kurz vor der entsprechenden Stelle eine Pinkelpause erzwingen. Das war seine einzige Chance.

Die Nacht über schlief Lazal schlecht und den ganzen Tag über hatte er nur noch einen Gedanken: Bloß weg hier! Raus! Wieder frei sein!

12

Lazal blieb, obwohl sein Herz raste, völlig ruhig, als sich der Bus bis auf wenige Meter der entscheidenden Stelle näherte. Er hatte keine Ahnung, ob er halten würde. Doch Lazals Pinkelpause wurde stattgegeben und dem Busfahrer signalisiert, anzuhalten.

Eiskalt stieg Lazal aus. Zügig, aber nicht zu schnell ging er auf den Abgrund zu, blieb stehen ... und pinkelte.

Dabei konnte er linkerhand deutlich den Pfad sehen, der tatsächlich irgendwie nach unten führte. Bis dahin, so schätzte Lazal, waren es noch circa zwanzig Meter. Dann gab er sich einen Ruck und rannte los.

Der Pfad führte haarscharf am Abgrund entlang. Unter ihm rauschte der schäumende Fluss. Auf der anderen Seite sah Lazal nur kantige Felswände emporragen. Aber irgendwie musste er auf die andere Seite gelangen. Zwar waren die Felswände an einigen Stellen nicht sonderlich hoch, vielleicht fünf, sechs Meter, dafür aber extrem steil. Ohne die entsprechende Ausrüstung war ein Hochkommen so gut wie unmöglich, selbst für einen guten

Kletterer. Doch er hatte keine andere Wahl, er musste es in jedem Falle versuchen.

Hinter einem kleinen Vorsprung kam so etwas wie eine Senke zum Vorschein. Dadurch konnte er sehen, dass der Fluss auf jeder Seite einen schmalen Uferstreifen aus Kies und Geröll hatte. Kurz entschlossen ließ er sich auf dem Hosenboden nach unten gleiten. Dann stürzte er mehrere Meter in die Tiefe und landete am Flussufer, direkt auf einem Kiesbett. Die Landung war alles andere als sanft. Dabei hätte er sich gut und gerne mehrere Knochenbrüche zuziehen können. Doch er blieb unversehrt, abgesehen von ein paar Prellungen und aufgeschlagenen Knien.

Erst jetzt sah er, was er für ein Glück gehabt hatte. Nicht nur, dass er heil geblieben war, er war noch dazu an einer relativ engen Stelle der Kluft gelandet.

Von hier aus, so stellte Lazal fest, würde er den Fluss durchaus überqueren können. Mehrere große Felsblöcke ragten in überbrückbaren Abständen aus dem Wasser, sodass man mit entsprechend großen Sätzen von Stein zu Stein springen konnte. Ein gewisses Risiko musste er eingehen, denn die Strömung war hier äußerst stark und das Wasser wohl einige Meter tief. Aber wusste er denn, ob er je eine bessere Chance haben würde, über den Fluss zu kommen? An dieser Stelle traute er es sich zu.

Schon hörte er aufgeregte Stimmen und Hundegebell. Schüsse fielen. Die Sicherheitsleute waren ihm dicht auf den Fersen. Schnell überwand er sich und sprang. Gleich beim ersten Sprung kam er ins Rutschen, doch er konnte sich fangen und weiterspringen. Immer wieder rutschte er aus, musste, um die Balance zu halten, mit einem anderen Stein vorliebnehmen. Aber egal. Mit einem letzten befreienden Sprung war er auf der anderen Seite.

Doch beim Anblick der schroffen Felswände schoss ihm das Blut in den Kopf. Wie sollte er da jemals hochkommen? Runterzukommen war schon schwer genug gewesen, aber wieder rauf – dazu müsste ein Wunder geschehen.

Lazal versuchte, sich zu konzentrieren. Er wusste, dass er jetzt Ruhe bewahren musste. Bloß nicht in Panik geraten, das würde alles nur noch schlimmer machen. Er rannte den Fluss entlang und suchte nach einer Stelle, wo er vielleicht doch noch irgendwie hinaufklettern konnte. Aber mehr und mehr wurde ihm klar, dass dies ein hoffnungsloses Unterfangen war. Mit eigener Kraft würde er nicht mehr aus dieser Schlucht herauskommen. Er saß er in der Falle. In seiner Verzweiflung schickte er ein Stoßgebet gen Himmel und bat Gott um Hilfe.

13

Mit einem Mal lief sein ganzes Leben vor seinen Augen ab wie ein Film. Es waren nur Sekunden, aber er durchlebte alles noch einmal.

Er erinnerte sich an ein prägendes Ereignis aus seiner Kindheit, ohne das er wohl nie Physiker geworden wäre. Er sah sich als kleiner Junge von sieben, acht Jahren zusammen mit seinem Bruder vor dem großen Karpfenteich hocken, der zu einem japanischen Restaurant gehörte, wo seine Eltern des Öfteren hingingen. Das Besondere an diesem Restaurant waren nicht nur die exotischen japanischen Gerichte, die dort serviert wurden, sondern noch etwas anderes, was mit dem Essen nur bedingt zu tun hatte: Vor dem Gasthaus, inmitten eines Freisitzes, befand sich nämlich ein Karpfenteich. Und dieser Teich hatte Lazal magisch angezogen. Stundenlang, während seine Eltern speisten, hockte er mit seinem Bruder am Ufer und starrte fasziniert auf das Wasser. Abends, wenn der Teich beleuchtet war, sah er den schillernden Karpfen zu, wie sie langsam unter den Wasserrosen hindurch schwammen. In diesen stillen Augenblicken ließ er seiner Fantasie freien Lauf. Er stellte sich vor, wie wohl die Karpfen die Welt um sich herum sehen mochten. Was für eine seltsame Welt musste das sein! Da sie ihr ganzes Leben in dem flachen Teich verbrachten, glaubten sie sicherlich, so dachte Lazal, ihre Welt bestehe aus dem trüben Wasser und den Rosen. Und während sie den größten Teil ihrer Zeit mit Futtersuche auf dem Grund des Teiches zu tun hatten, waren sie sich wohl nur höchst vage bewusst, dass es noch eine fremde Welt über der Oberfläche geben könnte. Lazal faszinierte, dass er nur ein paar Zentimeter vom Karpfen entfernt sitzen konnte und doch durch Welten von ihm getrennt war. Die einzige Barriere war die Wasseroberfläche. Vielleicht, so malte sich Lazal aus, gab es auch einige altkluge Karpfen, die über manch anderen spotteten, der behauptete, es könnte über den Wasserrosen noch eine Parallelwelt geben.

Einmal versuchte er sich vorzustellen, was geschähe, wenn er ins Wasser greifen, einen der Karpfen herausholen und ihn kurz darauf wieder hineinwerfen würde. Wie mochte das den anderen Karpfen erscheinen? Zunächst würden sie bemerken, dass einer von ihnen aus ihrer Welt verschwunden wäre. Er hätte sich einfach aufgelöst, ohne jede Spur. In ihrer Welt wäre nicht der geringste Hinweis auf den vermissten Karpfen zu finden. Doch Sekunden später würde er plötzlich wieder auftauchen – beziehungsweise eintauchen. Die anderen Karpfen müssten den Eindruck haben, es sei ein Wunder geschehen!

Dann machte sein Film einen Sprung: Lazal sah sich Professor Lay gegenübersitzen, wie er ihm erklärte, dass die Welt nach einem Bauplan funktioniere, der aus dem Wesen und der Struktur der Unendlichkeit existiere.

»Was verstehen Sie unter Unendlichkeit?«, hatte Lay ihn gefragt und er hatte geantwortet: »Die Summe dessen, was als unendlich denkbar ist, ohne dass es die Logik verletzt. Dazu gehören der Raum, die Zeit und auch die Menge der fortlaufenden Zahlen 0, 1, 2, 3 ..., die nie endet.«

Aber Lay verstand nicht, was die Zahlen, als vom Menschen geschaffene Größen, mit Zeit und Raum zu tun hätten. Daraufhin erklärte ihm Lazal seine Theorie, dass Zahlen universale Größen seien und dass hinter der Mathematik eine im höchsten Maße geistvolle Information stecke, nämlich das Muster der Primzahlverteilung, nach dem die gesamte materielle Welt codiert sei.

Dann gab es mehrere Sprünge im Film. Zuerst sah sich Lazal zusammen mit Grebennikow in Kuibyschew, als er das erste Mal auf einem Grawitolot stand und einen halben Meter über dem Boden schwebte. Danach tauchten Bilder von Norah, seiner verstorbenen Frau, auf und zuletzt sah er sich Pitkoff gegenübersitzen und mit ihm auf das Projekt Snowbird anstoßen. Dann riss der Film.

Lazal war wieder im Jetzt. Aber irgendetwas war passiert. Etwas sehr Merkwürdiges. Er schaute auf die Felswand ... und traute seinen Augen nicht. Durch die Wand zog sich etwas, das aussah wie ein Riss. Er ging näher heran und jetzt gab es keinen Zweifel mehr. Es war ein großer, schräg von unten nach oben verlaufender Riss, etwa zehn, zwölf Meter lang und – wie Lazal feststellte – breit genug, um hineinzugreifen. Wind und Sand hatten ihn so ausgewaschen, dass Lazal mit den Händen genügend Halt fand. Ganz oben bildete ein herausgebrochenes Felsstück unterhalb des Risses eine Stufe. Wenn es ihm gelänge, den Spalt entlang nach oben zu hangeln, dann wäre er gerettet!

Schon hatte er die ersten Meter in Angriff genommen, wobei er jetzt ungefähr zwei Meter über dem Boden hing. Die Wand war etwa sechs Meter hoch und so glatt, dass man nirgends die Füße aufsetzen konnte. Das kostete Kraft.

Nach weiteren drei Metern in der Diagonale hörte er wieder das Hundegebell. Diesmal klang es weitaus bedrohlicher. Vor allem war es sehr nah. Offenbar hatten die Verfolger schon das gegenüberliegende Ufer erreicht.

Lazal drehte sich nicht um. Jetzt hieß es nur noch, irgendwie da hoch. Er musste es schaffen, er hatte keine andere Wahl.

Noch war er zwei Meter vom Plateau entfernt, da fielen Schüsse. Als mehrere Kugeln rechts und links von ihm einschlugen, verlor Lazal den Halt und drohte abzustürzen. Er rutschte einen halben Meter tiefer und verkeilte sich mit der linken Hand in der Felsspalte. Ein unsäglicher Schmerz durchbohrte ihn und er glaubte, seine Hand würde zerreißen. Lazal schrie. Diese Schmerzen waren stärker als er. Noch ein, zwei Sekunden, dann würde er fallen. Er kämpfte. Dann ließ er los.

Aber er fiel nicht. Er konnte gar nicht fallen, denn der Riss hielt ihn fest.

Währenddessen peitschte eine erneute Salve neben ihm die Felswand auf. «Diese gottverdammten Schweine!«, dachte Lazal. Dann nahm er all seine Kräfte zusammen und legte die letzten Meter in weniger als zwei Minuten zurück. Wie, das wusste er selber nicht, aber es gelang ihm irgendwie, sich über den Rand zu schieben, ohne abzustürzen. Völlig erschöpft blieb er auf den Steinen liegen.

Doch dies war erst eine Zwischenstation. Noch konnte er nicht sehen, dass es von hier aus eine weitere, nicht weniger gefährliche Klippe zu nehmen galt, ehe er den rettenden Felspfad erreichen würde. Aber er schaffte es.

Oben angelangt, drehte er sich noch einmal um. Kein Mensch war zu sehen. Nur das Hundegebell drang von unten her an seine Ohren. Lazal atmete durch. Er konnte nicht fassen, dass er den Sicherheitsleuten entkommen war. Noch dazu heil und unversehrt. Nur seine linke Hand schmerzte mächtig, aber sie war nicht gebrochen. Das war ein Wunder! Offenbar hatte ihm eine höhere Macht aus der Patsche geholfen. Vielleicht sogar jene, die ihn überhaupt erst in die ganzen Geschehnisse verwickelt hatte. Auslöffeln musste er seine Suppe allerdings selbst.

Der Felspfad führte zunächst immer geradeaus. Die Dämmerung war schon fortgeschritten, was Lazal einerseits beruhigte. Er fühlte sich im Schutze der einsetzenden Dunkelheit eher sicherer. Doch andererseits war ihm klar, dass das eine Illusion war. Er dachte daran, was wäre, wenn man mit Hubschraubern nach ihm suchen würde. Er ging diesem Gedanken nicht weiter nach. Das einzige, was er jetzt tun konnte, war Boden gewinnen. Er wusste, die OFI-Leute, das FBI und die CIA; alle würde er binnen Kurzem auf dem Hals haben. Er musste also, koste es, was es wolle, heute Nacht noch außer Landes. Morgen, das war ihm sonnenklar, wäre es längst zu spät. Dann würde er auf keinem Flughafen mehr durchkommen.

In der Ferne sah Lazal Lichter. Er schätzte, dass sie etwa zehn, fünfzehn Kilometer entfernt waren. Sicher gehörten sie zu der Siedlung, die er vor zwei Tagen gesehen hatte. Oder schon zu einem größeren Ort. Vielleicht Currant. Von dort, so hoffte er, würde er schon irgendwie zum nächstgrößeren Flughafen gelangen.

Lazal bog vom Felspfad ab und schlug einen direkten Weg durch ein ausgetrocknetes Flussbett ein. Auf diese Weise arbeitete er sich quer durch das Gelände hindurch, was zwar der kürzeste Weg war, aber auch der anstrengendste. Das ganze Gebiet musste einst unter Wasser gestanden haben. Er kam an einem großen, weißen, ausgewaschenen Felsblock vorbei, der mit seinen riesigen Löchern wie ein Schweizer Käse aussah.

Etwa auf halber Strecke blieb Lazal stehen und blickte zurück in die Ebene. Er konnte nichts Auffälliges erkennen. Lediglich das ausgetrocknete Flussbett zeichnete sich jetzt ganz deutlich ab und eine Straße, offenbar die Groom Lake Road, verlief wie ein dünnes, helles Lineal durch die Landschaft. Einen Augenblick stand er noch still. Er lauschte. Doch es war nichts als der Wind zu hören.

14

Kurz vor Mitternacht erreichte Lazal Currant. Als Erstes machte er eine Telefonzelle ausfindig, um seinen Bruder in Deutschland anzurufen. Er fand eine, gleich hinter dem Ortseingangsschild neben einer Tankstelle. Doch auch nach x-maligem Klingeln ging keiner ran. Er hängte den Hörer wieder hin.

Lazal überlegte. Außer seinem Bruder fiel ihm niemand ein, bei dem er hätte untertauchen können. Und mit einem Mal wurde ihm die ganze Aussichtslosigkeit seiner Lage bewusst. Denn selbst wenn er es heute Nacht noch nach New York schaffen würde. Wie sollte er da jemals wieder fortkommen? Spätestens dort wäre für ihn Endstation. Noch während ihm diese Gedanken durch den Kopf gingen, sah er durch die Scheibe, wie ein Mann, der um diese Zeit noch mit seinem Jeep unterwegs war, in der Tankstelle bezahlte und mit einer Flasche Sekt und einer Stange Zigaretten zurückkam.

Als der Typ wieder ins Auto stieg, fiel irgendetwas zu Boden. Aber er bemerkte es nicht, denn die Tür wurde zugeknallt und der Wagen fuhr los.

Lazal verließ die Telefonzelle und ging bis zu der Stelle, um zu sehen, was der Mann fallen gelassen hatte. Er hob es auf, blieb aber nicht stehen, um zu sehen, was es war, sondern lief weiter. In seiner Hand fühlte es sich an wie ein Dokument. Erst als er sicher war, dass ihn niemand beobachtete, verschaffte er sich Gewissheit. Und er staunte nicht schlecht. Das, was der Mann verloren hatte, war sein Pass! Und Lazal bekam Herzklopfen, als er das Bild des Mannes betrachtete. Auf den ersten Blick dachte er, das kann nicht sein. Denn der Typ auf dem Foto hätte gut und gerne er selber sein können. Diese Ähnlichkeit war einfach frappierend!

Lazal betrat die Tankstelle, kaufte sich eine Cola und setzte sich an einen Tisch in der Ecke. Das war ein Geschenk des Himmels, dachte er und prostete dem Tankwart freundlich zu. Aber Lazal musste sich sputen! Denn irgendwann würde der Mann den Verlust seines Passes bemerken und ihn als verloren melden. Doch Lazal hatte erst einmal Zeit gewonnen, um sich binnen 24 Stunden aus dem Staub zu machen.

Die Nacht verbrachte er in einem Motel und gleich am Morgen flog er von Currant über Salt Lake City nach Denver. Alles verlief reibungslos. Der Pass erfüllte seinen Zweck.

Vom Flughafen aus versuchte er noch mal seinen Bruder anzurufen. Er war nicht zu Hause. Aber übers Handy konnte er Nora erreichen. Allerdings war die Verbindung miserabel, sodass eine Verständigung kaum möglich war. Lazal verstand nur, dass sein Bruder einen Verkehrsunfall gehabt hätte.

Nach dem Treffen mit Benno und Kohler im Café Kassandra hatte sich in Noras Leben noch einmal etwas Gravierendes geändert. Es war nicht nur das Gefühl der Ohnmacht, das sie befallen hatte, weil sie nun wusste, wer für Paul und Edwins Tod verantwortlich war, ohne dass die Verantwortlichen jemals zur Rechenschaft gezogen würden. Und auch nicht der Umstand, dass Benno versprochen hatte, wenigstens den Versuch zu unternehmen, Kohlers Ermittlungen in Amerika fortzusetzen. Es war noch etwas anderes, durchaus Positives, ja Wunderbares, was sich jetzt mehr und mehr abzeichnete, sodass sie es, wenn schon nicht begreifen, so doch wenigstens bemerken konnte. Es war ihr Verhältnis zu Benno an sich.

Denn gleich, nachdem Kohler gegangen war, waren all ihre Gefühle hochgekommen, die sie in den letzten Wochen immer wieder verdrängt hatte, weil sie glaubte, dafür sei die Zeit noch nicht gekommen. Doch im Grunde mochte sie Benno sehr. Auch wenn sie nicht den Mut aufbrachte, sich das einzugestehen. Und ihm gar ihre Zuneigung zu zeigen, empfand sie in der gegenwärtigen Situation als zweiten Schritt vor dem ersten. Aber sie wusste ab diesem Tag, dass ihr Leben weitergehen und Benno darin eine wichtige Rolle spielen würde. Vielleicht sogar eine Hauptrolle.

Die Woche darauf schien ein bisschen Normalität in ihren Alltag einzuziehen. Am Montag war sie das erste Mal wieder auf Arbeit und Benno hatte kurzfristig Urlaub bekommen, um seine USA-Reise vorzubereiten. Er wollte nichts unversucht lassen, um zu erreichen, dass von Connecticut aus Ermittlungen gegen Central Electric aufgenommen würden. Der Name John Cuttler war so etwas wie eine offene Rechnung, die noch beglichen werden musste. Das empfand Benno Paul und Edwin gegenüber als seine Pflicht und Schuldigkeit, gewissermaßen als deren Vermächtnis. Er wusste, dass der Name Cuttler solange in seinem Kopf herumspuken würde, bis das Vermächtnis eingelöst war.

Allerdings hatte Benno nicht bei Nora Quartier bezogen, was zwar problemlos gegangen wäre, sondern in einer nahegelegenen

Pension. Das hatten beide so für angebracht gehalten. Bei seiner Mutter zu wohnen, schied für Benno aus, weil er sie nicht in die ganze Sache mit reinziehen wollte.

Und was Nora betraf, so hatte sie zum ersten Mal nach Edwins Tod das Gefühl, wieder normal zu werden. Wieder einigermaßen normal zu denken und zu empfinden, ihre Empfindungslosigkeit und Kälte, die sie die ganzen letzten Wochen als Selbstschutz aufgebaut hatte, zu überwinden. Die ganze Zeit über war sie nur einem Gefühl gegenüber hörig gewesen: dem Gefühl der Angst. Und sie konnte von Glück reden, jemanden wie Benno gefunden zu haben, dem sie sich anvertrauen konnte, ohne befürchten zu müssen, als Psychopathin hingestellt zu werden. Und er war inzwischen selber so sehr in den Fall verstrickt, dass ein Aussteigen gar nicht mehr möglich war. Das gab Nora eine gewisse Sicherheit.

Schon wollte sie mit diesen versöhnlichen Gedanken zu Bett gehen, aber da es den ganzen Tag über recht schwül gewesen war und gerade ein wohltuender Regen niederging, lauschte sie noch etwas dem Plätschern des Regens, der für sie immer etwas Beruhigendes, fast Meditatives hatte. Auch etwas Reinigendes und Neutralisierendes, so als ob die Erde danach eine andere wäre, eine reinere und bessere, reingewaschen von den Sünden der Welt. Umso alarmierender war der Umstand, dass sie – während sie diese Gedanken hatte – auf einmal ein Geräusch vernahm. Es war ein Geräusch, das sie sehr gut kannte. Vor Schreck blieb sie stehen und hielt den Atem an. Es war das Geräusch von Edwins Arbeitszimmertür! Nora fühlte, wie ihr das Blut ins Gesicht stieg. Mit einem Mal war es wieder da, dieses furchtbare Gefühl der Angst. Sie horchte. Alles blieb still. Das Einzige, was sie vernahm, war von draußen das Prasseln des Regens, der jetzt stärker geworden war und beharrlich gegen die Scheiben schlug. Vom Flur her, wo sie das Licht schon ausgemacht hatte, fiel ein dünner Strahl Mondlicht durchs Fenster, der auf der halb geöffneten Schlafzimmertür einen eigenartigen Schatten bildete. Nora starrte zur Tür. Und während sie überlegte, ob sie die Wohnungstür abgeschlossen hatte oder nicht, wobei sie sich ziemlich sicher war, dass sie sie abgeschlossen hatte, bemerkte sie, wie sich der Schatten an der Tür veränderte. Nora wollte schreien, aber es ging nicht. Sekunden verstrichen. Nichts geschah.

Als sich der Schatten beruhigt hatte, wurde ihr klar, dass sie immer noch mit den Nerven am Ende war. Sicher, es war nichts Ungewöhnliches, dass sie nachts plötzlich hochschreckte, weil sie irgendein Geräusch gehört hatte oder weil sie glaubte, Edwin würde aus dem Labor kommen. Und sicher würde sie sich auch diesmal getäuscht haben.

Doch schon im nächsten Moment zuckte sie abermals zusammen – wieder das Geräusch! Diesmal war es noch deutlicher und sie war sich hundertprozentig sicher, dass sie es sich nicht nur einbildete. Es war eindeutig das Geräusch von Edwins Arbeitszimmertür. Sie wartete einige Sekunden. Dann setzte sie leise einen Fuß vor den anderen, bis sie die Kommode ihres Spiegelschranks erreicht hatte, öffnete das obere Schubfach und zog ein langes Küchenmesser hervor, das sie seit Edwins Tod dort aufbewahrte. Sie hielt es vor sich wie ein Schwert und schlich auf Zehenspitzen bis zur Tür. Sie fühlte, wie das lange Messer in ihrer Hand zitterte. Sie wusste nicht, ob sie überhaupt die Kraft aufbringen würde, es einem Eindringling in den Leib zu rammen. Sie dachte an den Russen. Und von einem Moment auf den anderen empfand sie solche Wut, dass sie sich sagte, du wirst es tun, du wirst ihn töten. Du schaffst das! Sie dachte nicht daran, dass er bewaffnet sein könnte und dass sie mit dem Küchenmesser gegen ihn nichts ausrichten würde.

Dann ging alles sehr schnell. Just in dem Augenblick, als Nora sich ein Herz fasste und auf den Flur hinaustrat, sah sie im Halbdunkel eine große Gestalt die Wohnung verlassen. Die Wohnungstür knallte zu und sie hörte, wie sich Schritte im Treppenhaus abwärts bewegten. Ruhig und gleichmäßig verließen sie das Haus.

Nora wartete, bis die Haustür ins Schloss gefallen war. Dann eilte sie zum Fenster, schob die Jalousie einen Spalt auseinander und spähte nach draußen. Im Schein der Straßenlaternen konnte sie den Fußweg gut überblicken, aber es war dort kein Mensch zu sehen. Lediglich der Regen prasselte unaufhörlich nieder und bildete über dem Pflaster eine Dunstschicht, die wie Nebel aussah.

Nora ging in die Küche und machte sich einen Drink. Dabei verschüttete sie die Hälfte, weil ihre Hände zitterten. Sie trank einen Schluck, dann rief sie Benno an.

Als Benno eintraf, war sie wie von Sinnen. Sie küsste ihn fieberhaft und ihre Finger krallten sich in seine Arme. Er wusste nicht, wie ihm geschah, aber er spürte sehr wohl Noras Verwirrung.

Offenbar hatte sie schlecht geträumt und klammerte sich jetzt an ihn wie an einen rettenden Strohhalm. Benno stellte ganz bewusst keine Fragen. Er zog sie fest an sich und strich ihr schweigend übers Haar. Doch Nora ließ nicht locker. Schluchzend wie ein Kind fiel sie über ihn her und küsste ihn verzweifelt wie im Fieber. Es dauerte eine ganze Weile, bis sie sich wieder beruhigt hatte.

Dann erzählte sie Benno, was vorgefallen war. Und obwohl sie das Gesicht des Einbrechers nicht gesehen hatte, so hatte sie durchaus bemerkt, dass es ein langer Kerl war. Das konnte nur der Russe gewesen sein, wer sonst. Doch Benno verstand nicht, was der Russe überhaupt noch auf der Bildfläche zu suchen hatte. Das Patent war weg, Edwin und Paul wurden ermordet – und das auf perfide Art und Weise – und es war nicht einzusehen, warum dieses Monster weiter sein Unwesen trieb. Aber vielleicht, so dachte Benno, hing es ja sogar mit seiner Person zusammen. Vielleicht hatte der Russe angenommen, ihn in Noras Wohnung vorzufinden. Das hieße, er hatte vorgehabt, ihn zu töten ...

Allerdings kam Benno nicht mehr dazu, diesen Gedanken weiter nachzugehen, denn Nora forderte jetzt zuallererst seine ganze Aufmerksamkeit. Sie flehte ihn an, er solle von nun an bei ihr wohnen, was jedoch keine gute Option war. Ihr beider Leben war in Gefahr und Benno wusste, dass er sich etwas einfallen lassen musste, um die Situation zu entschärfen. In der Wohnung zu bleiben war jedenfalls das denkbar Unklügste.

Benno verbrachte noch die ganze Nacht bei Nora, denn irgendwann, nachdem sie stundenlang geredet hatten, war sie mit der Leidenschaft einer langen Entsagung über ihn hergefallen. Bis Benno endlich begriff, dass sie von ihm geliebt werden wollte. Die ganze Zeit über hatte er sich nach ihrer Zuneigung gesehnt, doch jetzt, unter diesen Umständen, sah er sich außerstande, ihre Leidenschaft zu erwidern.

Dafür sprangen wenigstens noch zwei, drei Stunden Schlaf heraus. Früh um sieben frühstückten beide ausgiebig zusammen. Benno meinte, sie solle heute einfach zur Arbeit gehen und so tun, als wäre nichts gewesen. Dort sei sie immer noch am sichersten. Er selber wolle schnellstens die Flugtickets für Connecticut besorgen und sie Punkt 16 Uhr vor der Bankfiliale in der Hainstraße abholen.

Als Nora auf Arbeit gefahren war, machte sich Benno auf den Weg zum Bahnhof, wo er den Flug buchte. Danach kaufte er noch ein paar Kleinigkeiten ein und hob etwas Geld ab. Er lief die Goethestraße entlang bis zum Gewandhaus, dann weiter bis zum Burgplatz und von dort Richtung Thomaskirche. Vor dem Bachdenkmal blieb er stehen, wandte sich nach rechts und ging hoch zur Petersstraße. Dort aß er bei einem Thai Imbiss zu Mittag. Und während er an seinem Stehtisch stand und die Leute beobachtete, wie sie mit ihren Einkaufstaschen an ihm vorbeizogen, dachte er noch einmal über seine und Noras Situation nach. Ganz offensichtlich war es so, dass jene, die ihm nach dem Leben trachteten, annahmen, er sei von Paul und Edwin in die Funktionsweise des Stromerzeugers eingeweiht worden. Was nicht stimmte. Aber allein der Umstand, dass er an Noras Seite ihre Interessen vertrat, machte ihn zum Eingeweihten und Mitwisser.

Benno wischte sich den Mund ab, bezahlte und steuerte direkt auf den Marktplatz zu. An einem Blumenkiosk blieb er stehen und überlegte, ob er Nora einen Rosenstrauß kaufen sollte. Dabei fielen ihm zwei Männer auf, die sich recht merkwürdig verhielten. Sie hatten diesen typisch kühlen und abweisenden Gesichtsausdruck, den Söldner oder Staatsdiener haben und es hatte ganz den Anschein, als würden sie ihn beobachten. Der eine war ein ziemlich langer Kerl. Benno durchzuckte es. Er kannte sein Gesicht. Es war das Gesicht des Russen, von dem ihm Kohler ein Polizeifoto gezeigt hatte.

Benno kaufte die Rosen nicht und ging weiter. Die zwei verfolgten ihn auf Schritt und Tritt. Er bog schnell in die Mädlerpassage ein, eilte an Faust und Mephisto vorbei und verschwand in einem Buchladen. Dort versteckte er sich hinter einem Regal mit politischen Sachbüchern. *Schwarzbuch des Kapitalismus* stand auf den Buchrücken, *Schwarzbuch des globalisierten Verbrechens* oder *Kasino-Kapitalismus.* Durch die Scheibe konnte er erkennen, wie die zwei Typen vor dem Laden stehen blieben und höchst unauffällig hineinspähten. Spätestens jetzt war Benno klar, dass sie ihn observierten.

Das kann ja heiter werden, dachte er, als der Russe das Geschäft betrat, während sein Kumpan davor wartete. Benno sah sich schnell nach einem Hinterausgang um. Es gab nur einen. Hinter dem Ladentisch gelangte man in den rückwärtigen Teil des Raumes und von dort vermutlich auf der anderen Seite nach draußen. Doch der Lange versperrte ihm den Rückweg. Er blieb genau in der Mitte des Ladens stehen und drehte sich unausgesetzt um. Benno schoss das Blut in den Kopf. Die Typen hatten es auf ihn abgesehen! Was wollte er machen? Ruhig stehen bleiben und abwarten kam nicht infrage. Also vergewisserte er sich, ob der Komplize noch vor dem Eingang stand, was der Fall war, und dann stürzte er hinter den Ladentisch, wobei er die Verkäuferin beinahe umriss, und stolperte über Kisten und Bücherkartons durch die Hintertür ins Freie.

Nun rannte er was er konnte Richtung Marktplatz. Doch als er sich umdrehte, waren ihm die beiden dicht auf den Fersen. Jetzt zählte nur noch ein Gedanke: Die Typen durften ihn nicht kriegen. Aber wo wollte er hin? Bloß nicht in einen dunklen Hinterhof, dort würden sie ihn erledigen, am besten in ein Restaurant, irgendwo hin, wo Menschen sind. Schnell spurtete er die Treppen zum ehemaligen Untergrundmessehaus hinunter und nahm die Rolltreppe zum Citytunnel. Leute wurden umgerissen oder einfach überrannt, wodurch er etwas Boden gutmachte.

Unten angekommen, versteckte er sich hinter der Ecke eines Servicepunktes, der ab Sockelhöhe verglast war, sodass er sehen konnte, wie die beiden nach ihm Ausschau hielten. Gleich darauf fuhr ein Zug ein, währenddessen Benno den Entschluss fasste, erst kurz vorm Türenschließen einzusteigen. Doch seine Verfolger konnte er damit nicht abhängen. Sie hatten damit gerechnet und waren sogar noch einen Zahn schneller. Allerdings hatte Benno wenigstens ein separates Abteil erwischt und erst einmal eine Minute Zeit gewonnen. Länger dauerte die Fahrt zum Hauptbahnhof nicht. Dort stieg er aus und rannte die Rolltreppe hinauf zu den Promenaden. Während er sich durch die Menschenmenge kämpfte, fiel ihm die hell erleuchtete Eingangshalle auf, in der sich eine angeregte Menschenmenge versammelt hatte. Auch vor dem Eingang herrschte dichtes Gedränge und draußen standen mehrere Übertragungswagen des Fernsehens. Ein riesiger Kronleuchter erstrahlte in der Mitte der Halle, alles war hell erleuchtet und der Geruch von Parfüm lag in der Luft. Im Hintergrund war eine Bühne aufgebaut. Und noch während Benno im Begriff war zu bemerken, dass alle mit Spannung auf irgendetwas warteten, wurde er von hinten am Arm gepackt.

Jetzt ist es vorbei, dachte er noch. Doch als er sich umdrehte, stand eine attraktive Dame im roten Kostüm vor ihm, die mit säuselnder Stimme sagte: »Hallo Marcell! Darf ich dich bitten, mitzukommen?«

Ihm blieb nur noch Zeit für ein irritiertes Lächeln und schon hatte sie sich bei ihm eingehakt und ihn zur Bühne bugsiert.

»Aaah!« kam es von allen Seiten und Benno wurde in grelles Scheinwerferlicht getaucht. Musik erklang und eine Moderatorin verkündete: »Meine Damen und Herren, das Warten hat ein Ende. Hier ist für Sie Marcell Rondell!«

Das Verklingen des Eröffnungsspots machte Platz für tobenden Applaus. Benno sagte mit gequältem Lächeln »Hallo« und was nun begann, hatte er schon irgendwann mal im Fernsehen gesehen. Jetzt allerdings war er mittendrin. Er konnte gar nicht anders, als gute Miene zum bösen Spiel machen. Und ganz gleich, was hier vorging, für den Augenblick war es seine einzige Rettung. Seine Verfolger würden es kaum wagen, ihn vor versammelter Mannschaft zu erschießen. Zumindest hatte er erst mal Zeit gewonnen. Doch wofür?

Alle Blicke waren jetzt gespannt auf ihn gerichtet und er wusste, dass er jetzt etwas sagen musste. Wenn schon nicht eine Rede, dann wenigstens ein kurzes Statement, irgendwas. Er merkte, dass er einen Frosch im Hals hatte und das Gefühl, die Stimme würde ihm versagen.

»Dankeschön, danke!« hüstelte er ins Mikrofon und machte dabei eine zurückhaltende Geste, »ein wirklich toller Empfang ... Große Klasse ... Noch vor einer Minute, das können Sie mir glauben, hätte ich nicht daran geglaubt!«

Erneut Beifall.

Benno blickte verstört um sich. Er versuchte, im Scheinwerferlicht die beiden Verfolger auszumachen oder irgendwo einen Hinweis darauf zu erhaschen, worum es hier überhaupt ging. Soweit er erkennen konnte, waren rechts und links der Bühne einige großformatige Bilder aufgestellt, was an eine Vernissage erinnerte.

»Ich bin überwältigt«, sagte Benno. »Und ich möchte mich zunächst für das aufrichtige Interesse bedanken!«

Noch konnte er nicht erkennen, um was für Bilder es sich handelte, aber soweit er erahnen konnte, waren sie ziemlich abstrakt.

»Meine Kunst«, fuhr er fort, »ist keine elitäre Kunst, sondern eine Kunst für jedermann. Sie ist Ausdruck eines neuen Lebensgefühls.

Eines Lebensgefühls, das sich einer gehörigen Portion Zeitgeist nicht entziehen kann. In diesem Sinne ... Ich hoffe für uns alle, es wird ein toller Abend!«

Wieder tosender Beifall. Und dann kamen wie auf Kommando Reporter und Fotografen auf Benno zugestürzt und er wurde umringt von unzähligen Leuten, die alle nur gekommen waren, den glorreichen Rondell zu sehen. Benno war noch nicht von der Bühne runter, da interviewte ihn ein SAT1-Mann und fragte ihn nach seinem Eindruck betreffs der großen Resonanz hier. Worauf Benno antwortete, er sei überwältigt und natürlich auch stolz, ausgerechnet hier in Leipzig, wo es die Neue Leipziger Schule gebe, auf so ein reges Interesse zu stoßen. Und während er das sagte, erblickte er seine beiden Verfolger, die sich unter die Gruppe der Bewunderer gemischt hatten.

Dann begann der offizielle Rundgang mit einem Vertreter der Stadtverwaltung, mehreren Presseleuten und einem Kulturdezernenten, der die Bilder in den höchsten Tönen lobte. Und während Benno krampfhaft überlegte, wie er aus der ganzen Situation aussteigen und seinen Verfolgern entkommen könnte, da sprach ihn wieder die Dame im roten Kleid an und fragte, ob er nach dem Rundgang Zeit für sie hätte. Benno reagierte sofort und meinte, nicht nach dem Rundgang, sondern jetzt! Und ob sie ihren Wagen dabei hätte, was sie bejahte. Er stehe direkt vor der Westhalle. Das war Bennos Chance. In einem günstigen Moment, als die Gruppe bereits dem Haupteingang zustrebte und der Dezernent mit dem Mitarbeiter der Stadtverwaltung ins Gespräch vertieft war, setzten sich beide flink nach vorne ab und verließen fluchtartig den Bahnhof.

Während der Fahrt – Benno schaute auf die Uhr, es war kurz vor vier – schenkte er der Dame reinen Wein ein. Er erklärte ihr, dass er gar nicht Marcell Rondell sei, sondern Benno Polanski, und dass sie aus den und den Gründen hinter ihm her seien und er dringend seine Frau von der Deutschen Bank abholen müsse. Sie seien beide in akuter Lebensgefahr und müssten schnellstens außer Landes. Die Dame zeigte sich überrascht, aber dennoch äußerst kooperativ. Zunächst wurde Nora eingeladen, die bereits vor der Bank wartete und dann ging es hinaus zum Flughafen. Benno erklärte ihr, was vorgefallen war und dass sie so schnell wie möglich verschwinden mussten. Zum Kofferpacken war keine Zeit mehr.

Nachdem sich Benno bei der Dame vielmals bedankt hatte, die für die Fahrt nichts haben wollte, checkten beide ein. Die Maschine startete um 18.30 Uhr.

2

Nach reichlich sechs Stunden Flug kamen Nora und Benno gegen 19 Uhr auf dem Kennedy-Airport in New York an. Es war, als seien sie nur eine halbe Stunde geflogen, was jedoch eine Illusion war wegen der Zeitverschiebung. Vom Flughafen ging es gleich mit einem BMW-Mietwagen nach Fairfield, wo Benno in einer kleinen Pension zum günstigen Monatspreis gebucht hatte. Allerdings hatte er nicht vor, so lange zu bleiben. Er gab sich 14 Tage Zeit, in denen er gewissermaßen gegen Cuttler Sturm laufen wollte.

Gleich am nächsten Morgen suchten beide das zuständige Polizeirevier auf und trugen dank Bennos perfektem Englisch ihre Anschuldigungen gegen Cuttler vor. Der verantwortliche Sergeant, ein gewisser Sergeant Pepper, erwies sich als redlicher und erfahrener Mann, machte Nora und Benno aber wenig Hoffnung. Die Verbrechen seien in Deutschland begangen worden, noch dazu von einem Russen mit Aufenthaltsgenehmigung, also von keinem amerikanischen Staatsbürger. Aber Cuttler, wendete Benno ein, habe die Morde in Auftrag gegeben und der sei ja wohl Amerikaner. Das mag alles sein, meinte der Sergeant. Doch es sei ganz schwer, ihm deswegen an die Karre zu fahren. Es sei denn, man erwische ihn auf frischer Tat.

Das leuchtete ein. Und trotzdem waren Nora und Benno erst einmal wie vor den Kopf gestoßen.

Die meisten Verbrechen, meinte Pepper weiter, fänden genau unter solchen zwielichtigen Umständen statt, nämlich unter Umständen, die ein Herankommen äußerst schwierig, wenn nicht gar unmöglich machten. Die Auftraggeber nützten genau das aus und es sei kein Geheimnis, dass die allermeisten Verbrechen dieser Art unaufgeklärt blieben.

Und was wäre, entgegnete Benno, wenn er Cuttler ein Geständnis abringen würde? Dazu müsste Cuttler schon persönlich auf dem Revier erscheinen, antwortete Pepper. Mitschnitte von Tonbändern oder Diktiergeräten hätten vor amerikanischen Gerichten keine Beweiskraft. Benno überlegte einen Moment, dann sagte er: »Und was ist mit Wanzen? Ich meine, Geheimdienste arbeiten doch damit. Und die scheren sich einen Dreck darum, was irgendwelche Gerichte dazu sagen.«

Pepper lächelte. »Das ist richtig. Aber das, was Geheimdienste tun, steht auf einem ganz anderen Blatt. Wir müssen uns an die Spielregeln halten.«

»Und was ist mit versteckten Kameras?«

»Nun«, antwortete Pepper bedächtig, »Auch da gibt es Riesenunterschiede. Ein guter Anwalt verreißt Ihnen jedes Band oder jedes digitale Medium, weil das heute jeder manipulieren kann. Unsere Eliteeinheit verwendet deshalb ein verschlüsseltes System, das nicht jeder manipulieren kann.

Pepper öffnete die Schublade eines Wandschranks und zeigte Benno einen Kugelschreiber, der von Weitem aussah wie ein ganz normaler Kugelschreiber.

»Hier oben«, erklärte Pepper, »ist eine kleine funkgesteuerte CDA-Kamera drin, die ihre Daten rund um die Uhr direkt auf unseren Server schickt, der sie dann transcodiert und für gängige Videoformate aufbereitet. Bei dieser Kamera läuft ein durchgehender Identifikationscode mit, der als fälschungssicher gilt. Da würde selbst der abgebrühteste Anwalt Probleme kriegen. Ich jedenfalls kenne keinen, der ein solches Beweismittel vom Tisch fegt.

»Klasse«, meinte Nora. »Wirklich beeindruckend! Und wie schaltet man das Ding ein?«

»Ganz einfach«, antwortete Pepper geduldig. »Indem Sie oben draufdrücken und die Mine rausfahren.«

Pepper drückte oben auf den Stift, sodass die Mine herauskam, drehte ihn einige Male in der Hand und schaltete dann die Kamera wieder aus.

»Und die Aufnahmen, die Sie eben gemacht haben«, fragte Benno, »sind jetzt auf Ihrem Server?«

Pepper nickte. »Allerdings nicht auf unserem, sondern auf dem in New Haven.« Während er das sagte, legte er den Stift wieder zurück in den Wandschrank. Benno zeigte sich interessiert und erfragte noch einige Details bezüglich der Datenübertragung, während Nora ein paar Schritte zurückblieb.

Am Ende meinte Pepper, er verstehe durchaus ihre ambivalente Situation, könne aber nicht wirklich etwas für sie tun. Sie dürften sich aber jederzeit an ihn wenden, wenn neue Verdachtsmomente aufkämen.

Abends in der Pension traute Benno seinen Augen nicht, als ihm Nora mit typischer Unschuldsmiene Peppers Kugelschreiber unter die Nase hielt.

»Nein«, meinte Benno, lachte und schüttelte immer wieder den Kopf. »das glaub ich jetzt nicht wirklich!«

»Bei so einer Gelegenheit?«, meinte Nora. »Was hätt' ich denn tun sollen? Einfach daneben stehen und untätig sein? – Nee, so was kann ich nicht! Das ist unsere einzige Chance, dieses Schwein doch noch zur Räson zu ziehen.«

»Wie hast du's gemacht?«

Nora lächelte. »Jede Frau ist im Grunde Kleptomanin ...«

»Nymphomanin wär' mir lieber«, lachte Benno.

»Eins nach dem anderen, mein Lieber«, lächelte Nora. Dann wurde sie wieder ernst und meinte: »Du weißt, dass der weitaus schwerere Teil der Übung darin besteht, dieses Accessoire auf Cuttlers Schreibtisch zu platzieren.«

Benno nickte.

»Wir werden eine Szene machen«, fuhr Nora fort, »ihn dadurch ablenken, das heißt, du wirst ihn ablenken und ich werde den Stift zu den anderen Stiften legen, die er hoffentlich auf seinem gottverdammten Schreibtisch liegen hat.«

3

Am nächsten Morgen kurz nach zehn kreuzten Nora und Benno bei Cuttler im Büro auf. Nora hatte sich telefonisch vorinformiert, ob er überhaupt da war. Sie sei eine alte Bekannte, sagte sie der Sekretärin. Die ließ sie zunächst abblitzen, indem sie meinte, der Chef sei heute für Privatpersonen überhaupt nicht zu sprechen, außerdem müsse er gleich zu einer wichtigen Wahlveranstaltung der Republikaner. Doch Nora und Benno ließen sich nicht abwimmeln und warteten solange, bis Cuttler aus der Tür trat.

Als er erschien, bestätigte sich innerhalb von Sekunden, was Nora erwartet hatte. Er gehörte genau zu jenen Typen, die so aalglatt waren, dass ihnen ihre Cleverness schon zu den Ohren herausquoll. Die genau wussten, wie man sich im Medienrummel in Szene setzte, mit dem entsprechenden Grinsen im Gesicht, sonnengebräunt und opulent. Die Obama als Sozialisten beschimpften, über Leichen gingen und die Millionensummen für ihre Wahlkämpfe aus der Kaffeekasse zahlten. Aus der Kaffeekasse ihrer milliardenschweren Unternehmen, mit denen sie verschwägert waren und in deren Aufsichtsräten sie saßen. So was gehört ein für alle Mal verboten, dachte Nora noch, dann begann die Vorstellung.

Die genau so verlief, wie sie sich's vorgestellt hatte, nur dass es lange Zeit nicht danach aussah. Denn zunächst zeigte Cuttler nicht den Ansatz irgendeiner Unsicherheit und schon gar nicht die Spur eines Gewissens, was Nora umso mehr auf die Palme brachte, bis sie ihn schließlich provozierte, ihn als Mörder beschimpfte und damit aus der Reserve lockte. Doch da sie zu sehr die dominante Rolle übernommen hatte, kam sie nicht dazu, den Kugelschreiber zu installieren. Erst als Benno mit eingriff und ihr gesamter Auftritt eskalierte, passte Nora in letzter Sekunde den entscheidenden Moment ab. Es war gerade der Moment, als Cuttlers Sicherheitsmann Fletcher mit einem Bodyguard erschien, wobei Benno absichtlich überreagierte, was Nora dazu nutzte, den Kugelschreiber in einen Becher mit anderen Stiften auf Cuttlers Schreibtisch zu stellen. Doch in der Aufregung hatte sie vergessen, ihn einzuschalten. Dass sie es doch noch schaffte, war lediglich dem Umstand zu verdanken, dass Benno ausrastete und handgreiflich wurde, worauf der Bodyguard kurzerhand eine Waffe zückte und beide durch das Vorzimmer hindurch, vorbei an der Sekretärin zum Fahrstuhl geleitete und mit vorgehaltener Pistole verabschiedete.

4

Als der Fahrstuhl hielt, öffneten sich die Türen nicht. Auf der Anzeige leuchtete das G für Groundfloor. Benno erfasste sofort die Situation, indem er versuchte, die Tür in der Mitte auseinanderzuziehen. Doch das ging nicht. Daraufhin fuhr der Fahrstuhl weiter nach unten, bis in die 3. Tiefgarage – GAR 3. Dann war es still.

»Was ist?«, fragte Nora irritiert.

»Wir sitzen in der Falle«, antwortete Benno gefasst, während er versuchte, die Tür aufzudrücken. Als er merkte, dass das keinen Sinn hatte, leuchtete er mit der Taschenlampe seines Handys durch den Türspalt. Was er sah, ließ seinen Puls augenblicklich in die

Höhe schnellen. Denn auf der gesamten Länge des Spalts war nichts anderes auszumachen als grauer Beton, ein untrügliches Zeichen dafür, dass der Fahrstuhl zwischen zwei Etagen zum Stehen gekommen war.

»Das ist kein Zufall«, meinte Benno. »Die haben uns in die Falle gelockt. Wir sitzen zwischen den Etagen fest.«

»Gibt's denn hier keine Notruftaste?«, rief Nora und zeigte auf das Armaturenbrett. Tatsächlich befand sich dort eine rote Alarmtaste. Nora drückte die Taste, doch nichts geschah.

»Hallo?«, rief sie. »Hört uns hier jemand? Wir stecken in der Tiefgarage fest.«

Als Antwort fing das Licht an zu flackern. Dann wurde es dunkel.

»Oh nein«, entfuhr es Benno, während Nora einen kurzen Seufzer ausstieß. Dann schaltete er das Licht seines Handys ein und inspizierte das Armaturenbrett. Doch abgesehen von den Druckknöpfen für die einzelnen Etagen und der Alarmtaste gab es keine weiteren Optionen. Schon gar nicht ohne Strom. Allerdings entdeckte er an der Unterseite den Aufdruck der Fahrstuhlfirma mit einer 24 Stunden-Notrufnummer. Es war eine 800er Nummer, die Benno sofort wählte.

»Scheiße!«, fluchte er.

»Was denn?«

Benno starrte, den Lichtkegel der Lampe zur Decke gerichtet, einen Moment ins Leere.

»Kein Empfang.«

Nora holte ihr Handy aus der Tasche und versuchte es ebenfalls. Ohne Erfolg.

»Das bedeutet«, sagte sie leise, »wir können hier drin verrotten.«

Benno kniff den Mund zusammen. »Das werden wir nicht.«

»Was haben die vor?«

»Ich weiß es nicht«, antwortete er tonlos. »Mit Sicherheit nichts Gutes. Wir müssen hier raus!«

Kaum war das letzte Wort verklungen, da ertönte ein lautes Scheppern, der Fahrstuhl senkte sich ein wenig, kam wieder zum Stehen und dann konnte man in unmittelbarer Nähe das laute Aufheulen eines Autos vernehmen.

»Hallo!«, rief Benno durch den Türspalt. »Wir sind hier eingeschlossen! Hört uns denn keiner?«

Als er merkte, dass niemand reagierte, trat er mit den Füßen gegen die Tür. Wie ein wild gewordenes Tier schlug er dagegen, doch er bekam sie nicht auf. Stattdessen machte sich beißender Abgasgestank in der Kabine breit. Benno begriff schlagartig die Situation. Zwar wusste er, dass man mit Abgasen moderner Autos niemanden mehr umbringen konnte, doch das, was hier eingeleitet wurde, stank nach einem alten Diesel ohne jeglichen Katalysator. Selbst wenn sie nicht binnen Kurzem an einer Kohlenmonoxidvergiftung sterben würden, dann würde das CO2 alles Übrige tun.

Jetzt hieß es, sich zusammenreißen und klaren Kopf bewahren. Auf seiner Stirn stand kalter Schweiß. Er versuchte zu denken, es ging nicht. Aber ihm fiel ein Film ein, den er mal gesehen hatte, wo die Insassen eines Fahrstuhls durch die Kabinendecke nach oben entkommen waren. Er wusste, dass das die einzige Chance war. Also leuchtete er die Kabinendecke rundum nach Ritzen oder Fugen ab. Aber er fand keine.

»Wir müssen hier oben raus!«, rief er Nora zu, die zitternd und hustend auf der Stelle stand.

»Komm, mach mir die Räuberleiter!«

Schnell verschränkte Nora ihre Hände, sodass Benno seinen rechten Fuß hineinstellen konnte. Dann hämmerte er mit den Fäusten gegen die Decke, doch sie gab an keiner Stelle nach. Stattdessen bekam er einen Hustenanfall, weil oben die Luft noch stickiger war als unten. Schwitzend und nach Atem ringend stemmte er sich gegen das Blech. Doch die Kabine schien wie aus einem Guss zu sein, was zur Folge hätte, dass sie hier drin ersticken müssten.

Das kommt nicht infrage, dachte Benno, während er sich mit aller Kraft gegen die Kabinendecke stemmte. Es musste einen Ausgang geben.

Der Abgasgestank war jetzt so beißend, dass Nora vor lauter Husten kaum noch still stehen konnte. Viel Zeit blieb nicht mehr.

Benno spürte, wie panische Angst in ihm hoch kroch. Es war die pure Angst ums Leben. Er dachte an Nora, die ihn so tapfer unterstützte. Er hatte gehofft, ihr unter anderen Umständen zu begegnen, hatte an ein Happy End geglaubt. Stattdessen steckten sie in einem Albtraum, der nicht schlimmer hätte sein können. Er war kurz davor, zu bereuen, dass er sich überhaupt in die ganze Sache hatte reinziehen lassen.

Schon während er diese Gedanken dachte, passierte etwas Unerwartetes. Für den Bruchteil einer Sekunde hatte er einen Déjà-vu, einen jener seltsamen Effekte, die dem Bewusstsein vorgaukeln, eine bestimmte Situation schon mal genau so erlebt zu haben. Just in diesem Augenblick war sich Benno ganz sicher, dass er den Ausgang finden würde, weil er ihn schon einmal gefunden hatte. Daraufhin zwängte er sich mit letzter Kraft gegen eine Stelle in der Ecke, wobei ein quietschendes Geräusch ertönte und er deutlich spürte, wie das Deckenblech nachgab.

»Ich hab's!«, rief er Nora zu, die unter ihm keuchte und hustete. »Halt durch! Wir kommen hier raus!«

Wie ein vom Tode Begnadigter, mit übermenschlichen Kräften, bog Benno das Blech nach oben, sodass ein Bereich von etwa 40 x 40 cm frei wurde, was ausreichte, um hindurchzukriechen.

Schon spürte Nora keinen Druck mehr auf den Händen, weil Benno bereits dabei war, sich durch die Deckenöffnung zu zwängen. Als er oben auf dem Fahrstuhldach stand, inspizierte er kurz mit der Lampe das Dach und den Schacht, dann reichte er Nora seine Arme und zog sie so weit nach oben, dass sie aus eigner Kraft aus der Kabine fand. Oben angekommen umarmten sich beide. Dann sagte Nora: »Die hätten uns umgebracht.«

Benno nickte und meinte: »Noch sind wir hier nicht raus. Ich muss das Seil hoch – bis zur nächsten Tür!«

Wie er das bewerkstelligen wollte, wusste er selber nicht. Das Seil hochzukommen, war nicht das Problem, aber von dort aus die Tür aufzubekommen, schon. Da Benno annahm, dass die oberen Tiefgaragen in Betrieb waren – die unterste, davon war er überzeugt, hatten sie abgesperrt –, hoffte er, durch den Türspalt Alarm schlagen zu können. Vielleicht schaffte er es sogar, die Tür einzutreten.

Doch als er in Höhe der zweiten Tiefgarage angekommen war, wurde schnell klar, dass er die Tür mit den Beinen nicht erreichen konnte. Ein halber Meter fehlte. Noch dazu war das Fahrstuhlseil kein bewegliches Bungeeseil, sondern relativ starr, sodass Benno keinen Schwung holen konnte, um auf den Türabsatz zu gelangen. Also hangelte er erst mal wieder runter, um sich eine andere Taktik einfallen zu lassen. Das war allerdings leichter gedacht, als getan, denn das Hochklettern hatte Kraft gekostet, ganz zu schweigen davon, dass Bennos Hände und Klamotten völlig ölverschmiert waren, sodass er letztere würde komplett entsorgen müssen. Was ihm im Moment relativ egal war. Jetzt zählte nur das Überleben. Sie mussten irgendwie aus diesem Schacht rauskommen.

Doch als Benno wieder auf dem Fahrstuhldach stand, wurde sofort klar, dass es, bevor er wieder hinaufklettern würde, noch ein anderes Problem zwingend zu lösen gab, nämlich das des Gestanks. Der Diesel heulte nach wie vor ohne Unterlass und die Abgase zogen durch das Loch in der Fahrstuhldecke in den Fahrstuhlschacht, sodass Nora und Benno nur Zeit gewonnen hatten, aber dem Vergiftungstod nicht wirklich entronnen waren. Schnell bog Benno das Blech des Fahrstuhldachs wieder nach unten. Dann zog er sein Hemd aus und verstopfte damit so gut es ging die Ritzen. Das zeigte Wirkung.

»Das müsste reichen«, schniefte Benno. »Ich muss wieder nach oben!«

»Und wie willst du auf den Türabsatz kommen?«

Benno leuchtete mit seiner Lampe nach oben. Dann schüttelte er den Kopf und meinte: »Um ehrlich zu sein, ich weiß es nicht.«

Nora überlegte. »Warte! Du kommst nicht auf den Absatz und das wäre auch viel zu gefährlich ... Wie viele Aufzüge wird es hier geben?«

»Neben unserem ist auf jeden Fall noch ein zweiter«, antwortete Benno.

»Dann bleibt uns nur, mit irgendwas auf uns aufmerksam zu machen.«

»Du hast recht«, bemerkte Benno. »Wenn ich irgendeinen langen Draht hätte, den ich durch den Türspalt schieben könnte.«

»Hab ich«, sagte Nora wie aus der Pistole geschossen, während sie emsig in ihrer Tasche wühlte. »Ich habe normalerweise immer ein Maßband in der Tasche ... Hier ist es!«

»Wie lang ist es?«

»Zwei Meter.«

»Super!«, rief Benno. »Du bist ein Engel. Hast du noch einen Zettel oder ein Zellstofftaschentuch, das wir vorne dran machen können?«

»Zettel nicht«, meinte Nora, »aber ein Zellstofftaschentuch.« Und mit rotem Lippenstift schrieb sie darauf Wir stecken fest ... Bitte helfen Sie uns! Zum Befestigen fand sich ein kurzes Stück Arretierungsdraht, das Nora immer ums Ladekabel ihres Handys gewickelt hatte. Dann war der Moment gekommen und Benno kletterte wieder nach oben. In Höhe der zweiten Tiefgarage entfaltete er das Maßband und schob es samt Taschentuch vorsichtig durch den Türspalt. Mit ausgestrecktem Arm konnte er es so weit durchstecken, dass es circa einen knappen Meter in die Tiefgarage hineinreichte. Nora beobachtete konzentriert jede seiner Bewegungen.

Etwa fünf Minuten mochte Benno vor der Fahrstuhltür ausgeharrt haben, dann fing er plötzlich an, um Hilfe zu schreien. Sekunden später sah Nora, dass er mit jemandem sprach, der sich offenbar hinter der Tür befand. Sie rief hinauf, was wäre und Benno antwortete, er hätte mit jemandem gesprochen, der Hilfe holen würde. Kurz darauf wurde an der Tür gerüttelt und nach weiteren bangen Minuten des vergeblichen Hantierens, öffnete sie sich einen Spalt, sodass es nun möglich war, die beiden Türflügel so weit auseinanderzudrücken, dass man hindurch konnte.

Dann vergingen weitere Minuten und schließlich wurde ein Brett in den Fahrstuhlschacht geschoben, auf das Benno steigen konnte. Von dort gelangte er mit entsprechender Hilfe ins Garageninnere. Wenig später wurde Nora befreit, die inzwischen am Seil nach oben geklettert war.

Der Hausmeister, der das Brett besorgt hatte, meinte anschließend, ein Mitarbeiter hätte ihn alarmiert. Er hätte beim Rausfahren gesehen, dass irgendein Draht aus dem Fahrstuhl hing, der sich bewegte. Doch der Fahrstuhl sei eigentlich defekt gewesen. An jeder Etage würde ein Schild hängen. Worauf Nora und Benno erwiderten, man hätte versucht sie umzubringen. Sie hätten ihm und dem Mitarbeiter ihr Leben zu verdanken. Er solle mal in die unterste Tiefgarage sehen, dort würde man Abgase in den Fahrstuhl leiten.

Zu mehr Wortwechsel kam es nicht, denn der Hausmeister fuhr sogleich mit dem zweiten Aufzug nach unten, während Nora und Benno die Treppe nach oben nahmen. Sie verließen das Gebäude über einen Seitenausgang, wobei Benno kurzzeitig Probleme hatte, sich zu orientieren. Nicht nur, weil die letzten Stunden eine einzige Strapaze waren, sondern vor allem, weil die eingeatmeten Autoabgase eine Art Benommenheit zur Folge hatten, so als stünde er unter Drogen. Er versuchte, sich an die Straße zu erinnern, in der er geparkt hatte. Sie fiel ihm nicht ein. Aber Nora hatte sich den

Namen gemerkt und so dauerte es nicht lange, bis sie die Spring Valley Road gefunden hatten.

5

Kaum waren sie aus der Parklücke gefahren, da quietschten plötzlich Reifen. Beide trauten ihren Augen nicht, als ein Jeep mit Vollgas auf sie zugerast kam. Benno konnte gerade noch den Rückwärtsgang einlegen und aufs Gas treten. Dann gab es einen dumpfen Schlag, weil der Wagen vorn aufprallte, wobei Benno den Stoß durch sein schnelles Beschleunigen abgefangen hatte. Dabei sah es so aus, als würde der Geisterfahrer den BMW vor sich her schieben. Ein Glück, dass kein Gegenverkehr war, sodass Benno nach etwa 50 Metern drehen konnte. An der nächsten Straßeneinmündung kam ihnen ein Lieferwagen entgegen, sodass Benno keine andere Wahl hatte, als auf den Fußweg zu fahren. Allerdings saßen dort Leute auf dem Freisitz eines Cafés, die sich nur mit tollkühnen Sprüngen in Sicherheit bringen konnten. Geschirr ging zu Bruch und ein paar Stühle wurden mitgerissen, ein Wunder, dass niemand überfahren wurde. Dann schien das Ende gekommen, weil ein sperriges Müllfahrzeug in die Straße einbog. Nora rief noch: »Das schaffst du nicht!« Doch der BMW schoss haarscharf zwischen Fahrerkanzel und Hauswand hindurch und machte anschließend eine Vollbremsung. Was zur Folge hatte, dass er sich zweimal im Kreis drehte und schließlich stehen blieb, während der Jeepfahrer auf das Müllauto aufprallte, ins Schleudern kam, sich auf die Seite legte und mit dem dumpfen Geräusch von zerberstendem Metall und dem hellen Splittern von Glas gegen eine Hausecke krachte. Von dort knallte er gegen ein weiteres Hindernis, überschlug sich und segelte auf dem Dach liegend geradewegs in einen Souvenirladen hinein. Menschen kreischten und stürzten in Panik durcheinander. Die Luft war von beißendem Gummigestank erfüllt und es roch nach Benzin. Dann gab es einen dumpfen Knall und der Laden stand in Flammen.

Benno war als erster wieder in der Lage, einen klaren Gedanken zu fassen.

»Bist du verletzt?«, rief er aufgeregt.

»Geht schon«, stöhnte Nora, die entsetzt in die Flammen starrte.

»Dann nichts wie weg hier!«

Benno trat aufs Gas und schon ein paar Minuten später waren sie wieder in der Pension. Dort packten sie in Windeseile ihre Sachen, bezahlten das Zimmer und fuhren so schnell es ging, denn die Vorderachse hatte irgendetwas abbekommen, über den New England Highway nach New York. Bei *American Car* gab Benno den Wagen zurück, bezahlte für die Lackschäden an der Stoßstange und meinte, seine Frau hätte sich beim Reinfahren in die Garage etwas vertan. Das klang einleuchtend.

Kurz darauf rief der Buddha an und fragte, was nun werde. Nora meinte, sie sei mit allem einverstanden. Es habe sich nur eine kleine Änderung ergeben, sie müssten das vor Ort klären. Allerdings nicht in Deutschland, sondern in den USA, wo sie sich gerade aufhielten, genau gesagt in New York. Worauf der Buddha erwiderte, das träfe sich gut, denn er sei gerade in Chicago und könne morgen in New York sein. Das sei ein Katzensprung im Vergleich zu einer Reise nach Deutschland. Und wegen des Geldes solle sie sich keine Sorgen machen. Er könne das bargeldlos regeln, sofern sie über ein Onlinekonto verfüge. Das sei kein Problem, entgegnete Nora, sie rufe ihn umgehend zurück wegen des genauen Treffpunkts. Es müsse aber unbedingt ein Treffpunkt in einer öffentlichen Einrichtung sein, meinte der Buddha. Denn sie müssten davon ausgehen, dass Telefongespräche abgehört würden, weil bestimmte Geheimdienste an der Sache dran sein könnten. Er hätte da schon mal in einer anderen Angelegenheit mit dem Mossad zu tun gehabt.

Nachdem der Buddha aufgelegt hatte, beratschlagten Nora und Benno, welchen Ort sie am besten wählen sollten. Benno meinte, das Sicherste wäre der Flughafen. Seit *Nine-Eleven* seien Flughäfen so was wie Sicherheitsoasen, erst recht in Amerika. Dann klingelte erneut das Telefon. Nora nahm ab in dem Glauben, es sei wieder der Buddha, doch es war Robert, der mitteilte, dass er gerade in Chicago gelandet sei und morgen über New York nach Deutschland zurückkäme. Er wolle ein neues Leben anfangen. Daraufhin erzählte Nora, sie seien gerade in New York, wann er denn morgen hier ankäme. 16.35 Uhr meinte Robert, worauf sie erwiderte, dann könnten sie ihn vom Flughafen abholen.

Nachdem Roberts Abholtermin ausgemacht war, rief Nora gleich den Buddha zurück und gab den Treffpunkt durch. Verständlicherweise hatten sie sich dafür entschieden, die Geldangelegenheiten vor Roberts Eintreffen zu regeln, sprich: 14 Uhr direkt im Flughafen-Empfangsgebäude. Als auch dieser Termin stand, buchte Benno ein Zimmer in einem Motel direkt am Flughafen.

Und weil der nächste Tag ein ganz besonderer Tag zu werden versprach und Nora und Benno nicht danach zumute war, sich in irgendeinem New Yorker Establishment den Abend zu vertreiben, blieben sie auf ihrem hübschen kleinen Apartment. Diesmal mit Doppelbett. Ob es daran lag oder eher daran, dass beide ziemlich aufgekratzt waren, weil sie dem nächsten Tag mit gemischten Gefühlen entgegensahen, einerseits mit dem Gefühl der Angst, ihre Verfolger könnten durch den Unfall im Souvenirladen nicht abgeschreckt worden sein und zurückkehren und andererseits mit dem Gefühl der Vorfreude auf das Angebot des Buddhas, was in gewisser Weise ein Trostpflaster war für all die Enttäuschungen und Strapazen, die jeder auf seine Weise durchleben musste ... Wer weiß? Jedenfalls saßen beide nebeneinander auf dem Bett und besprachen die Modalitäten des anstehenden Geldtransfers. Sie hatte den Kopf auf seine Schulter gelegt, er die Hand zwischen ihre Schenkel und beide gingen miteinander um als wären sie Geschwister. Und irgendwann am späten Abend, nach zwei Flaschen Wein, war beiden klar, dass es diese Nacht nicht dabei bleiben würde.

Sie hob den Kopf von seiner Schulter, küsste ihn auf den Mund und knöpfte sein Hemd auf.

Dann zog sie ihm die Hose aus und im Gegenzug vollführte er das gleiche Schauspiel bei ihr. Sanft drückte sie seine Hand und knipste mit der anderen die Nachttischlampe aus.

Im Dunkeln erforschte Benno jede Zone ihres Körpers. Schultern, Handgelenke, Hände, ihre Finger. Er sagte nichts und sie sagte nichts. Er hörte sie nur leise atmen. Auch sie begehrte ihn, das spürte er. Sie schlang die Arme um ihn und küsste seinen Hals und seine Ohren. Dann ließ sie ihre Hand nach unten gleiten und berührte sein Glied, das inzwischen stattliche Größe erreicht hatte, was Nora einerseits überraschte, ja fast erschreckte, andererseits elektrisierte. Was dann folgte, war ein Tanz auf dem Vulkan, ein unbändiger Kampf der Leidenschaften, der alles hervorbrachte, was an unerfülltem Verlangen in den zurückliegenden Wochen unterdrückt worden war. Es vergingen Stunden, ohne dass beide voneinander lassen konnten. Immer wieder entfachte der eine oder die andere dieses schier unbezähmbare Spiel mit dem Feuer, das mitunter fast sexistische Züge hatte.

Erst am frühen Morgen ebbte die Intensität der Gefühle ab. Erschöpft schmiegte sich Benno von hinten an Noras Rücken, legte seinen Arm um ihre Schultern und drückte sie noch fester an sich. Eng aneinandergeschmiegt redeten sie den Rest der Nacht hindurch, und wenn der eine vor Müdigkeit aufhörte, begann der andere von neuem.

»Ich muss dir was sagen«, sagte Benno.

»Ich muss dir auch was sagen«, fiel ihm Nora ins Wort. »Ich liebe dich.«

Dieses Geständnis traf Benno zwar nicht unerwartet, weil er sich die ganze Zeit über danach gesehnt hatte, aber jetzt, da es mit einem Mal da war, wusste er im ersten Moment nicht, was er sagen sollte. Da er nicht gleich reagierte, knipste Nora die Nachttischlampe an und fragte irritiert: »Hast du verstanden, was ich gerade gesagt habe?«

»Ja, ja«, lachte Benno, der an ihrer Reaktion merkte, wie ernst ihr das eben Gesagte war. »Ich hatte nur überhaupt nicht damit gerechnet ... Ich meine, ich hab die ganze Zeit nichts sehnlicher gewünscht als das. Mit anderen Worten ...«

»Mit anderen Worten?«

»Ich begehre dich!«

»Du bist ein Schwein«, lachte Nora und kniff ihn in die Hüfte. »Du begehrst mich und liebst mich nicht.«

»Männer sind Schweine«, entgegnete Benno, »aber auch Schweine können lieben!«

Mit anderen Worten?«

»Ich liebe dich!«, sagte er leise, sank auf sie herab und küsste sie, sodass es keiner weiteren Worte bedurfte.

6

Gleich 9 Uhr, nach nur drei Stunden Schlaf, fuhren Nora und Benno mit einem anderen Mietwagen, einem roten Ford Focus, der diesmal auf Noras Namen ausgeliehen war, nach Fairfield, um Pepper das Fahrstuhlattentat zu melden und die Sache mit dem Kugelschreiber zu beichten.

Der Sergeant zeigte sich, was zu erwarten war, überhaupt nicht begeistert, vor allem, was die Sache mit dem Kuli anging. Diese Aktion, meinte er, könne ihm Kopf und Kragen kosten. Aber Nora entschärfte die Situation auf ihre Weise. Sie meinte, sie hätte den Kuli nicht gestohlen, sondern ihn lediglich an einen anderen Ort versetzt, wo er unter Umständen von Nutzen sein könnte. Immerhin sei ein Mordanschlag auf sie und Benno verübt worden, weswegen sie immer noch unter Schock stehe. Sie hätte gewissermaßen im Affekt gehandelt. Außerdem, versicherte sie, bestünde Hoffnung, dass Cuttler sich vielleicht in seinem Büro verquatscht oder dass dieser niederträchtige Bodyguard, der sie in den Fahrstuhl gelotst hat, vielleicht irgendwas ausplaudert.

»Ach übrigens«, meinte Pepper, als er sich wieder einigermaßen beruhigt hatte. »Gestern war in Fairfield ein schwerer Unfall. Ein Jeep ist in einen Laden gefahren. Die beiden Insassen waren Russen. Einer von ihnen ist tot, der andere liegt mit schweren Verbrennungen im Krankenhaus. Haben Sie mit denen irgendwas zu schaffen gehabt?«

Benno sah Pepper prüfend an. Dann antwortete er: »Sagen wir mal so, die hatten was mit uns zu schaffen ...«

»Inwiefern?«

Benno zögerte einen Moment, dann sagte er: »Gleich nach dem Fahrstuhl-Attentat hätten die uns glatt übern Haufen gefahren. Das war sozusagen der zweite Anschlag, dem wir nur entgangen sind, weil der Fahrer die Kontrolle über seinen Wagen verloren hat.«

Pepper schüttelte den Kopf und meinte: »Herr Polanski … Diebstahl und Fahrerflucht sind nicht gerade Kavaliersdelikte.«

Benno sah Pepper mit durchdringendem Blick an. Dann gab er kontra: »Und Doppelmord mit zweifachem Mordversuch erst recht nicht!«

Danach machte er Pepper klar, dass sie keine Sekunde mehr ihres Lebens sicher sein könnten und eigentlich Polizeischutz beanspruchen müssten. Dass Sie es jedoch vorziehen würden, auf schnellstem Wege das Land zu verlassen. Benno ließ Pepper seine Visitenkarte da mit der Bitte, ihn darüber zu informieren, falls sich irgendetwas Verwertbares bezüglich der Kugelschreiber-Affaire ergeben würde. Dann verabschiedeten sie sich und fuhren zurück zum Flughafen.

14 Uhr traf auf die Minute genau der Buddha ein. Nora hatte ihn zuvor aus einem großen Mercedes steigen sehen. Sie lotsten ihn zu sich, in eine kleine abgeteilte Nische des Empfangsgebäudes, wo man relativ ungestört sitzen und reden konnte. Zunächst zeigte sich der Buddha überrascht, an Noras Seite Benno vorzufinden und nicht Edwin. Worauf Nora und Benno die ganze Geschichte erzählten, angefangen von Edwins Unfall über Kohlers Ermittlungen bis hin zum Aufkreuzen bei Cuttler und dem Umstand, dass sie nur knapp einem Anschlag entgangen waren.

»Wann war das bei Cuttler?«, wollte der Buddha wissen.

»Gestern«, antwortete Benno. »Anschließend sind wir von Cuttlers Häschern verfolgt worden. Genau von den Typen, die Paul und Edwin auf dem Gewissen haben.«

»Und Sie konnten sie abhängen?«

Benno nickte. »Aber nur, weil die einem Müllfahrzeug ausweichen mussten und dabei an der Hauswand hängengeblieben sind.«

»Und?«

»Einer von beiden ist tot, der andere liegt im Krankenhaus. Stand heute in der Zeitung.«

Der Buddha schüttelte den Kopf. »Und was ist mit dem roten Koffer?«

Als Nora und Benno nicht reagierten, fügte er hinzu: »Ich meine den Prototypen ...«

Nora und Benno sahen sich kurz an, dann sagte Nora: »Entweder gestohlen oder er ist bei Edwins Unfall aus dem Wagen geschleudert worden.«

Der Buddha überlegte kurz und meinte dann: »Ich vermute mal, er wird jetzt irgendwo bei Central Electric liegen – unter Verschluss.« Dann schüttelte er den Kopf und setzte zu Nora gewandt hinzu: »So leid es mir tut, was Ihrem Mann zugestoßen ist … Aber ich kann seine Entscheidung, das Patent an die Amerikaner zu verkaufen, nicht wirklich nachvollziehen. Wir hatten ihn eingeladen, sogar einen Vorvertrag abgeschlossen ...«

Nora starrte einen Moment ins Leere. Dann sagte sie leise: »Es ist nicht mehr zu ändern.«

Der Buddha nickte.

Nach einer kurzen Pause fuhr Nora fort: »Was würden Sie denn … Ich meine, wie viel würden Sie denn für das Patent ohne Prototypen zahlen?«

Der Buddha lächelte. Dann tat er so als würde er überlegen und meinte: »Nun, ich denke, zehn Millionen wären immer noch ein guter Preis, oder?«

Nora warf Benno einen kurzen Blick zu, den er zunächst irritiert erwiderte, dann aber mit einem breiten Lächeln quittierte.

»Abgemacht«, sagte Nora entschieden.

»Dann lassen sie uns das Geschäft in meinem Mercedes abwickeln. Dort sind wir sicher, der hat schusssichere Scheiben. Ich traue diesem Frieden hier nicht. So, wie ich die Sache sehe, sind wir alle ein Sicherheitsrisiko … Sie wissen, was ich meine.«

Daraufhin begaben sich alle drei nach draußen zum Mercedes. Im Nu hatte der Buddha die Vordersitze um 180 Grad gedreht, sodass man sich gegenübersitzen konnte, und aus der Mittelkonsole einen Tisch entfaltet. Darauf stellte er seinen 19 Zoll-Laptop und wartete, bis er hochgefahren war. Dann gab ihm Nora einen silbernen Stick, den er anschloss und augenblicklich öffnete sich das Removable Disc-Verzeichnis. Mit dem Doppelklick auf eine Exe-Datei, die ihm Nora nannte, startete das Präsentationsprogramm, das Edwins Stromerzeuger vorstellte. Dabei wurden alle wichtigen Einzelheiten gezeigt, auch der Aufbau innen.

»Woher hast du das?« staunte Benno. »Ich denke, du wusstest nichts davon.«

Über Noras Gesicht huschte der Ansatz eines Lächelns, dann sagte sie: »Ich fand den Stick zwischen Ruß und Glassplittern in Edwins Autowrack.«

In einer weiteren Datei befanden sich die gesamten technischen Zeichnungen mit allen wichtigen Maßangaben. Der Buddha war sichtlich zufrieden und meinte: »Warten Sie!«

Er zückte sein Handy und führte ein kurzes Telefonat auf Indisch. Als das Gespräch beendet war, nickte er Nora zu und Benno fand auf seinem Laptop via Onlinebanking den Geldeingang auf Noras Konto bestätigt.

»Das Geld ist da«, sagte er gefasst, den Blick starr auf den Monitor gerichtet. »Einen Augenblick noch.« Umgehend transferierte er den Betrag auf ein anderes Konto, das Nora ihm genannt hatte, und kontrollierte den Zahlungseingang.

»Eine reine Vorsichtsmaßnahme«, lächelte Benno und der Buddha lächelte zurück: »Ganz wie Sie meinen. Das ist Ihr gutes Recht!«

Als der Transfer abgeschlossen war, war der Deal perfekt. Der Buddha holte aus einem Kühlfach eine kleine Flasche Sekt, entnahm einem anderen Fach drei Sektgläser und stellte sie auf den Tisch. »Na dann – prosit«, sagte er, während er einschenkte, »es möge nützen. Auf unser Wohl!«

»Auf unser Wohl!« wiederholte Benno, dann erhoben alle ihre Gläser und prosteten sich zu.

Als jeder getrunken hatte, fragte der Buddha: »Und was werden Sie jetzt tun? Ich meine, hier in Amerika sind Sie keine Sekunde sicher.«

Nora nickte. »Und zurück nach Leipzig können wir auch nicht mehr.«

»Mit anderen Worten«, meinte Benno verschmitzt, »wir sind im Moment ... ziemlich heimatlos.«

Der Buddha wollte darauf etwas erwidern, doch er ließ es und sagte stattdessen: »Nun, wenn ich irgendetwas für Sie tun kann, lassen Sie's mich wissen! Ich kenne in Indien einige einflussreiche Leute. Noch dazu hab ich Beziehungen zu Technologieunternehmen und Wissenschaftseinrichtungen, die längst im 21. Jahrhundert angekommen sind, um nicht zu sagen, im zweiundzwanzigsten … Wie hatte DDR-Staatsführer Ulbricht mal gesagt? *Überholen, ohne einzuholen* ...«

Benno lächelte. Dann entstand eine kurze Pause, in deren Verlauf Nora plötzlich innehielt und sagte: »Also … in einer Stunde holen wir den Bruder meines Mannes hier vom Flughafen ab. Er hat jahrelang bei der NASA gearbeitet, will aber ein neues Leben anfangen. Vielleicht sollten Sie sich kennenlernen ...«

»Das klingt interessant«, entgegnete der Buddha. »Und Sie, Herr Polanski?« wandte er sich an Benno. »Wenn Sie Edwin beruflich so nahe standen, dann sind Sie sicherlich auch kein Waisenknabe … Darf ich fragen, was Sie machen?«

»Ich bin Techniker am CERN«, antwortete Benno mit seinem verschmitzten Lächeln.

»Na Jesus, Maria und alle drei heiligen Könige zusammen … Wo wollen wir uns treffen?«

Nora lachte. Dann warf sie Benno einen kurzen Blick zu und meinte: »Robert kommt 16.35 Uhr hier an – am Terminal 17.«

»Okay«, versicherte der Buddha. »Ich werde da sein.«

7

Einen Tag später, am Freitag, dem 4. Juli 2014, um 8.32 Uhr startete eine Boeing 777-200 der Air India von New York über Bombay nach Kalkutta. Unter den 287 Passagieren an Bord befanden sich Sharma Brahman, der Buddha, Nora Stallgatter, Benno Polanski und Robert Lazal. In Bombay stieg am Abend noch ein weiterer Fluggast zu, der dem Leser bekannt ist: Dr. Thoralf Asmussen.

Kurz darauf vermittelte der Buddha Asmussen und Lazal an ein großes indisches Forschungszentrum. Dort arbeitete Lazal weiter auf dem Gebiet der Antigravitation und Asmussen setzte seine Forschungen auf dem Gebiet der Schwingungsdimensionen fort.

John Cuttler wurde nach Auswertung der Ton- und Bilddaten des installierten Kugelschreibers des versuchten Mordes an Nora Stallgatter und Benno Polanski für schuldig befunden. Eine Verbindung zwischen den beiden Russen und Central Electric konnte nicht nachgewiesen werden. Cuttler wurde zu einer Freiheitsstrafe von anderthalb Jahren auf Bewährung verurteilt, von denen er sechs Wochen absaß. Danach wurde er gegen Kaution freigelassen. Gordon Fletcher saß neun Monate hinter Gittern.

Benno Polanski heiratete in Kalkutta Nora Stallgatter und kündigte wenig später beim CERN. Er nahm einen hochdotierten Job in Brahmans neuem Energieunternehmen FREE ENERGY ein.

Nachsatz

Im Jahr 2025 ist Indien das erste Land der Welt, das einen Großteil der landesweiten Energieerzeugung über Freie Energie-Kraftwerke bestreitet. Brahmans Firma FREE ENERGY zählt inzwischen zu den größten indischen Energieunternehmen. Ziel ist es, bis 2030 den gesamten Energiebedarf des Landes über Freie Energie-Technologie abzudecken.

Ich danke der Lektorin meines *Ostrock!*-Buches, dafür, dass sie mir den Floh ins Ohr gesetzt hat, überhaupt einen Krimi zu schreiben. Ich danke dem Verfasser eines Artikels in der ADAC-Zeitung, der seinen Beitrag zum Thema Elektroautos mit den Worten einleitete: *Der Siegeszug des Elektroautomobils hat schon vor 120 Jahren begonnen*, weswegen ich recherchierte und tatsächlich bestätigt fand, dass um 1890 alle großen Motorenfirmen in Amerika bereits auf die Produktion von Elektromotoren umgestellt hatten, weil klar war, dass das Elektroauto die Zukunft sein würde. Dies brachte mich auf das Thema des Buches – unterdrückte Erfindungen.

Des Weiteren danke ich Jürgen Heinzerling, der mit seinem Buch *Energie aus dem Nichts* gewissermaßen die Grundlage gelegt hat dafür, dass ich mich ernsthaft mit diesem Thema befasst habe.

Und ich danke Marcus Albert Reid vom Institut für Vakuumenergie in München, der mich bestärkt hat, dieses Buch zu schreiben und der mir in technischen und wissenschaftlichen Belangen zur Seite stand. Er gab mir auch den Tipp, mich an Prof. Claus Wilhelm Turtur zu wenden, der schon 1998 einen voll funktionsfähigen Raumenergiekonverter gebaut hat.

Nicht zu vergessen Nikola Tesla, dessen schillernde Persönlichkeit mich dazu animiert hat, das Thema Freie Energie in Angriff zu nehmen und dem ich im Prolog dieses Buches ein kleines Denkmal gesetzt habe.

Nicht zuletzt danke ich dem Internet, das voll ist von authentischen Geschichten über gestrandete Erfinder, vergessene Genies und unterdrückte Erfindungen, die alle eins gemeinsam haben: Sie hätten unsere Abhängigkeit von fossilen Brennstoffen, überhaupt von natürlichen Ressourcen und der Kernkraft ein für alle Mal beendet. Sie hätten das Weltenergieproblem gelöst und Platz gemacht für eine unerschöpfliche und saubere Energie, die nur einen entscheidenden Makel hat. Man kann aus ihr nicht unerschöpflich Profit schlagen.

www.nepa-verlag.de